陰陽判官

生死簿

秀霖——著 Welkin——繪

人物介紹

凌　月▬遊走陰陽兩界半人半鬼的陰陽判官，在陽間化名沈凌月，為使神格覺醒藉以對抗魔判官，不斷在陰陽兩界替孤魂野鬼了結心願。

十三零▬陰陽判官凌月的頭號鬼吏，靈力高強，曾是魔判官癸亥的部下，後為凌月收服，對任何接近凌月的女性，無論陰、陽、妖、仙、神、魔都懷有強烈的敵意。

癸　亥▬著魔叛道的魔判官，與其十二名被凌月所解放的惡鬼差，在夜間不斷危害人間，截擊死於非命的怨魂，助長其勢力。

冷　雨▬魯凱族巴冷公主與百步蛇王阿達禮歐的後代，世稱「靈蛇姬冷雨」，與其常伴肩上看似裝飾的百步蛇勇士共同行動，為自由穿梭陰、陽、妖三界靈力高強的陰陽判官。

卡利穆▬伴隨守護靈蛇姬的百步蛇勇士，平時乍看只是冷雨肩上裝飾，一旦危險接近，便會化身蛇型，恫嚇敵人。

劉辰濤▬P大民俗學系大二生，小名「小刀」。

吳盈臻——P大民俗學系大二生。

許世雄——P大民俗學系大二生，小名「阿雄」。

李德宏——P大民俗學系大二生。

江中森——H大靈異研究社社員，中文系二年級生，小名「阿森」。

洪蔚萱——H大靈異研究社社員，心理學系三年級生，靈異研究社社長。

陳泠霜——H大靈異研究社社員，歷史系二年級生。

林鴻凱——H大靈異研究社社員，地質系三年級生，靈異研究社副社長。

蔡圖澤——H大靈異研究社社員，哲學系三年級生。

謝霆隆——H大靈異研究社社員，企管系二年級生，小名「阿隆」。

盧　琴——H大靈異研究社社員，會計系二年級生。

侯炳承——S高級中學二年級生。

高寶均——十餘年前豪宅兇殺案被害者，身亡時僅八歲。

【推薦序】

資深推理迷　卡蘿

讀過秀霖上一本個人創作小說《考場現形記》之讀者，可能會對本次新作《陰陽判官生死簿》產生驚奇之感。從題材嚴謹、內容極度考究的明朝科舉面面觀，忽地跳到六道輪迴神魔大對決新世界，故事風格截然不同，很難想像這兩部小說出自同一人手筆。

但也由此可見秀霖創作的野心，不願侷限於單一題材，對於各式新奇創意都樂於投入心血嘗試。雖然新舊作風格迥異，秀霖擅長的情感刻劃仍舊細膩精采。幾段大學生的鬥嘴和情緒微妙變化，角色面貌躍然紙上。與事件相關人物至少十幾位，各人仍具獨立風貌，這是長篇推理小說中大堆頭出場人物最難處理的部分。

《陰陽判官生死簿》末尾提到「放下」的概念，我個人非常喜歡；「活人」與「死人」對於復仇的想法可以如此不同，只有人心才能呈現出的無奈感慨。

有神魔奇幻，精采法術對決；也有正統嚴謹推理過程，《陰陽判官生死簿》可感受到作者挑戰新題材的用心。今年為華文推理出版大爆炸的一年，很高興能讀到有別於一般推理小說的新鮮作品！

【推薦序】跳脫傳統推理創作框架，實踐跨元素組成理念之狂想作

暨南大學推理同好會顧問　余小芳

最開始是藉由閱讀知道秀霖這位推理作家，但認識作家本人則是另一段故事。

二〇一一年五月十四日，應暨南大學推理同好會之邀，秀霖在社團年度盛事「推理週」[1]期間擔任客座講師，和聽眾分享「跳脫本土創作的框架：本土創作鏈的另一片沃土」，內容主要釐清推理派別的定義，同時論及創作意識、作品元素和出版市場的鏈結關係，並靦腆表示此是他生平第一場演講邀約。翌日，筆者偕同社員小武、Fish和秀霖等人同遊日月潭、車埕、集集，過程中秀霖展現極爲謙遜隨和的一面，毫不推辭地和社員們共同拍攝令人莞爾的劇情紀念照。回程半路不巧遇上暴雨，四人躲於蒼翠綠樹底下等待驟雨暫歇，當時寧靜自然的氛圍，使人不禁興起龍貓公車即將前來的想像。

1 雖延續往昔社團活動名稱而定名為「推理週」，但實際活動時間長達月餘，已可稱為「推理月」。

幾年光陰流走，秀霖不僅創作不輟，跨足電影小說，甚至受邀演講、發表論文；身爲朋友或是推理迷，對作家日前發展和未來前景感到十足欣喜與期待。然而秀霖畢竟是個默默耕耘的實踐家，而非頂著獎項光環出道的創作者，也許作家本身對此不免感到些許遺憾。多年來，角逐獎項總是鎩羽而歸，面對其槓龜經驗，作者自嘲地幽了自己一默，在金車文藝中心所舉辦的校園推理巡迴演講中戲稱自己「該不會從此成爲『龜派氣功』傳人吧」。

回頭檢視其創作歷程，自二〇〇五年起，接連三年以〈淒月〉、〈鬼鈴魂〉、〈第九種結局〉入圍第三、四、五屆「人狼城推理文學獎」決選[2]。出版短篇作品〈鬼鈴魂〉、〈第九種結局〉、〈一篇Plurk文救排球〉，中篇小說《謊言》，長篇推理之作《國球的眼淚》、《考場現形記》及電影改編小說《甜蜜殺機》。事實證明，創作擁有推理獎項加持固然錦上添花，然而秀霖的個人出版經驗和作品銷售量儼然成爲不需要得獎即能被肯定的典型代表。

創意無限、不按牌理出牌，他創作網路人氣ＢＢＳ推理小說〈鄉民偵探團〉，曾配合發行限量版的「鄉民偵探團」、「鄉民偵探團2：嫌疑犯XD的現身」紀念卡，後又發表同系列的角色作品〈紳士炸雞：古亭任三郎〉。檢核題名，作者展現其對伊坂幸太郎〈一首Punk歌救地球〉與長紅日劇《紳士刑警：古畑任三郎》的致敬，而紀念卡取名則脫胎自東野圭吾《嫌疑犯X的獻身》，作者特有的幽默感於作品命名中體現，不一而足。

2 二〇〇三至二〇〇七年皆稱為「人狼城推理文學獎」，後更名「台灣推理作家協會徵文獎」。

秀霖的成就絕非偶發的運氣使然，而是逐年累積的成果。其對於推理小說的創作理念亦有跡可循：曾於暨大演講表明自己喜愛涉獵不同的作品元素，過兩年發表論文〈劇情類型藝術「創作鏈」的共生發展〉，脈絡明顯源自於此，同年底金車推理講座「文字以外的推理：淺談推理動漫與推理電玩」，更是闡述一脈相承的概念，而《陰陽判官生死簿》的產出足以證實作者勇於跳脫傳統推理創作框架，實踐作品涉及多元素材的想法。

特殊的世界架構支持全書，以陰、陽、妖、仙、神、魔，天地六界為小說背景設定，主角為自由穿梭陰陽二界、手持生死簿與硃砂筆的判官。我們自六界並生、六道輪迴的陳述，以及鬼魂記憶力不佳且維持死前年紀、外貌的書寫，瞥見作者對於死後世界和秩序的想像，書中進一步點出《西遊記》內魏徵和崔判官的神話記載，間接闡明懲惡揚善的核心主題。通過擬人化的手法，釋出判官的情感面，故事起於陰陽判官凌月夜巡碰上十二惡鬼差，意外捲入台北市河濱公園女子連續殺人案；其憐憫命不該絕的亡魂而執法審判，並從中追查眞相，以避免亡魂被魔判官癸亥勢力所吸納而成為怨靈。

打基礎設定觀之，部分讀者可能誤以為它被歸類為靈異之作，然而本書確實是貨眞價實的推理小說。推理小說不是不能納入非理性的因子，而是倚仗背後設定和特異的潛規則造就具備邏輯性的推理過程，使結果合理。換句話說，無論作品背景再荒謬虛妄或充滿幻想性質，只要符合作者設定的世界觀，依據其敘事邏輯推論得出的結果，一樣是推理小說。

翻閱當下，我們可看到大大小小似曾相識的推理點子，同時瞧見作者翻轉傳統推理小說子類型的意圖。暴風雨山莊是指因為天候或人為因素形成一個對外隔絕的空間，它可透過暴風雨、暴風雪等自然因素，或經由燒毀吊橋及剪斷電話線等人為破壞方式，形成小說發生場景與外界完全隔離的狀況。但若是

小說背景位於台灣，採用颱風、土石流等天災，造成對外交通和通訊中斷而成爲一封閉空間，亦是不無可能。然而本書通訊失靈是源自於場景位於深山幽林，連外道路斷絕原因則是「偵探爲了不讓犯人逃跑而自毀出路」，雖然沿用暴風雨山莊此常見的推理小說子類型和概念，卻以全新的促成形式顯現，著實趣味。

彷彿寶島神魔版的館系列重現一般，P大民俗學系學生和H大靈異研究社社員在詭譎神奇且發生過滅門血案的建築物偶遇，人物糾葛自然不在話下。閱讀傳統推理小說的讀者，想必對於美其名稱爲「向讀者挑戰」，實則是「向讀者挑釁」的設置並不陌生，本書配合原始設定，將類似的概念轉換爲「驅魔令」，十足展現作者詼諧的一面。

在強調邏輯和理性的推理世界中，本書的架空預設完整、殊異，擴展推理小說的版圖和作者生涯創作的里程碑，同時爲此系列的誕生鋪路。自古以來，東雨、西風、南日、北月等靈界四大判官鎮守靈島天地六界之門，他們日夜匪懈地追緝魔判官癸亥的蹤跡，而後將會衍生出什麼故事？權且讓我們引領期盼。

【導讀】進擊的秀霖：嶄新境界，本土玄幻推理第一人

推理評論家 喬齊安（Heero）

在台灣推理作家之中，談起秀霖先生，我的印象就像是「健達出奇蛋」：打開內容前，你永遠不知道作者會帶來什麼驚喜；而且更勝一籌的是，你還不會拿到重複的獎品！從二〇〇六年入圍第四屆人狼城推理文學獎（現台灣推理作家協會徵文獎前身）所發表的處女作〈鬼鈴魂〉，這篇讓我沉迷其中、喜愛不已的恐怖推理開始，多年來風格百變的秀霖持續筆耕不輟，目前已經發表了三本長篇、一部中篇、七部短篇小說。本作《陰陽判官生死簿》則是第四本長篇作品，初稿完成於二〇一一年上半年，爾後經由不同建議再修改了四次，成爲最後出版的這本正書。

「風格多變」對作家而言未必是好事，有可能出現什麼都會寫但什麼都寫不好的狀況，譬如秀霖本身欣賞的東野圭吾，也是歷經多年摸索，才找出自己眞正擅長的寫作路線一炮而紅，擺脫一刷作家惡名。但秀霖的表現倒還眞沒令我大失所望過，無論是讓讀者打從心底發寒的〈鬼鈴魂〉、「人性的試煉」首部曲《謊言》那好萊塢電影般的刺激懸疑度、澈底結合BBS「批踢踢文化」大膽表現手法的〈鄉民偵探團〉、以及忠實刻劃台灣棒球界問題的社會派《國球的眼淚》或以明朝「東林黨爭」爲

背景書寫的歷史推理《考場現形記》……等。這不是看到什麼題材紅就跟著過水沾光，而是對本身興趣研究長期累積的專業素養，讓秀霖每次出手總叫人驚異，更感到期待。他的挑戰領域，似乎沒有止境。

本作無疑維持了秀霖 style 的「優良傳統」，當他寄出稿件給我時，我還一度疑惑地回信確認這本書是推理小說嗎？但讀沒多少頁就明白眞是杞人憂天了，《陰陽判官生死簿》是以玄幻小說的外皮，包覆著本格推理的骨幹；別樹一幟的設定，輔以紮實豐富的故事，讓我閱讀過程感覺相當愉快。在台灣推理市場大爆發的時代開啓後，許多原本擅長其他類型創作的作家跟上商機，一時間掛羊頭賣狗肉、擦邊球的作品林立，但多數難以做好小說中最重要的推理本質。始終還是得交由正統推理迷出身的作家出馬，才能繳出這樣令我興奮且欣慰的佳作。

秀霖的作品概念往往發想甚早，但他並不隨意浪費，宛如釀製美酒一般不斷琢磨可能性，直至最完美的程度。《考場現形記》名副其實「十年磨一劍」，本作中希望融合、混搭科學與幻想世界的動機也已構思多年。台灣玄幻小說、電玩盛行，此類型名稱起源於黃易，主要帶有超自然、神怪風格，不同於奇幻小說的點在於奇幻會設定架空的世界觀，而玄幻小說建立於我們生活的認知，是所謂的魔幻現實主義。秀霖引用中華文化熟悉的天地六界、六道輪迴觀，安排閻王手下的執法判官進入我們生活的台灣擔任偵探，讓讀者讀來不會有所隔閡。並擺脫人類司法的制肘，經由「神」的制裁表達另一種「善惡終有報」的正義論，教育意義明確。

古代傳說閻羅殿裡有四大判官：賞善司、罰惡司、查察司、崔判官。秀霖以此爲基礎設計出守護台灣的「東雨、西風、南日、北月」靈界最強四判官，主角凌月便是「北月」，與著邪叛變的魔判官癸

亥、背後撐腰的魔界冥界過去至未來爆發的神魔大戰，成爲全系列最熱血也引人入勝的核心主題。作者爲消去嚴肅、陳舊感，亦強化了角色塑造，凌月座下鬼吏十三零是個可愛的醋桶蘿莉、傲嬌的「東雨」判官冷雨和她的守護靈蛇卡利穆在外型、性格與對話皆富巧思，營造出逗趣輕鬆的氣氛，包含那神來一筆的「鬼島」之說，緩解了全作肅殺感。秀霖意識到魅力角色是任何「類型小說」更上一層樓的重點要素，在多達十數人的配角學生群上亦不馬虎，一一描繪個性，並運用「綽號」的方式有效建立鑑別度，顯現寫作技法之成熟，也不免讓讀者更爲憧憬未來四位判官的齊聚一堂。

本書的偵探是穿梭兩界，引領鬼魂放下執念升天的陰陽判官，是台灣推理界堪稱創舉的設定。推理小說自愛倫坡於一八四一年開創以來，近兩百年的歷史裡衍生出多元的流派與各種另類的「非人類」偵探：如A・Lee・馬丁尼茲《機器人偵探》、動物與昆蟲（赤川次郎「三毛貓系列」、鳥飼否宇《昆蟲偵探》）。甚至早在一九五三年就由J・B・歐薩里凡的《附身之死》、蓋・卡林佛特《死後》發明了「幽靈偵探」的構想。近代日本業界也有北歐神話邪神下凡的《魔偵探洛基》、甚至魔界變種生物《魔人偵探腦嚙涅羅》、伊坂幸太郎「死神千葉」等頗富創意的主角。這類作品最大的特色就是顛覆認知框架。擁有全知視角、不被空間與時間束縛的幽靈或聰明的動物固然辦案方便，但它們要怎麼舉發眞相給現實世界的人呢？這部分的可看處値得大書特書。山口雅也《活屍之死》讓死而復活的葛林「僞裝」成活人，本作也採取類似的手法，凌月因正邪交戰靈力大失，必須投胎使用凡世肉體等待神格恢復的期間，以大學生的身分參與謀殺案，並保有華人版死亡筆記本的「IMBA武器」生死簿、硃砂筆能力，既名正言順替天行道，道具還在解謎時具備確認兇手眞身的關鍵作用，成功造就獨特的一方神探。

在推理層面，《陰陽判官生死簿》則正面挑戰了暴風雨山莊、密室殺人的本格必寫題材。詳盡的別墅平面圖與設計怪異的建築、神祕的機關與密道，承襲綾辻行人館系列一脈的高超魅力，最後還在解答篇前送上最讓推理迷懷念的「給讀者的挑戰書」；過程情節並搭配「七月鬼門開」的習俗，配合大學生社團暑訓的青春背景，選在靈異事件最盛的夏季發生召靈儀式、連串人偶與眞人的「血與屍體」，塑造出怪談系的詭異、恐怖氛圍。在探討眞兇動機時，亦反映出現實政商勾結互利的卑鄙與無奈，回歸社會派重視的議題。種種加成，讓本作呈現既熟悉又新鮮的奇妙閱讀感，這些都是推理迷愛好且如數家珍的元素，經由玄學世界的包裝，雖在細節還有些許可以改進的地方，但「本土玄幻推理」開宗立派的輪廓已然順利成型。而古文根基深厚的秀霖，賦予作品的「中式古典推理」風格，我肯定達到了他在自序中區隔於西方文明的期許。

目前這個系列第二集已在撰寫，秀霖本人也表示自己有出版很多部續集的企圖心，相信在「玄幻」與「推理」彼此間成分的斟酌與拿捏，會有更進一步的表現。神魔決戰的劇情與描寫，也是我未來最爲期盼之處。作爲開創新派別的第一人，秀霖踏出了穩健的一步，但往後需要面臨的考驗仍無比艱鉅，譬如如何行銷來打動輕小說市場的讀者買單。無須各大獎項加持，近十年來的秀霖總是努力不懈、克服逆境，屢屢無畏「進擊」不同的路線，開拓推理小說的嶄新境界。且別不喜歡一本書便急著唱衰，或許沒多久後點子多多的秀霖便將如同《考場現形記》中的古代士人「一舉成名天下知」，就讓我們拭目以待！

喬齊安（Heero）：曾任中央社記者、廣告公關。現為電視台世界盃足球賽球評、運動作家、痞客邦「運動邦」專欄作者、百萬部落客、台灣推理作家協會成員。掛名推薦與推薦文章散見於各類型出版書籍，著有《2014世界盃足球賽觀戰專輯》。

長年經營新聞人Heero的推理&小說評論部落格：http://heero.pixnet.net/blog

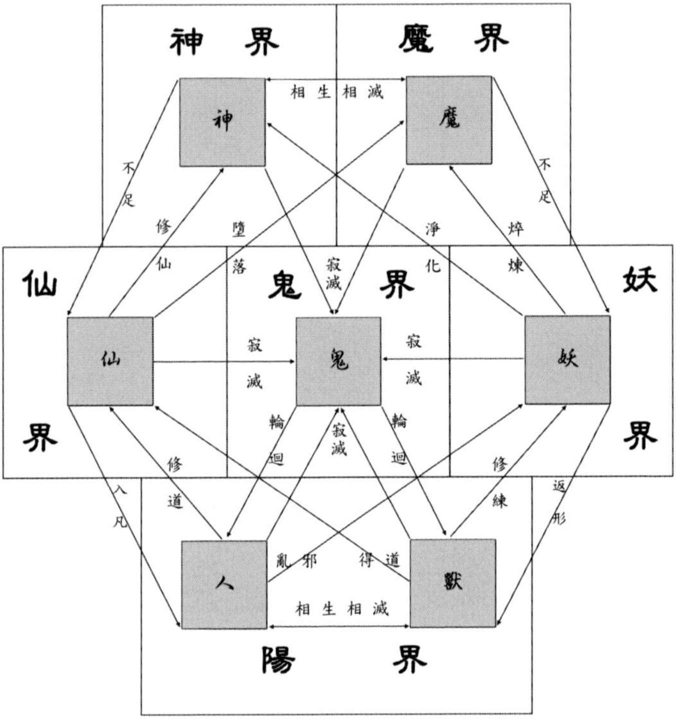

六道輪迴

天地六界，相生相滅，以人為初，以鬼為終。仰觀蒼天，俯察大地，人獸並存，是為陽界。人修道成仙，獸精則化妖，仙善為神，妖良則靈，晉升神道；人作亂入妖，妖處人之上，其怪而為邪妖，後墮魔道。神魔之道，神即是魔，魔即是神，兩生交替，善惡追尋。神、魔、妖、仙、人、鬼六道輪迴不已，五界生靈寂滅為鬼，六界皆以人獸為始端，亡而為魂，亦鬼之說，自成陰界，亦為靈界。

陰陽判官踰人鬼兩界，晝出與常人無異，夜巡身著官服，手持生死之簿，遇不平之鳴、不安之魂則公斷判案，為冤屈而奔走，凡罪大惡極者，不問陰陽，手揮硃筆，抹煞陰陽餘命，是為閻王之代法者。

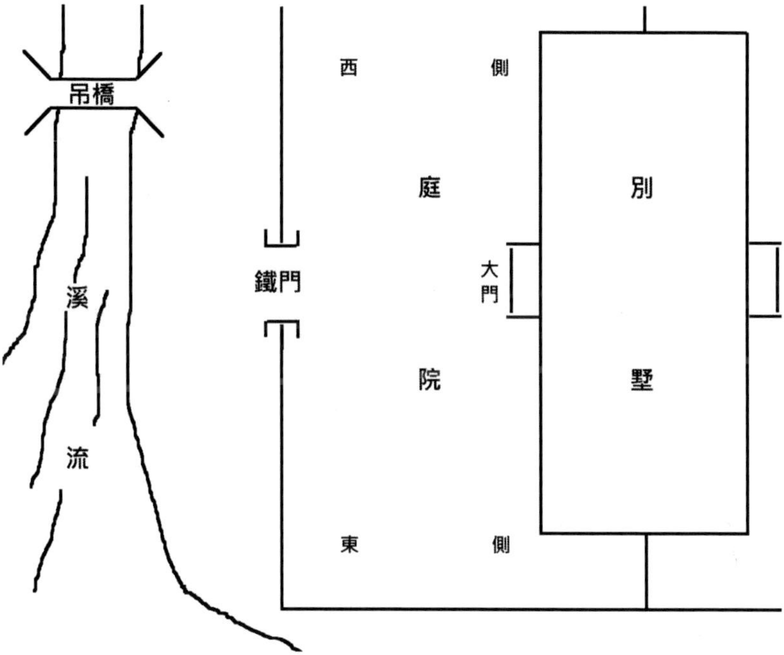

別墅周圍環境圖

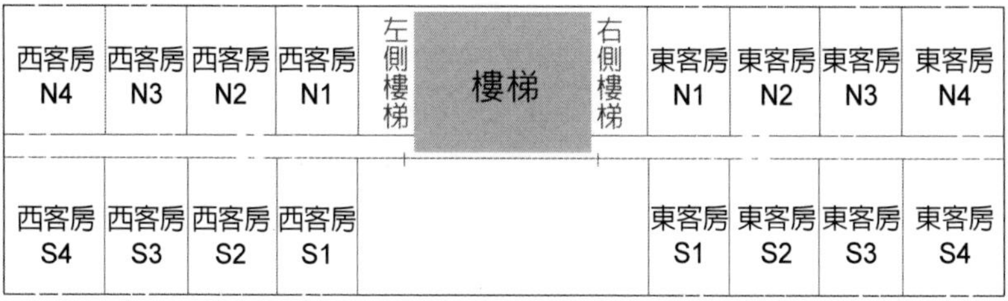

別墅二樓分佈圖

序章

深夜，城市已經陷入一片寂靜，偶爾還可以聽到零星而模糊的犬吠聲。

位於台北市北投區的軍艦岩，向來都可以俯視台北市的全景，也是欣賞台北市夜色的一大景點。與對面的文化大學遙遙相望，山頂上突起的那塊大岩石，在眾人早已入睡的深夜裡，卻站著一名年輕男子。不過男子身上穿得卻是相當不合時宜的古代漢裝，長髮還束在髮尾邊。

若在大白天出現，恐怕只會被人當作是在拍戲的演員，但在這種深夜中出現，還是令人頗為恐懼。

在男子的身後，是一名十來歲模樣的稚氣女孩，同樣身著古代服裝，頭上還扎著緞帶綁成的蝴蝶結，雖然看似站在男子身後，但在其裙襬之下，赤裸的雙腳並未著地，反而飄在半空。即便如此，男子依舊神色自若，絲毫沒有畏懼的樣子。

「那邊——」男子突然眼睛一亮，伸手指向遠方。「或許有異狀——」

「會嗎？該不會又是你想太多了？」女孩不以爲然。

「妳先去看看吧！」男子冷冷說著。「我隨後就到。」

不一會兒，女孩倏地消失。

朝著男子指引的方向，女孩來到山腳下，一會兒又迅速向前飄移，一下就來到了夜間人煙稀少的河濱公園，但除了一片漆黑外，根本就伸手不見五指。

巡視一段時間，還是沒有任何異狀。突然，河堤邊出現一個呆立原地的可疑人影，女孩就像是發掘獵物般地欣喜，毫無懼色直接移動過去。

「小妹妹，這麼晚了，怎麼還在這裡？」

女孩有些詫異，刻意再次向眼前的紅衣長髮女子揮手確認，女子依舊面無表情。

雙眼呆滯的女子還是一臉疑惑：「小妹妹妳到底是誰？在拍戲嗎？而且我爲什麼在這裡？我又是誰？」

「大姊姊，妳眞的看得到我嗎？」女孩伸手輕抓女子上衣衣角。

「這很奇怪嗎？」

「這——」

女孩本想要說些什麼，卻被遠方的嘈雜聲響打斷。

「哼——迷失的著魔鬼差，滾回你們的黑暗世界吧！」

河濱公園的橋下空地，束髮漢裝的男子，正被十多個膚色鐵灰，全身糜爛不已的人形魔物團團圍住。

男子伸出右手，掌心之中逐漸燃起藍綠交錯的陰陽火焰。

十數個魔物分別手持不同的鐵鍊枷鎖，上頭都燃著團團黑火，隨著魔物將手中之物來回揮舞，男子似乎快要被吞噬在一片闇火之中。

「喂，凌月！」女孩察覺異狀後，一下就從遠方直奔而來。

就在十數個魔物齊向男子發動攻擊之時，女孩迅速鑽進那團黑火之中，劃出阻擋黑火的一道防護，並將男子帶出魔物的團團攻勢。

「凌月，快切出陰陽結界，他們數目眾多，我們根本就不是對手，先逃回靈界再說吧！我今晚在陽界待太久，靈力已經所剩不多了——」女孩邊拉著凌月邊喊著。

即便女孩使上奇術迅速移動，後頭的追兵也不是省油的燈，揮舞枷鎖窮追不捨。

「十三零，妳這老太婆動作眞慢，到底跑到哪邊去打混，每次緊要關頭都不知道跑哪去！」凌月一點也不感激貼身護衛十三零的搭救，反而因爲十三零是百年女鬼，刻意對她數落了一番。

「哼，誰是老太婆，你才動作慢呑呑，叫你快劃結界還在拖什麼！」十三零惡狠狠瞪了回去。

「等等，這裡適合劃出陰陽結界！」凌月拉住了十三零。「那些惡鬼差就交給妳了，老太婆，這是妳唯一可以發揮長處的地方。」

「哼——告訴你，我剩下的靈力眞的不多，你可不要故意在那邊打混！」十三零鼓著稚嫩的臉龐，表達強烈的不滿。隨後轉身面對來勢洶洶的魔物群，雙手在胸前不斷比劃，口中唸唸有詞，逐漸築起了一道青色的屏障。

凌月伸出右手，置於胸前，掌心浮現一支斑駁老舊的硃砂毛筆。就在凌月握住硃砂筆向前準備劃出陰陽結界之時，他回頭觀望十三零的戰況，卻發現十三零身後出現一個奇怪的紅衣女子。

「小妹妹，你們眞的在拍戲嗎？感覺很有趣！」原本面無表情的紅衣女子露出了慘淡的笑容。

「臭凌月，你還在幹嘛，快劃結界啊，我快撐不住了！」十三零雙掌合一，擺出劍指的兩隻食指不

停顫抖。

十數個魔物不斷以其鐵鍊綑綁的鐵枷鎖重重揮向十三零擺出的青色屏障，眼看再不久這些屏障就會被攻破。

「等等——」凌月眼睛一亮。「她爲什麼看得到妳？」

「奇怪，看得到這小妹妹有什麼奇怪的嗎？我還看得到其他的演員啊——」紅衣女子還是傻笑著。

「快一點劃結界啊，臭凌月！那個大姊姊已經死了啊！」

「什麼？爲什麼我死了！你們在胡說什麼！」紅衣女子笑容瞬間消失，取而代之的是恐怖的猙獰表情。

「妳該不會是——」凌月不顧十三零的呼喊，向前靠近紅衣女子，伸出左掌喚出藍色封皮的古籍，正是掌管陰陽界的生死簿。浮在半空的生死簿，在女子面前自動迅速翻頁，就在快要翻到特定頁數停止時，女子竟然氣沖沖走到十三零身後。

「小妹妹，鬧夠了沒，快跟姊姊解釋清楚！」紅衣女子氣憤地來回拉扯十三零，讓她驚叫了一聲，陣法瞬間毀滅，並就此倒地不起。

「凌月——我不行了啦——」十三零痛苦地說著。

凌月眼見惡鬼差大軍就要大舉入侵，迅速揮舞右手中的硃砂筆，過了一會兒劃出了穿越陰陽兩界的結界，向前拉起十三零準備逃往陰界。

一旦到了陰界，這些著魔鬼差就不敢跟來了，況且魔性在身，也過不了結界，凌月自忖著。

「等等，那個大姊姊都已經死了，怎麼不把她一起帶回我們靈界，留在這裡太危險了，會跟那些惡

鬼差一同魔化。」趴附在凌月背上的十三零輕搖凌月的雙肩。

凌月搖搖頭：「沒辦法，我剛才用生死簿查過了，她叫做盧琴，陽壽六十三年，現在年紀輕輕就死了，一定是死於非命，這種在陽界還有執念的亡魂，進不了陰界的。搞不好冤屈不滅，還會化為厲鬼。而我現在的功力，也不足以將這樣的亡魂強行帶入陰界——」

「你們到底在幹嘛！」紅衣女子想要跟上來，卻被擋在結界之外，表情變得更為兇惡。

十三零輕嘆了一口氣，無奈地望向那名紅衣女子，對方不久就被那群魔物團團圍住，一下就消失在黑火之中。

穿過結界，眼前卻是一條兩旁佈滿枯木的灰暗道路，遠方天空更是不時閃爍著陣陣閃電。

「喂，老太婆，現在這裡是靈界，靈力恢復了吧，可以不用再趴在我身上了吧！」

不過凌月回頭一瞥，卻發現十三零已經意識不清趴在自己身上。或許這一整晚消耗的靈力真的過多，尤其是最後佈陣時又被紅衣女子從背後破了身法。

說到那名紅衣女子，凌月一開始就已經在河濱公園橋墩下發現那名女子慘死的屍首，而那十數名惡鬼差早早就徘徊在屍體附近尋找亡靈。其實他們是衝著死於非命的亡魂而來，為了替自己著魔叛道的主人魔判官「癸亥」復出而四處蒐集怨靈。

自從上次誘敵進入陰界與數名「陰」判官聯手擊敗癸亥後，負傷敗逃的癸亥與其十二名著魔鬼差已經沉寂多時，怎麼現在又開始出來作亂了？凌月輕閉雙眼陷入沉思。

魔判官，一個同屬於陰界神職的判官，不知何時著魔判道，墮入六界魔道，擅於操縱人心，寄宿在活物之中，藉著扭曲的心靈，遊走於陰陽兩界的夾縫之間，將死於非命的亡魂，據為己有，以增強自身

魔性。

凌月走向陰界深處，繼續思索著。這已經不是台北市這陣子發生的第一起年輕女子命案了，類似的殘忍手法，到底是爲了什麼？

引領孤魂野鬼放下陽界執念，就是陰陽判官的職務。凌月身爲半人半鬼的陰陽判官，在夜間可以自由穿梭陰陽兩界，但是他的身分來歷成謎，沒有人知道他眞實的來龍去脈。

第一章

盛夏時節，蟬鳴不絕於耳，柏油路上更是可以隱約看見遠方景物在波動的空氣中不停竄動。

「喂，我說沈凌月老兄，這次總算眞的約到你啦！平常要什麼神祕，眞是的！」一名身穿T恤和輕便牛仔褲的男大學生沿路不停嚷著。

即使被這名男子搭住肩膀，凌月依舊還是那副事不關己的模樣。

「小刀，你少無聊了，人家凌月他這學期才剛轉到我們系上，本來就會覺得人生地不熟，我們不熟情一點邀約，他怎麼可能又會來呢？」說話的是另一名身高還不到一百五十公分的嬌小女子。

那名叫做「小刀」的男子，本名劉辰濤，因爲名字尾音和「刀」字相近，所以綽號「小刀」，長得人高馬大，衣裝不修邊幅，粗枝大葉的個性感覺有什麼話就會不經大腦直接衝出。

而那名嬌小的女子，叫做吳盈臻，留著短髮，五官分明，模樣相當可愛，卻也不失親和力，身穿輕便帽T，更顯得活力十足，和小刀同樣都是P大學民俗學系剛升上二年級的學生。

「這次迎新宿營爲什麼要辦在這種地方啊？」盈臻輕聲問著。

「唉呀，這我怎麼會知道，辦在哪裡都無所謂啊，重點是要能夠嚇死學弟妹！」大嗓門的小刀說完，還刻意放聲大笑。「你說對不對啊，凌月老兄！」

身穿休閒襯衫與長褲的凌月看了小刀一眼，依舊沒有任何表情變化，抓緊自己的背包，繼續朝目的地前進。

「哼！裝什麼酷！小心我找機會修理你，嚇得你屁滾尿流——」小刀瞄著凌月紮起的長髮喃喃自語，盡可能壓抑自己的怒氣。

凌月雖然面容俊俏，卻留著怪裡怪氣的長髮，個性又十分孤僻，右臉在長髮的遮掩下有一大片呈現死灰色的傷痕，遠看還不明顯，一旦走近那片傷痕便會隱約浮現。即使這學期才轉入P大民俗學系，但這樣的神秘感，反而更讓他在系上受到許多異性同儕的注目，使得小刀不免對他懷有敵意。

「這次眞的沒問題吧——」盈臻眉頭輕鎖，抬頭望著小刀。

小刀很清楚盈臻要問的是什麼，這已經是盈臻路程中的第三次發問。

「安啦，安啦，有什麼好怕的！」小刀拍著自己的胸脯。「不過是間老一點的房子，有什麼好大驚小怪的，就當作是在野外露營一樣，沒什麼好怕的！」

聽到小刀這麼一說，盈臻更覺得恐怖，不自覺向後縮了一下。

「就是這裡嗎？」

凌月指著前方面無表情回頭問著。

歷經千辛萬苦爬上半山腰後，總算看到一座連接對面小山丘的老式吊橋。

「是啊——是啊，凌月老兄，我看你能得意到什麼時候！」小刀表面上點頭示意，但嘴裡卻念念有詞。

矗立吊橋對面的是一座佔地遼闊的歐式別墅，白色的外牆，早已混雜各種顏色的污漬與破痕，使

外觀呈現一片斑駁的死灰色。兩層樓的挑高建築，從外面的窗戶配置加以猜測，少說也有十間以上的房間，依山傍水之勢，可以想像先前的富麗堂皇，如今卻已成爲了無生氣的廢墟。

向同伴確認後，凌月踏上通往別墅的小型吊橋，長度大約只有五十公尺，即使橋下的小溪早已接近乾涸，不過距離底端還是有足足五、六層樓以上的高度。

看到凌月走到吊橋中央，早就想好好惡整凌月的小刀，見機不可失，趕緊故意跑到吊橋前端用力上下跳動。

經由傳導後，劇烈的震幅一下就傳到位於前方的凌月，不過小刀看著凌月不爲所動的背影更覺生氣，繼續加大上下跳動的幅度。

「喂！你瘋了嗎？到底想幹嘛啊！」本想踏上吊橋的盈臻，見到小刀的瘋狂舉動，一下就把前腳收了回來。

「沒什麼，我只是想先在橋頭測試一下這座吊橋安不安全。」小刀氣喘吁吁地說著。

不過這時凌月早已通過吊橋，回頭冷冷看了小刀一眼。

「可惡！Shit！」小刀停止跳動，喃喃地咒罵一句。

「神經病啊你！故意要嚇我嗎——」見到小刀停止發狂似的舉動，盈臻這才湊上前來拍打小刀。

「就跟妳說我在確認吊橋安不安全！」小刀不耐地說著。

不再理會小刀的盈臻一會兒已經快步通往吊橋的底端。

「凌月，我們還是不要理小刀那個神經病了——」通過吊橋的盈臻，站在凌月身旁刻意對著後頭放聲說著。

「可惡！」發現自己的計畫收不到任何效果，小刀又嘟囔了幾聲。

「喔——」

向前走了一段爬坡路後，凌月在那棟廢棄已久的別墅外牆鐵門邊停了下來。

「凌月，怎麼了？」見到凌月突然在門口前停了下來，盈臻睜大雙眼問著。

距離吊橋僅有一百多公尺的緩坡路程，別墅庭院外有一道以鐵柱交織而成的拱型鐵門，其間排列而成的幾何圖形原本應當相當美觀，但由於年久失修，頂端的部位已經受到侵蝕變形，原本的黑色鐵漆，早已參雜許多分散各處的暗紅鐵鏽，左半邊的鐵門上半部連結處已經脫離，更顯得有些頹傾，感覺隨時都有倒下的可能。

「唉，發什麼呆啊！」從後面趕上的小刀，避開左半邊明顯已經壞掉的鐵門，直接一步向前準備推開右半邊看似正常的部份。

「等等！」凌月突然叫了一聲。

「怎麼啦！」小刀面露不耐回頭問著。

「裡面好像已經有人來過——」凌月正經地說著。

「聽你在胡扯！」小刀刻意用力搖頭。

「你自己看右側門邊後面淤積的泥土，有最近開過門所留下的痕跡。」凌月伸手指向鐵門後方。

小刀看了一眼，雖然如凌月所說，還是不以爲然說著：「那又有什麼奇怪，還有阿雄他們幾個人也有參加這次的場勘，雖然說會比較晚來，搞不好又改變主意先來了——」

話還沒說完，小刀直接推開了大門。

滿布鐵鏽的右半部大門，在嘎嘎聲響中，總算在人高馬大的小刀蠻力推進下，沿著地上圓弧泥痕推開。

「呼——怎麼變得那麼難開。」小刀強忍上氣不接下氣的急促呼吸。

「因爲這本來是電動控制的鐵門，現在要這樣強行推開，自然就必須費點力氣，況且門邊的連接已經有些問題。只是前面的人進去之後，爲什麼還要再花費力氣把門推回來？」凌月摸著鐵門質問著。

「哎喲，這還要你說，大家都知道的事，而且管那麼多幹嘛。進去問阿雄他們不就好了——」不顧凌月的質疑，小刀早已對凌月心生不耐，大步向前邁進。

「小刀，你也不用這樣，一路上對凌月那麼不耐煩，這是什麼對待同學之道啊！」聽到盈臻又護著凌月，小刀更覺光火，繼續快步向前。

「凌月，你怎麼了！」盈臻突然以尖叫般的口吻大叫著。

發覺情況有些不對，小刀這才心不甘情不願回頭探望自己的夥伴。

只見凌月穿過大門沒有幾步，就停在原地一動也不動，雙眼睜得奇大無比，無神地望向前方。

「哎喲，又在搞什麼鬼啊，這個怪裡怪氣的人——」無可奈何，小刀只好又轉身走向凌月。不過在小刀接近前，盈臻已經向前拍了凌月，凌月這才回神。

「凌月，你怎麼了？身體不適嗎？」盈臻抬頭望著凌月，關切地問著。「不要嚇我——」

「沒什麼——」凌月輕輕撥開盈臻抓住他的手，面無表情地向前走去。

見到凌月前後落差那麼大的反應，盈臻先是呆立原地，不一會兒才又跟上前去。

看在小刀的眼裡，更覺得這只是凌月的惡作劇。

「哼！這混蛋到底在耍什麼把戲——」小刀內心暗自咒罵，也跟著轉身繼續穿越別墅庭院。

庭院四處雜草叢生，但卻隱約可見腐蝕糜爛的褐色木頭凌亂排列，可以推測那些木頭是原本花圃的柵欄，經過長年的日曬雨淋，已經變成現在這幅景象。

「妳注意看地上的足跡，雖然有些地方因爲雜草茂盛而被掩蓋，但在沒有雜草生長的地方，可以看到明顯不是小刀的鞋痕——」與盈臻並肩前進的凌月，事不關己地望著前方說著。

「所以眞的有人比我們先到一步？」盈臻怯生生地說著。

「嘖！有什麼大驚小怪的，不就是阿雄他們嗎？」已經走到別墅大門前的小刀，毫不猶豫直接把那半開的大門推開。

「啊！」小刀一進門就撞見眼前的怪異景象，不覺驚叫了一聲。

聽見小刀的驚叫，即使還不知道發生什麼事的盈臻也跟著停下腳步。而凌月絲毫不爲所動，繼續走向別墅大門。

「咳——咳——」回神後的小刀刻意故作鎮定。「嘖，原來只是個假人而已，沒什麼嘛——」

儘管小刀嘴上這麼說著，蒼白的臉色讓他的惶恐表露無疑。

不過等到凌月湊上前去，也能理解小刀的反應。

在昏暗而廣闊的別墅一樓大廳，牆上隱約可以看到一個垂掛的人形，如果不仔細再看一次，就會像小刀一樣以爲是一具死屍，只要再定睛一看，就會發現那不過是用廢布做成的假人，尤其是頭髮部份的製作更是過於粗糙，可以明顯辨別只是碎布所做成的道具。

「嘖，一定是阿雄他們先到一步了，怎麼道具那麼快就弄好了——」小刀跨進別墅，戰戰兢兢走向那個垂吊在大廳牆上的人形。

沒有先前的那股凌人氣勢，小刀前進步伐相當緩慢，讓盈臻與凌月一下就跟了上來。

即使太陽還沒下山，不過由於別墅大廳內視野昏暗，更是傳來陣陣的刺鼻怪味，小刀早就拿起身上準備好的手電筒照向前方，在後頭的盈臻也跟著拿出照明工具，只有凌月依舊神色自若跟著隊伍。

等到走近一看，三人赫然發現假人身上潑灑著紅色液體，部分液體還沿著牆壁慢慢流下，可以想見這個道具才剛做好不久。

凌月上前走了一步，雙眼不禁大睜：「這是——」

「怎麼好像有一股腥味——」盈臻用手摀住自己的口鼻，使聲音有些模糊。

「這——這好像是——血——」小刀故作鎮定地說著。

早已發現異狀的凌月，向盈臻借了手電筒湊上前去仔細查看這個假人。

原以爲假人是由牆上垂吊而下，再仔細察看，才發現那具假人其實是被釘在牆上，從脖子處被一個大型的釘子狠狠釘入，身上更用紅色的液體大大寫著某人的名字，不過由於字體過於潦草，一時之間也無法辨識。凌月拿著手電筒從不同角度照射，發現在假人的亂髮內有些光線的反射，細看之下才知道那是有如風箏線般的一團細線，綁在頭頂上的一個空心金屬圓環中。

「這看起來並不像是阿雄他們的作品——」檢視完畢後凌月冷冷說著。「比較像是對某人的詛咒，而且製作的人可能還在這棟屋子裡——」

這時樓上傳來了若有若無的聲響。

「阿雄！阿雄！是你們嗎？」小刀大聲地喊著，可以聽出顫抖的尾聲。一旁的凌月以警戒的眼神掃向四周，而盈臻則小心翼翼躲在兩人身後。正對大門的大廳底部，左右各有一排樓梯，可以猜測分別通往二樓左右兩側，而那具假人就是釘在兩側樓梯中間的牆壁上。

原本樓上若隱若現的聲響，不知道是不是聽見小刀的呼喊，彷彿突然停下動作，再也沒有傳出任何聲響。

「阿雄，是你們吧？」小刀又再次呼喊，屋內卻只有小刀的聲音迴盪著。

「小刀，打手機問問阿雄他們，我覺得有些怪異——」凌月輕皺眉頭說著。

一向總愛與凌月作對的小刀，這時竟然乖乖照著凌月指示，從口袋拿出手機準備撥打。

「咦？沒有訊號——」即使手機本身就有光源，為了更進一步確認，小刀還刻意將手中的手電筒照向自己的手機。「不過有一封簡訊。」

藉著手電筒的照明，小刀迅速讀著這封未閱讀的手機簡訊，但呼吸卻變得更為急促。

「等一下！我們——我們還是先離開這棟房子——」小刀邊說邊推著凌月和盈臻，還不時回頭觀望通往二樓的樓梯口。

在這樣詭異的氣氛下，盈臻早已嚇得臉色蒼白，根本不知道發生什麼事。

三人退到了別墅門口，凌月突然開口：「是不是阿雄他們不能來了？」

「倒不是那麼慘——」小刀吞了一口水。「是他們說因為道具的事有些耽誤，更晚才會到。」

「所以有人比我們先到達別墅，而且可能待在二樓，到底會是誰？」盈臻滿腹疑惑再也無法繼續隱忍下去。

「妳眞的認爲剛才二樓有人嗎？」小刀認眞地問著。

「你應該也有聽到聲響吧？難道眞的只是單純老鼠那類的生物嗎？那釘在牆上的那個怪東西又是什麼？」盈臻一下就提出了三個疑點。

小刀無法回答，只是不停搖晃自己的手機，依舊還是沒有收訊，剛剛那封簡訊是在山腳下時就已經收到，只是正在步行的小刀，並沒有察覺手機短暫的震動提示。

盈臻也拿出自己的手機確認，同樣都是收訊範圍之外。

「奇怪，我上次跟阿雄來場勘的時候明明就好好的。」小刀嘗試將手機擺向其他方位，還是徒勞無功。

「太陽快下山了——」凌月喃喃地說著。

「哼，大男人有什麼好怕的，太陽下山夜晚來臨，這不是很正常的事嗎？」小刀又恢復原有的模樣，開始數落凌月，只不過任誰都可以感覺得出來，小刀只是在逞強。

「我不知道該怎麼說——」凌月望向前方庭院中的雜草。「打從我踏進這棟別墅的外牆大門，我就覺得有些不大對勁，只怕太陽下山後——」

「怎麼樣——快說啊！」小刀有些不耐地催促凌月的答案。

凌月搖搖頭，竟然露出了突兀的笑容，讓小刀心裡不覺有些發寒，不過一旁的盈臻並沒有察覺凌月的詭笑。

「凌月老兄啊，你在想什麼啊，難道你眞的認爲這棟房子樓上有人躲著嗎？」小刀指向二樓。

就在小刀指向二樓的同時，卻發現二樓窗邊似乎有影子閃過。

「不可能的啦！這邊根本就不會有其他人想來，所以才會選擇這邊作爲預定地——」即使認爲只是自己眼花，小刀還是難以掩飾自己的惶恐。

「我倒是覺得很奇怪，爲什麼你那麼篤定這裡不會有其他人想來——」凌月問著。

「難道你們眞的都不知道嗎——」小刀勉強地露出苦笑。

「我們怎麼知道，這些場地不都是你跟阿雄決定的，我可是負責其他活動。」盈臻說著。

「那我不瞞你們兩位——」小刀顯得有些猶豫，但還是繼續開口。「這棟別墅是一座有名的凶宅，而且還是滅門血案的凶宅，理應除了我們之外應該不會有其他人——」

小刀話還沒說完，似乎又瞥見二樓窗邊出現黑影迅速閃過。

第二章

「阿雄他們好慢喔——」枯坐在庭院的盈臻發著牢騷。

同樣蹲坐在庭院空地的小刀只是看了盈臻一眼，卻也無法作出任何回答。雖然簡訊上說會晚點才到這裡，卻也沒有明確說是多晚才會到。原本小刀還試著穿過吊橋慢慢下山找尋手機訊號，不過沒多久他就放棄了。

因為這座山沿路上連電線桿也沒有看到，可能因為多年前這裡發生過滅門慘案，原本附近就已經沒有什麼其他住戶，在這棟別墅荒廢後更不可能有什麼電氣管線通過，自然也不會有手機的基地台。

小刀這才想起之前跟阿雄來探勘時，根本就沒有注意過有沒有收訊的問題。

由於這棟別墅有了先前的異狀，三人決議在阿雄一行人抵達前，還是不要先冒然行動。

不過耐不住等候的凌月，已經開始在別墅庭院的雜草堆中四處行走，似乎在找尋什麼東西。

「我覺得這也沒什麼不好的。」小刀突然開口打破兩人間短暫的沉默。「在這種收不到通訊的地方舉辦迎新宿營，最適合不過了。」

「啊？」盈臻面露驚訝表情。

「該怎麼說，我覺得這樣的迎新宿營剛好可以用來測試到底喜不喜歡我們這個系——」小刀神情認

眞地說著。「妳也應該知道我們這個系那麼特別，講明白一點，我們系的志願根本就是墊底，要是本身沒有熱情根本就念不下去。藉著這個活動剛好可以把不想念我們系的學弟妹篩選一下。」

「話是這樣說沒錯——」盈臻勉勉強強答著。

「妳自己想想，去年我們迎新宿營不也是辦在墳場旁邊？學長姐當初只是說辦在比較舊的房子，要有心理準備。要是對民俗學沒有興趣和熱情的，當天來到現場就直接走人的也有，我記得不是有一男兩女當天就決定要重考大學了——」

「這麼說來你對民俗學很有興趣嘍？」盈臻問著。

「那是當然啦，你瞧去年迎新宿營最後試膽大會也只有我完成，我本來就是個無神論者，我可是相當有興趣花費畢生的心力來破解所有從以前流傳下來的怪異民俗傳說！」小刀刻意擺出充滿自信的笑容。

「熱情啊——」盈臻其實並沒有很注意小刀的言語，心思早就飄向遠處正在彎身來回查看雜草堆的凌月。「那個凌月還眞不知道爲什麼想轉來我們系——」

確實，P大民俗學系因爲過於冷門，每年能招收到的學生並不是非常多，頂多十幾個學生，但最後會來註冊的可能只有十個出頭，而留下來念到畢業的學生每屆更是只有個位數。

「我看那傢伙怪裡怪氣的，還是少接近爲妙。」小刀話還沒說完，早就已經別過頭去。

「拜託，他會從其他不錯的科系轉來我們系，一定是對民俗學相當有興趣——」

「那妳知道他之前是什麼系的嗎？」

「這我倒是問不出來，他好像一直都不是很願意說自己的事——」盈臻聳聳肩。

這時夕陽已經西沉，天色漸漸陷入一片昏暗，小刀又將手電筒拿了出來。

進入傍晚的山上，吹起了陣陣涼風，庭院中的雜草也隨風起舞，發出了窸窣的聲響。

原本還彎腰察看雜草的凌月，頓時起身，朝向別墅二樓窗邊望去。

凌月注視上方不發一語，眼神堅定盯著窗邊許久。

「凌月老兄，你又怎麼了啊！」其實凌月這樣的舉動，以他古怪的個性來說，小刀早就見怪不怪，不過還是忍不住念了一下。

只見凌月絲毫不爲所動，突然間竟狠狠瞪向二樓某扇窗戶，而後拔腿朝向別墅大門奔去。

見到凌月的異常舉動，小刀本想制止，但在好奇心的驅使下，小刀也朝著凌月先前凝視的方向匆匆瞥去，卻見到一名女子貼在窗邊，朝著小刀與盈臻這邊盯著，背後還燃著詭異的紅色光影。

「啊！」盈臻驚叫一聲，接著往後跌坐下去。

「凌月，你瘋了嗎！太危險了——那到底是——」即便是無神論的小刀，見到眼前這種怪異的場景，也嚇得有些亂了方寸。

這時站在窗邊的女子竟然露出了笑容。

就在小刀還在猶豫要不要抛下盈臻，和凌月一同進去別墅一探究竟，窗邊的女子竟然轉眼消逝，就連原本閃著紅色火光的窗戶也跟著暗了下來。

「這——」小刀瞪大雙眼，想要開口卻又說不出話來。

待在別墅門口的小刀，來回踱步，已經過了大約五分鐘，屋內依舊沒有任何動靜。

「小刀，你不要管我，先進去看看吧，凌月會不會發生什麼事了？」坐在地上的盈臻抬頭望著小

刀，面容相當慘白。「剛剛你應該也有看到——」

「這凌月老兄眞是在想些什麼啊——」小刀用力踹著地上的雜草。「嘖——」

原本安靜的別墅，這時竟然隱約傳來陣陣笑聲。小刀與盈臻相看一眼，確認並不是自己的幻覺。

「可惡！到底是怎麼一回事！」小刀再也按捺不住，準備起身進入別墅。

「呦，太好啦，小刀你們在幹嘛啊，望著房子發呆，還不快來幫忙啊！」遠方竟然傳來相當突兀的聲音。

因爲被道具耽誤到時間的阿雄一行人，終於在這個時候到了。

阿雄本名許世雄，留著小平頭，與小刀一樣同屬於人高馬大型的壯漢，不過阿雄體型更爲健壯，穿著合身的無袖汗衫，更凸顯出他肌肉結實的雙臂。

「我說劉辰濤啊——快來幫忙啊，這些水很重的啊！」阿雄在遠方和另一名瘦小的男子合力搬著一大桶飲用水，不過由水桶的左右高低可以明顯看出阿雄的力氣比另一名男子大上許多。

「小刀，我快不行了啦——」瘦小的男子苦苦哀求，看來比較需要幫忙的應該不是輕鬆抬著重物的阿雄。

這個瘦小的男子叫做李德宏，穿著整齊的藍色長袖襯衫與西裝褲，上衣還扎在褲管裡面，包得有點密不透風，這正是他一年四季幾乎一成不變的打扮，在涼爽的春、秋季，還算說得過去，但在炎熱的夏天裡，就顯得有些不搭，不過還好他至少有把袖子捲起，不然就實在有些過於突兀。身高還不到一百七十公分，下垂的八字眉配上瞇瞇眼，時常給人精神不濟的錯覺，再加上原本就很瘦小的體型，更讓人覺得弱不禁風，和一同搬著重物的阿雄形成強烈的對比。

「現在不是計較這個的時候！」小刀眉頭深鎖。

就在這個時候，別墅門邊卻傳來一陣女子輕盈的笑聲。

「什麼啊，是誰又另外帶女伴過來的啊，我們是要來場勘，可不是要來玩的——」阿雄和德宏好不容易總算把一大桶飲用水搬了過來，放下重物後阿雄繼續說著。「山腰那邊還有一些東西，跟我一起下去搬吧，車最多也只能開到那邊而已。我看德宏這小子已經快要不行了——」

「噓！」小刀伸出右手制止阿雄繼續出聲。「你注意聽——」

見到小刀與盈臻慘白的臉色，阿雄與德宏也察覺有些不對勁。

別墅門口又傳來陣陣笑聲，這次除了原本的女子笑聲外，還夾雜其他人的訕笑。

「他——他們——是——誰——？」德宏睜大雙眼問著。

阿雄也注意到這陣笑聲愈來愈近，這次的場勘應該就只有小刀、盈臻、凌月、阿雄和德宏五人，雖然凌月並不在場，但想也知道在屋內的笑聲並不是凌月所有。

「凌月還在裡面——」盈臻雙手合十喃喃說著。

隨著聲音愈傳愈近，原本一片漆黑的別墅大門內，這時卻閃起搖曳不定的紅色火光，慢慢朝向站在門外的小刀四人逼近。

一個留著長髮的年輕女子在黑暗的別墅中，逐漸浮現其輕盈曼妙的身影，臉上掛著一絲冰冷的笑容，在她的身後還有數個不停竄動的黑影。

☙ ☙

「臭凌月，跟你說這棟房子很有問題，我感覺得出來！」趴附在凌月背後身穿古裝的女鬼十三零說著。

凌月頭也不回提著手電筒踏上左側的樓梯繼續奔跑著。

——但這麼古怪的樓梯倒是第一次遇到。

見到別墅二樓窗口出現女子身影後，凌月直接闖入別墅。因爲早先已經在別墅庭院觀察泥土上所留下的足跡，扣除凌月、小刀與盈臻的鞋印，庭院中至少還可以辨識出三個不同人的足跡，其中一個尺寸更像是女生才擁有的小腳。

太陽下山後，又是夜晚人鬼共存的時段。自從上次著魔鬼差在河濱公園襲擊凌月後，身負保護凌月重任的鬼吏十三零只要一到夜晚就會出現在凌月身邊寸步不離。

凌月完全不想理會十三零，繼續小心翼翼在樓梯間小跑著。雖然從一樓大廳向上仰望，可以發現這棟建築如同先前在外面所看到的，一樓經過挑高設計，經由目測一樓大廳的高度至少超過一般建築物的兩層樓，甚至還要更高，也因此要攀上二樓的樓梯會比一般建築還要長。不過這棟建築樓梯的設計刻意左彎右拐，在手電筒搖晃的光線下，更讓凌月覺得這樓梯爬起來特別長，甚至都有迷失方向的錯覺。

好不容易走到樓梯盡頭，眼前出現的確是一片漆黑的長廊。依據先前在外頭看到的影像，那名謎樣女子的藏身處就在左手邊數來第三間房間。

經由手電筒微弱光線的照耀下，一下就找到第三間房間的門口。不過凌月並沒有馬上向前走去，反而先停下腳步打量四周。

從樓梯口朝走廊盡頭望去，左右兩邊各有四間相對稱的房間，不但大小相當，就連房門位置也是左右對稱。

「喂，凌月，別一直用那陽界弱光揮來揮去，我都快暈了，要不要我用鬼火幫你照亮整間屋子？」身爲百年女鬼的十三零還不是很清楚所有陽界新的科技事物。

「拜託，別鬧了，難道不知道我們來這裡的目的嗎？這樣打草驚蛇只會亂了計畫──」凌月刻意壓低聲音並側頭瞄了背後的十三零一眼。

「十三零，妳留在這裡──」凌月話剛說完，還不待十三零回應，就已經轉身準備離去。

十三零只是冷哼一聲離開凌月身後，她也知道凌月的用意，只好留在樓梯口守著。

「一有狀況記得要大聲叫我啊，可別怪我又跑去哪裡鬼混──」十三零提醒著。

背對十三零的凌月只是不發一語揮了揮手。

凌月放慢腳步開始前進，不過他心中始終有一個非常大的疑惑，那就是這棟建築物通往二樓的樓梯如此曲折漫長，而當初凌月一看到二樓有可疑人影，就直接衝進屋內，即使原本躲在二樓的人影，想要離開也必然會和凌月相遇，但沿路上卻沒有異狀。也就是說那個女子應該還在二樓，就算不是躲在原本的左側第三間房間，還是會在二樓的某處。

先前在別墅外側已經觀察到其他人的足跡，凌月可以推斷在二樓一定躲了某些人。以凌月一行人下午的嘈雜程度，在二樓的這些人不可能沒有察覺，但又爲什麼要一直躲在二樓不肯現身？在別墅門口守候到了晚上，這些人還是沒有動靜，這點讓凌月相當疑惑，尤其是最後那名女子近似挑釁的訕笑，更讓凌月百思不解，當下決定直接上來一探究竟。

不過現在二樓卻出奇安靜，並不像有人躲藏其中。

走到左側第三間房門口，凌月小心翼翼打開房門，由於這棟別墅荒廢已久，四處都是撲鼻的異味。房內凌亂不堪，家具傾倒各處，靠在牆邊的單人床更是已經接近面目全非，破損床墊上凸起的彈簧四處可見，僅有床墊下方床的板型還算完整。

床的正對面是書桌與衣櫃，半開的衣櫃裡狀似空無一物，不過凌月還是向前打開左右兩邊，除了些許刺鼻的發霉味外，衣櫃裡的衣架散落一地，此外別無他物。房間的角落還附有一間小型的廁所，不過裡面除了老舊生鏽的衛浴設備外還是一樣別無他物。

凌月走到窗邊向外一看，雜草叢生的庭院竟然空無一人，朦朧夜色下只有高低起伏的雜草隨風擺盪。原以爲小刀和盈臻應該會留在庭院不敢妄動，此刻恐怕也已經追隨凌月的腳步進來別墅一探究竟。見到這間房間絲毫沒有任何人躲藏在內，凌月趕緊步出房門，朝向其他房間繼續搜尋。

「都沒有人嗎？」見到凌月已經來回看過幾間房間，留守在樓梯口的十三零忍不住問著。

凌月只是看了十三零一眼冷冷說著：「只剩兩間房間了——」

原以爲是自己一開始看錯位置，在檢查左右兩間房間後，還是一樣沒有任何可疑之處。

不過凌月心裡也有個底，在剩下兩間右側的房間大概也查不出什麼眉目。剛才的幾間房間除了家具散落的位置與毀壞程度有些不同外，其餘的擺設每間房間幾乎可說是一模一樣。

不出所料，剩下的兩間房間也是一無所獲。凌月若有所思走向第一次搜尋的第三間房間。見到凌月已經查完八間房間依舊沒有收穫，十三零也放下原本守候樓梯口的任務，慢慢移向凌月，跟著進入左側第三間房間。

凌月重回房間後，彎身查起髒亂不堪的地板，上面原先舖著一片片組合而成的幾何圖形地毯，不過有些地方或許因爲過於老舊，已經不復以往服貼地面，邊緣處已有大半翹起捲曲。

先前雖然只是匆匆一瞥，但凌月認爲那女孩並不是什麼鬼魅，尤其是在其身後所閃爍的紅色火光，像是由蠟燭所造成的光影，依照光影晃動的程度判斷，更像是有人在女孩身後拿著蠟燭搖晃，由光源來推測，女孩身後的同夥可能還不只一人。

不過凌月還是想不透，他們這麼做是爲了什麼？是想把凌月一行人趕離這棟別墅，還是這些人只是單純想嚇嚇他們，回想起那窗邊女孩的一抹微笑，凌月更覺得可疑。或許這棟房子眞的藏了什麼不可告人的秘密也說不定。

凌月拿著手電筒來回搜尋地面，地毯上除了污漬以外，完全找不到凌月想要的蠟燭痕跡。雖然就算那些火光是點燃蠟燭造成，也未必會在地板上留下痕跡，但凌月還是想放手一試，看看能不能找到其他的蛛絲馬跡。

「難道眞的不是在這一間房間——」凌月皺眉苦思。他很確定先前在庭院看到的就是這個左側數來的第三間房間。

「喂，臭凌月——」一直跟在凌月身後的十三零再也按捺不住。「我眞的快受不了，到底在找什麼？」

凌月還是專注於自己的搜查，一點也沒把十三零放在心上。

拿著手電筒，繼續往前照明，在老舊的地毯上，雖然還是找不到燭痕，但在前方不遠處卻發現地毯上一大片深色的水漬痕跡。由於年代久遠，已經難以明確分辨這片水漬的顏色，但由形狀來判斷，並不

像是一般的液體。凌月心中突然閃過「或許是血」的念頭，循著痕跡沿路搜尋，在牆上也找到了狀似液體濺開所造成的暗色污漬。

正當凌月專注於搜查之時，四周突然一亮，整間房間變得宛如燈火通明，讓凌月頓時眼花撩亂。被這突如其來的刺眼光線照耀，凌月一下子失去眼前的視線，等到稍作適應後，回頭一看，才發現原來是久等不耐的十三零喚起青色的地獄鬼火。

「呵呵——這樣有沒有比較好！」十三把玩著手上的火焰開心地叫著。

凌月見狀後趕緊向前阻止十三零的莽撞舉動。

「喂，妳在想什麼啊！」凌月氣憤地說著。

「我看你找得那麼辛苦，只是想幫幫你——」十三零低頭說著。

「妳又不是不知道，我在外面還有同伴，要是被撞見了怎麼辦！」

「可是我剛剛怎麼看這層樓都沒有其他人，去窗邊看發現庭院也沒人，況且——況且——」

「況且什麼啊！」凌月顯得相當不耐。

「更何況我這個地獄之火，和陽界又處於不同空間向量，一般人也不可能看得到，那是因爲你身處陰陽兩界，才能看得到。」

聽完十三零的解釋，確實也有幾分道理。凌月倒是一時忘記陰、陽兩界雖然處在同一個時間點，卻是分在不同的空間向量之中，這也是爲何人、鬼殊途，就算人類擁有陰陽眼可以看見鬼魂，但因爲身處不同空間，兩者之間也無法出現任何肢體上的碰觸。除非是魔性高深的著魔惡鬼或是擁有神格的陰陽神職判官，才能自由橫跨陰、陽兩界。

「雖然是這樣沒錯，但是與其把靈力浪費在無謂的照明上，不如省點用著，誰知道在這間房子還會遇到什麼怪事——」凌月自覺有些理虧，刻意背對十三零說著。

「哼——」十三零只是冷哼一聲並吐出舌頭作了一個「鬼」臉。

不過凌月的擔憂也不是空穴來風，打從太陽下山前踏入別墅庭院時，凌月早就感到有些不對勁。

「喂，大哥哥——大哥哥——你們在玩什麼啊，我也想一起玩，但是你們不可以吵架喔——」一個帶有童稚的男聲不知何時從暗處傳出。

凌月睜大雙眼，趕緊轉身。明明已經把這半邊的樓層徹底搜過，並沒有放過任何可能的藏身之處，但爲何這時還會出現這麼突兀的男童聲音。

再定睛一看，一名身高大約還不到一百二十公分的六、七歲小男童，從房門口慢慢走向十三零。梳理整齊的短髮和那天眞無邪的一雙黑眼，稚氣的臉龐和十三零外觀上的年紀相差不遠。

「姊姊——姊姊，妳好厲害，我剛剛看到妳會變魔術，那個光是怎麼弄出來的？」身穿整齊襯衫與短褲的小男孩毫不畏懼地走向十三零。

十三零發現小男孩看得到自己，也覺得相當詫異，更何況之前的地獄之火竟然也被這小男孩撞見。

原本凌月還懷疑這個小男孩擁有陰陽眼，才能看見陰界事物，等到他看到小男孩向前抓住十三零的衣角時，凌月相當確定這個和十三零處在同一個空間的小男孩已經死了。

「小弟弟，你怎麼會在這裡？」十三零也發現這個小男孩已經死亡，卻還是故作鎮定，以哄騙小孩的口吻說著。

正當小男孩和十三零交談之時，凌月伸起左手，從掌心喚出了藍皮古籍。浮在半空的生死簿在小男孩身邊自動來回迅速翻頁，等到搜尋完畢後凌月隨即查閱上頭的資料，不覺瞪大雙眼吃驚不已。

生死簿上記載了小男孩的姓名以及陽壽，很明顯是死於非命，除此之外，最讓凌月感到驚訝的，就是小男孩的出生時辰，居然已經是將近二十多年前的事了。

第三章

「哈哈哈——」小刀乾笑著。

在別墅一樓挑高的大廳，幾個人分別墊著帆布席地而坐，中間還有數支蠟燭擺在大理石地板上，搖曳的燭光，雖無法將整個大廳照得燈火通明，卻也足以看清楚四周的景物。

「江同學，還眞是不好意思——」盈臻以充滿歉意的口吻低頭說著。

「哎喲，別這麼說，我們這樣也很不好意思——」說話的男子搔著頭。「叫我阿森就好——」

這名男子叫做江中森，年紀上和小刀他們相差無幾，穿著簡便T恤與七分褲，右手還拿著小扇不停揮舞，臉上一直掛著傻笑，顯得個性上有些靦腆。

「眞的很不好意思——」坐在阿森旁邊的是一名眉清目秀的同齡女子，綁著馬尾，笑容相當可掬。「我們也沒想到眞的嚇到你們了——」

這個頭綁馬尾，一身輕便服裝的女子名叫洪蔚萱，是位於南部的H大心理學系三年級學生，和中文系二年級的阿森一樣同屬於H大靈異研究社，蔚萱更還在上學期期末剛接任社長的職務，由於社員們本身就喜歡研究靈異事物，才會刻意選擇在這棟發生過兇殺案的別墅舉辦暑訓。

「呃——我再介紹一下——」蔚萱滿臉笑容，好似滿懷歉意指向遠坐在大廳一隅的女生。「她是我

們社團歷史系二年級的學妹，叫做陳泠霜，剛才眞是不好意思了——」

看到蔚萱頻頻點頭道歉，小刀與盈臻也跟著點頭致意。

那名獨自坐在角落的泠霜，就是先前小刀他們在別墅庭院外瞥見二樓窗口的那名女子，也是後來在別墅門口帶著冷笑現身的怪異女子。

看到小刀與盈臻在學姐蔚萱的介紹下打招呼，泠霜只是面無表情點點頭。細細打量泠霜一番，雖然從她刻意與同伴遠離而坐，可以猜測她個性或許有些孤僻，但小刀確實有些看傻了眼，因爲他從沒見過長得如此漂亮的女孩子。

泠霜身高大約一百六十出頭，綁著公主頭，身上穿著與這棟廢墟相當不符的高雅白襯衫與白布圍成的臨時長裙，脖子上還圍著一條帶有斑斕紋路的褐、黑相間絲巾。當然，這些裝扮是剛才爲了達成某些目的的打扮。遠遠看著她的側臉，五官細緻，身材穠纖合度，皮膚白皙，看起來相當晶瑩剔透，而她那雙深邃的大眼，在濃密的睫毛襯托下，眼眸中更是流露出一股說不出的靈性。

「難道這就是文學院的氣質美女嗎——」

看得有些出神的小刀心裡這麼想著。不過泠霜似乎發覺小刀一直凝視自己，狠狠瞪了小刀一眼，小刀這才察覺自己無禮的舉動。

「咳——咳——」小刀趕緊顧左右而言他。「還眞是不好意思，讓你們同伴也一起下山去拿道具和食物。」

「應該的、應該的，就讓那幾個學弟、妹下去運動、運動吧——」蔚萱還是一樣相當客氣，或許也可以解釋爲雙方實在都不知道該說些什麼來化解尷尬的氣氛。

先前H大靈異研究社只是爲了好玩，刻意想把打擾他們暑訓的小刀一行人趕跑，把原本擺在大廳的行李用具全部移到二樓，然後在大廳留下那具暑訓用的人形道具，想不到小刀他們不以爲意，反而在別墅門口等待救兵守候起來。發現有可能是同好，更讓H大靈異研究社社員決定玩得更大，在太陽下山後的黑夜躲在二樓窗口嚇人。

小刀回想起來更是無地自容，當初在別墅門口乍見從黑暗中浮現的泠霜與她身後搖擺不定的紅色火光，他立刻失聲大叫。雖然在場的盈臻、阿雄與德宏也同聲驚叫，但小刀似乎是反應最大的一個，他甚至連滾帶爬往後跌坐在地。

不過也不能全然怪他，因爲當時他是站在首當其衝的第一人。

現在重新仔細端詳泠霜，她眞的是一個相當令人驚艷的氣質美女，只不過實在令人無法想像這樣的美女，竟然也會對靈異事物抱有那麼濃厚的興趣。

阿雄、德宏與H大靈異研究社的幾名社員一起下去半山腰幫忙搬運物品，原本小刀也要一起下山，不過只留盈臻一人在別墅也很不妥，畢竟這些第一次見面的H大靈異研究社社員究竟是不是壞人，也還是未知數。雖然社長蔚萱總是擺出親切的笑容，但小刀還是覺得這個社團有種說不出的怪異，倒也不是因爲社團是在研究靈異現象，這和他們P大的民俗學系反而有些相似，而是他們之中總讓人覺得有些奇怪之處。

小刀隨意轉頭望向那個釘在大廳左右兩側樓梯中間的人形道具，原本下午還在流的鮮血已經乾涸，牆壁上面留下了暗紅色的血漬。

——這就是小刀相當在意的那一件事。

「那個——」小刀本想開口詢問，卻又不知道該如何起頭。

察覺小刀內心的疑惑，社長蔚萱連忙搶先解釋：「呃——那個道具上的確實是血沒錯——」

「咦？」盈臻瞪大眼睛。

「不過——是動物的血。」蔚萱笑笑地說著。「我們常常會做一些招喚的實驗，所以身邊都會有一些動物的鮮血，都是我們親手殺的——」

儘管蔚萱笑臉迎人，但能夠這樣任意殺害動物，卻也不是人人都能輕易辦到，小刀和盈臻都覺得心裡有些發寒。

盈臻再看了釘在牆上假道具一眼，雖然知道並不是人類鮮血，但一想到那也是活生生的動物鮮血，還是覺得相當噁心，更令人覺得渾身不對勁的，就是眼前這個古怪的社團。

「啊——對了，凌月呢？」盈臻猛然想起比他們還早一步闖進別墅的凌月，趕緊轉移話題。

「誰？你們還有人嗎？不就再加上剛才下山的那兩個男生——」阿森滿臉疑惑。

「啊，一個留著長髮紮在髮尾的男生，也是我們民俗學系的同學，沒有看到嗎？他最早跑進別墅，應該有和你們擦身而過才對——」

蔚萱與阿森雙雙疑惑地輕皺眉頭。

「嗯——」盈臻繼續補充。「他穿著藍色休閒襯衫，沒有看到嗎？」

蔚萱和阿森兩人還是面面相覷，只有泠霜一人在角落邊閉目沉思。

「呃——」個性一向直來直往的小刀，這時變得有些扭捏。「不知道泠霜同學有沒有看到，那時候妳在二樓窗口往下看應該有看到我們才對——」

聽到小刀叫了自己，泠霜這才慢條斯理張開那雙大眼，冷冷地說著：「沒有。」隨後又別過頭去。

看到自家學妹有些冷淡的舉動，社長蔚萱早就習以爲常，不過深怕對方會有誤會，趕緊繼續接話：「可能那時候也算昏暗，窗外的景色看不清楚，而且這間房子本來結構就很特別，也許擦身而過沒有發現，不過至少二樓也沒什麼危險，我看他逛久了無聊，自己就會下來了。」

雖然蔚萱這般解釋，盈臻還是覺得有些奇怪，就算屋內再怎麼黑，好歹他們也有拿著蠟燭，怎麼可能有人擦身而過渾然不知？難不成凌月眞的跑錯樓梯，跑到右邊的樓梯，上到別墅右側才會撲了空？即便如此，樓上空無一物，查一查也該下樓，怎麼可能在上面待那麼久？

盈臻微微抬頭仔細聆聽四周的聲音，二樓倒是非常安靜，感覺不出任何動靜，讓人有些擔心凌月的下落。

「小刀，要不要上去看一下啊？」盈臻輕拉一旁的小刀低聲說著。

「何必啊！那怪裡怪氣的傢伙，玩膩了我看他就會自己下來啦。這間屋子現在除了我們跟H大靈異研究社外，也沒有什麼其他人，凌月安全得很！」小刀面帶微笑輕鬆地說著。

早就想惡整凌月的小刀，在知道先前的那些怪異場景，只不過是H大靈異研究社搞出來的惡作劇後，當然一點也不擔心凌月的安危，反而覺得他最好就此消失，省得礙事。

「對了，我有一個提議——」H大靈異研究社社長蔚萱笑眼瞇瞇開口說著。「既然你們民俗學系來到這邊也是有要緊事要辦，我們各自都有活動，也就不好一直打擾。這棟別墅坐北朝南，我們就以一樓大廳爲界，房子的東側是我們H大靈異研究社的活動範圍，東側二樓也是；西側就是你們P大民俗學系活動範圍，這個大廳我們就一起共用。當然我們也不排斥互相交流——」

聽到社長蔚萱這麼說，H大靈異研究社又比小刀他們早來了一天，也沒什麼可以拒絕的立場。更何況不管從別墅的外觀或是在大廳內四處觀望，這棟建築物倒像是左右對稱的設計，只要摸清楚西側的結構，另一邊也沒什麼大問題，對於要設計迎新宿營道具機關的他們來說，也不是特別的阻礙。

小刀轉頭看向盈臻，想要尋求一些意見，畢竟這次迎新宿營的總召是阿雄，自己只是個副總召。

盈臻在知道往後場勘試住的三天，還有H大靈異研究社這麼多人陪伴，倒是覺得相當安心，微微地笑著。

見到盈臻沒什麼意見，小刀隨即答著：「當然沒問題，我們只是場勘，雖然要試住上幾天，除了要嘗試佈置一些道具外，倒是沒什麼特別的其他活動，只希望不會打擾你們的暑訓活動。當然，有機會的話，一定要好好交流——」

盈臻見到小刀說話間不時隱隱將目光飄向角落的泠霜，心裡也很明白平時個性直來直往的小刀，這時竟然變得那麼拘謹，不是因爲對方是初次見面的陌生人，就是因爲他想在泠霜面前表現出好的一面，好給她留下好的印象。那個交流更不用說，大概只是想和泠霜進一步認識，畢竟泠霜雖然個性有些冷漠，卻是位連盈臻都不得不讚嘆的氣質美女。

不知道過了多久，別墅外傳來人群的嘈雜聲，想必就是阿雄一行人帶著P大民俗學系的物品回來了。

小刀聽到聲音後還等不及盈臻的示意，就已經起身前往門口準備幫忙搬運重物。

「小刀，你倒是輕鬆嘛——」

雖然手提重物，力氣過人的阿雄依然一馬當先快步到達別墅門口，看到小刀後忍不住發著牢騷。

「別這麼說啦——」小刀連忙向前想要搶接阿雄手中之物，不過阿雄反而向後一閃。

「喂、喂，需要幫忙的是後面可憐的德宏吧——」阿雄面露無奈地說著。

站在別墅門口，往庭院望去，三個H大靈異研究社的男生同樣提著重物，面露愉悅神情漫步走著，隊伍最後則是身材矮小的德宏，手中抱著數個睡袋，雖然應該不致於很重，還是不時停下腳步將這些東西往上提起，以防隨著腳步震動滑落地面。而他身旁則有一個H大靈異研究社的女社員雙手握著自己的側背包背帶跟在身旁，扁平的側背包看起來並沒有裝著其他物品，顯然只是下去湊湊熱鬧，臉上還自顧自地有說有笑，可能一點也沒察覺德宏吃力的樣子。

幾個跟在阿雄身後的H大靈異研究社男社員進入別墅大廳後，將重物置於地面，其中一人神情詫異開口問著：「咦?阿凱副社呢?我原本以爲他跟我們一起下山，可是後來才發現他沒有跟來，想說他應該是跑回別墅，怎麼現在也沒看到他?」

「會在二樓嗎?」阿森問著。

「這倒是奇怪，副社之前明明說他也要下山一起幫忙的——」社長蔚萱輕皺眉頭。

「算了，算了，這滿腦鬼點子的副社長，一定又不知道想做什麼壞事躲起來了!」一名男社員不以爲然地說著。「大家還記得第一天晚上吃過的虧吧!」

「這倒是——」阿森聽完之後露出苦笑。

不過社長蔚萱也只是半信半疑地緩緩點頭。

一直不時偷瞄冷霜的小刀，卻發現冷霜竟然露出了淺淺的笑容，心裡總有股說不出的詭異。

☙ ❧

「臭凌月，你是要逼問他到什麼時候，人家就一直說他不知道、不知道，你是要怎麼樣啦！」十三零氣急敗壞指著凌月罵著。

看到十三零這副頤指氣使的模樣，凌月只是冷哼一聲別過頭去。

在二樓左側第三間房間內，凌月拉了張原本倒在書桌旁的舊椅子坐了下來。經由凌月對那個小弟弟不斷詢問，卻沒有問出任何頭緒。

不管怎麼問，小弟弟總是在猶豫半天後回答：「不知道——」

即使凌月直接把生死簿上記載的姓名「高寶均」告訴他，小弟弟還是想了半天，繼續回答：「不知道——」

「你看他年紀那麼小，怎麼可能知道什麼——」十三零輕輕牽著寶均的小手。「都是你啦，一直逼問，把小弟弟都問傻了！」

凌月雙眼飄向上邊，右手故意挖挖耳朵，實在有點受不了這個百年女鬼念個不停。其實凌月也很明白，「鬼」的記性很差，常常不知道自己身在何處，漫無目的四處遊蕩，只會對自己生前充滿執念的事物偶有記憶。要不是十三零擁有靈力，可以勉強維持記憶，恐怕也只是跟一般鬼一樣容易忘事。

看著眼前兩個「老」鬼臭味相投，明明寶均小弟論年齡也已經三十好幾，十三零這個百年女鬼卻還一直嚷著寶均年紀小而百般護著，讓凌月不禁覺得又好氣又好笑。

「寶均，你為什麼在這裡呢？」凌月繼續問著。

「臭凌月，你又來了！」十三零狠狠瞪著。

「呃——不知道——」寶均還是一樣的回答，凌月倒也沒有什麼特別的反應。

「嗯——」凌月微微冷笑。「或許我應該這麼說——小『老』弟，你以前就住在這棟房子裡——」

寶均眼神頓時變得有些呆滯，似乎在想些什麼。

「我不知道可不可以這麼推論，你有可能是在這間屋子被殺害的——」凌月說著。

「咦？大哥哥的意思是——我——死了嗎？」寶均滿臉疑惑地說著。

凌月和十三零早就見怪不怪，這是一般亡魂都會有的反應，渾然不知自己已經亡故。

「那個——」儘管已經見過許多遊蕩陽界的亡魂，十三零還是對身邊這個模樣可愛的小弟弟產生無限的同情，或許這也是自身百年前在陽界遭遇的一種投射，那時年紀輕輕就遭人陷害往生的十三零，是在著魔前的判官癸亥協助下，才得以伸冤平反，最後因爲靈力高強爲癸亥留用成爲身邊頭號鬼吏。

不過在十三零想出安慰哄騙的話語前，寶均自己先行開口：「姐姐——我也覺得我已經死了。好多次有人進來這間房子，不管我怎麼呼喊，就是沒有人理我，我也碰不著他們，今天倒是我第一次發現有人看得到我！」

「那你知道你是怎麼死的嗎？」凌月突然插了一句。

原本還說得有些興高采烈的寶均，被凌月這麼一問，眼神突然變得有些黯淡。

「不知道——」寶均垂下雙眼。

「那你知道後來闖進房子是哪些人嗎，有沒有你以前認識的人——」

如果這個叫做高寶均的小弟弟當初眞的就是這棟別墅滅門血案的其中一名被害者，那麼殺人兇手也不能排除是熟人所爲，在事發後又重回現場的可能性也相當高。

寶均兩眼左右晃動，陷入苦思。

「你看你，你又來了！」十三零已經有些隱忍不住，直直移向凌月，卻被凌月一把拉住制止。

「噓——」凌月湊近十三零耳邊小聲說著。「妳自己看清楚，你們這些鬼的記憶就是那麼差，一定需要有人來引導，不然就是要有關鍵事物來勾起回憶。」

眼看寶均雙眼微睜，好似想起什麼，正要開口卻又吞了回去。這種狀況持續了一會兒，只見寶均表情愈形苦悶，想不到下一瞬間竟然放聲大哭。

「哼——」十三零瞪了凌月一眼。「臭凌月，聽你在胡謅！你看你把小弟弟逼哭了！」

凌月瞇起雙眼，他不認爲寶均小弟只是因爲想不起來任何事情而懊惱傷心，反而像是勾起某些模糊而隱晦的悲傷回憶因而哭了起來。

「來，姐姐帶你去別的地方，不要理那個壞人！」十三零牽著寶均就要離開，說到「壞人」兩字還刻意放大音量並瞄了凌月一眼。

目送兩「鬼」離去後，凌月反倒覺得耳根清靜，拿起手邊的手電筒，又開始在房間內找尋線索。

如果當初這棟別墅眞的是發生過滅門血案，想必一定不只一名受害者，那麼除了寶均小弟外，應該還有更多死於非命的受害者，可能還藏身在這棟別墅的某處，更何況還有二樓的另外一半邊都還沒巡過。

凌月拿著手電筒繼續在房內隨意照射，他突然發覺房內的所有事物都舖了一層厚厚的灰塵，除了他進入以後的痕跡外，看起來並沒有其他人來過的樣子，難道當初他在別墅庭院所瞥見的那名女子，眞的不是在這間房間？但凌月對於那一幕記憶猶新，從外面數來確實是這間房間沒錯。

莫可奈何，凌月只好重新再看一次先前在房內所發現的暗漬。如果這當眞就是血跡，那麼這個案發現場，由牆上所留下飛濺血漬的高度判斷，被害者不是成年人蹲下時受到攻擊，就是一個幼童的身高。

以幼童來說又更爲合理，因爲凌月站在疑似被害者所站的位置，如果受到攻擊後倒下，頭部的位置依據幼童身高推斷和地上另一片疑似血漬的地方就相當吻合。

——難道寶均眞的就是在這間房間遭到殺害的嗎？

原本凌月還一度懷疑，寶均也可能只是在這座山的某處死於非命，成爲遊蕩陽間的孤魂野鬼，只是恰巧停留在這棟別墅讓凌月他們撞見。

不過目前線索過於稀少，凌月認爲應該再跟小刀多問一些關於這棟別墅的事情，更何況原本急忙上來二樓就是想要當場抓住那個在陰陽判官面前裝神弄鬼的怪異女子，沒想到卻撲了個空。不但沿途完全沒有那些人的蹤影，這些房間更沒有近期使用過的痕跡，不禁讓凌月懷疑，難不成那個臉上掛著詭異笑容的女子，眞的是和一般人處於不同的空間向量，所以才能不在這裡留下痕跡，又因爲不受陽界空間的限制，更能在不被凌月發現的情況下，悄悄離開這裡。

凌月愈想愈奇怪，走出房門想要下樓問個清楚，到了走廊四處張望，卻也不見十三零與寶均的蹤影，不曉得是躲在哪間房間，甚至可能已經穿過中間樓梯跑到二樓的另一邊。

若是他們有心想要閃避凌月，凌月也拿他們沒有辦法，也就不想尋找下去，不過卻發現這二樓房間結構相當怪異，兩兩對稱配置，一點也不像一般住家，反倒像是旅館的陳設，以前住在這棟別墅的人到底是什麼樣的人？又是什麼樣的用途？感覺並不是一般的普通別墅。

凌月邊走邊想著，就在快要走到樓梯口時，凌月手上的手電筒光線中閃過一個人影，再繼續往前搜尋，眼前竟然出現一名陌生男子，身材高大，身上穿著與時下年輕大學生並沒有兩樣，手上拿著一把銳利的短刀，雙眼冷漠地看著凌月不發一語，站在樓梯口前紋風不動。

忽然間又聽到樓梯內傳來幾個人交談的嘈雜聲，看來有一群人就要走上二樓。

原本站在樓梯口的男子突然轉身急忙往下離去，消失在漆黑蜿蜒的樓梯中，不一會兒，那股人聲愈來愈近，帶頭的小刀雙手捧著重物出現在凌月的手電筒光線之中。

小刀反射性地瞇起雙眼，同時在小刀身後也有光線照了回來，讓凌月雙眼有些睜不開。

「好哇！凌月老兄，你該不會眞的是在二樓迷路了吧，待在這裡那麼久有什麼要緊事啊！」小刀一見面劈頭就是抱怨連連。

「凌月，還好你沒事，不過你還眞猛，一個人闖進來——」在小刀身後的盈臻探出頭來，一手拿著手電筒爲大家照明，另一手只是提著幾樣輕便的東西。

「還發什麼呆啊！快來幫忙啊！」雙手滿是重物的阿雄忍不住呼喊起來。「這鬼樓梯設計的也太詭異了，上上下下、左左右右的，是哪個神經病設計的啊！」

看到小刀與阿雄的反應，凌月似乎想到了某些東西，突然雙眼微睜，連忙問著：「你們剛才在樓梯間有沒有跟一個拿著刀子的男子擦身而過？」

小刀只是冷笑一聲，轉頭看看阿雄與盈臻，盈臻有些膽怯地回身看看德宏，四個人面面相覷，卻也不知道凌月在說些什麼。

看到這些人的反應，凌月大概也有個底。除非樓梯間還有岔路或是密道，不然他們不可能沒有看到那名陌生男子。那個彎彎曲曲的樓梯，凌月也走過，答案似乎已經相當明顯，難道那名陌生男子會是當年滅門血案的另一名受害者或是兇手嗎？

「你少來！又想嚇唬我們嗎？今天下午打從你一進來這間別墅，就開始在裝神弄鬼的，神經病，才不吃你這套！」小刀邊說邊把手中重物放下。「樓下還有一些我們的東西，都交給你拿上來。」

凌月回頭看看，十三零還是不在，不然可以託她到下面去追查看看那名拿著刀子的陌生男子究竟是何方神聖。

「又想嚇唬人——」看到凌月彷彿刻意回頭避開自己的問題，小刀忍不住又喃喃念了起來。

瘦小的德宏好不容易搬了一箱道具上來，卻也已經氣喘吁吁：「呃，我覺得我們這些重物就乾脆一箱箱先堆在走道，反正之後也還要拿下去樓下，這樣也比較方便——」

「啊!!」

樓下隱約傳來一聲短促而尖銳的女子叫聲，打斷了德宏的話語。

小刀雙眼微睜與阿雄互看一眼，兩人驚訝的表情正好相互確認這並不是錯覺，一想到會不會是泠霜，小刀反射性地放下手中之物，準備奔往樓下。

還不知道有和H大靈異研究社共處一屋的凌月，一想到或許和先前那名陌生男子有關，早就向前奔去。

第四章

「彭馨儀——彭馨儀——彭馨儀——」H大靈異研究社社長蔚萱像個故障的播放器緊閉雙眼不斷重複同樣的話語。

凌月三人穿過漫長的樓梯，到了別墅的一樓大廳，大廳中央依舊還是靠著那些燭火照明四周。只見社長蔚萱盤腿在地，口中不停重複「彭馨儀」三字，其他幾名H大靈異研究社社員則圍坐在社長旁邊跟著附和，由於過於專注，一點也沒有發現凌月他們已經來到大廳。

看到這種場景，凌月不禁皺起眉頭，怎麼會有這麼多人出現在這棟別墅？

小刀在凌月身旁，見到他滿臉疑惑，內心竊笑不已。

「誰叫你要躲在二樓不下來——」發現凌月的困惑，阿雄好心上前湊在凌月耳邊說著。「這些人是H大靈異研究社的社員，剛好也在這邊進行暑訓，還比我們早到一天。」

凌月聽完以後並沒有露出恍然大悟的樣子，反而更覺百思不解。

「我是聽小刀說的，先前大廳的那個流血假人——」阿雄瞄了牆上假人一眼，仍舊釘在原處。「還有那個在站在窗口的女子，都是H大靈異研究社故意想要整我們所作的手腳。」

聽完阿雄的解釋，凌月更覺不可思議。如果先前在二樓窗口裝神弄鬼嚇人的，眞的就只是這些普普通通的大學生，爲何在凌月上樓察看時完全沒有發覺這些人，而且在二樓察看時也沒發覺其他異狀，更何況諸多跡象都顯示二樓已經一段時間沒有人使用過。

本想多看看凌月出糗，阿雄竟然一下就把情況解釋清楚，眞讓小刀很不是滋味，趕緊拋開自己的同伴，上前關心H大靈異研究社發生了什麼事。

「怎麼了嗎？」小刀上前詢問。

「啊？」原本和其他社員圍在一起的阿森，聽到有人靠近，一頭霧水地轉過頭來。

「咦？我們先暫停吧！」坐在圓圈中間的社長蔚萱也發現凌月三人，宣布停下手邊的活動。

「你們——怎麼了嗎？」阿雄跟著湊上前來問了一句，而凌月只是遠遠站在一旁仔細打量眼前這些人。

「我們啊——」阿森看了社長一眼，見到社長也沒有阻止，才又繼續說著。「我們在進行召靈儀式。」

「那——」一直聲稱自己是無神論的小刀，其實內心並不像他表面那樣膽大，對於眼前這些人奇怪的舉動，總還是有些畏懼。「剛才有聽到什麼奇怪的聲音嗎？」

「有嗎？」回答的是一名長相斯文戴著無框眼鏡的男子，經由先前的自我介紹，名字叫做蔡圖澤，是H大哲學系三年級的學生。

其他在場的H大靈異研究社成員，除了社長蔚萱、阿森和這個圖澤以外，還有一男一女，各個滿臉疑惑。

男的叫做謝霆隆，綽號「阿隆」，是企管系二年級學生，身高一百七十五公分左右，外表粗獷，打扮卻相當時髦，女的則是先前一同下山幫忙拿東西，最後空手而回的那個女生，叫做盧琴，是和阿隆同為商學院的同學，長相雖然不是極為出色，皮膚白皙精緻的她卻也算是眉清目秀，只要稍加打扮，必然更有女性魅力。

剛聽到盧琴這個名字時，凌月覺得有些熟悉，還因而頓了一下。再次回想，這才想起當初在追查的台北市河濱公園連續女子殺人案中的其中一個受害者也叫做盧琴，只不過兩人應該只是同名同姓，並沒有什麼關係。

「這個啊——」阿雄與小刀兩人對看一眼，卻也無法繼續問下去，不禁懷疑自己剛才是否聽錯。

「那個『彭馨儀』就是你們召靈儀式想招喚的人嗎？」一直只是站在一旁的凌月突然走向前來插了一句，這才讓在場的H大靈異研究社社員，發現還有凌月的存在。

「這位是——」看到留著一頭長髮束在髮尾，又有半邊臉幾乎被長髮所遮掩的人，社長蔚萱不禁開口，其他幾名社員也一同瞪大雙眼。

「這個就是沈凌月，之前莫名其妙跑進來別墅卻不知去向，在別墅二樓迷路的同學，這人個性有點古怪，可別被他嚇到！」小刀洋洋得意用帶刺的話語向大家介紹。

「不會怪啊，我倒很喜歡這一型的，哈哈——」小琴聳肩笑著。

看到又有異性讚揚凌月，更讓小刀不是滋味，直覺自討沒趣。

不過這幾個人你一言、我一語，凌月依舊不為所動，反而繼續問了下去：「那位你們想召靈的『彭馨儀』小姐是不是十多年前在這間別墅滅門血案亡故的女屋主——」

社長蔚萱有些愣住，不僅如此，其他社員也是瞪大雙眼。

凌月先前在二樓已經推測寶均小弟年紀輕輕死於非命，應當就是那件滅門血案的受害者，如果這些H大靈異研究社，特意選在這裡進行招喚儀式，想必和當年被殺害的受害者脫不了關係，而這位女性是與高寶均不同姓的「彭」，或許可能就是寶均的母親，也就是這棟別墅的女屋主，當然這樣與其說是推測，不如只能說是種聯想。

如果想要直接從小刀那裡獲得十多年前滅門血案的詳細情形，還得看小刀的臉色，何況小刀也未必知道的比H大靈異研究社還要詳細。會特意選在這裡進行暑訓，又進行召靈儀式，想必H大靈異研究社一定對那件案情有過深入研究，所以凌月才想藉由詢問探出更多關於先前滅門血案的情報。

「這位沈同學，你也太神了吧，難道你對那件懸案也有研究？」阿森說著。

凌月搖搖頭，才又開口：「我是不清楚發生了什麼事，只是從同伴口中得知這間別墅曾經發生過兇殺案，其他的就不知道了——」

「還眞被你說中了！『彭馨儀』確實就是十多年前那件兇殺案亡故的女屋主——」小琴興奮地說著，似乎對凌月這身古怪的打扮甚感興趣。

「既然你們也知道這件事，不如我們就來交流交流吧——」社長蔚萱掛著笑容招手示意並挪出空位要凌月三人一同加入圍坐。

原本小刀與阿雄還有些猶豫，但看到凌月二話不說直接加入，也只好跟著做了。

「那麼你們知道的有哪些？」社長蔚萱等三人坐好以後問著。

「這個啊——」小刀皺眉苦思。「我是以前聽人說過，十多年曾經在中部的某座獨棟別墅中發生過

滅門血案，後來並不以爲意，只是上學期在做一些民俗學的報告剛好要搜尋兇宅的資料，在德宏的協助下，剛好找到這棟凶宅的位置。不過我也只知道這棟別墅的一家人遭到殺害，雖然後來也有結案，只是還是留下很多疑點，剩下的其實也不是那麼清楚。後來就和阿雄來現場看過一次，覺得還算適合作爲迎新宿營的場地，就召集我們現在這幾個人，先來試住看看。」

不知爲何，聽到小刀的解說，H大靈異研究社各個成員隱約露出了笑容，尤其是社長蔚萱更是笑容滿面。

「好吧，看來你們知道的眞的不多，我把事件的概要跟你們介紹一下好了。」社長蔚萱潤潤喉。「這棟別墅是十多年前由一位台灣當時算是相當有名氣的建築師所擁有，整個建築的位置與設計都是由那位建築師所完成——」

「那個建築師叫什麼名字？」蔚萱還沒說完，凌月突然插了一句。

「高天實——」被凌月突然打斷，蔚萱有些不悅，卻還是以笑容掩飾繼續說著。「——當時號稱建築鬼才的高天實，正值四十多歲的壯年期，卻突然宣布引退，並在這裡蓋起自己的私人別墅。不過關於高天實會突然引退，傳聞也非常多，最多的說法是因爲他的政商關係極爲複雜，其實說明白一點，就是他過去的建築和工程都與政商有些掛勾，雖然得到不少利益，卻也因爲擋人財路，得罪不少有力人士。也因爲過去已經從其中撈了不少油水，所以決定在政商關係惡化前先行引退。不過在他住進這棟別墅還不到一年時，有一天就被人發現全家慘遭殺害，就是在我們現在這間別墅中。」

小刀與阿雄互看一眼，對於這些往事並沒有感到非常意外，但社長蔚萱始終掛著笑容述說滅門血案，總是讓人心裡有股說不上的詭異。

「那當天被殺害的人有哪些？」凌月神色自若地問著。

蔚萱面帶笑容與凌月冷漠的問話，兩人之間的一搭一唱形成強烈的違和。

「三十多歲的女屋主彭馨儀身中數槍，就是死在我們現在圍坐的大廳裡——」蔚萱還是笑笑地說著。「不過怪的就是屍體竟然被長刀插在一樓大廳兩側樓梯中間的牆壁上。」

小刀與阿雄不約而同轉向釘在牆上的假人，原本得知那具假人只不過是灑上動物鮮血的嚇人道具，現在聽到蔚萱的解釋，很難不讓人聯想到是在模擬當時的案發場景。那具假人頭部在粗糙假髮的遮蓋下，原本就看不清面目，這時在搖曳燭光的照耀下，彷彿假人臉上隱約浮現一名女性的面孔。

凌月瞇起雙眼凝視那具假人，想起先前檢視之時，假人身上有用鮮血潦草寫著某人的名字，雖然現在有段距離，看得更不清楚，但凌月卻覺得那假人身上的文字應當就是「彭馨儀」三字。

「還有哪些其他的受害者？」凌月還是相當鎮定地問著。

小刀與阿雄看著凌月，發現他永遠都是那個一號表情，不覺認為這個凌月跟H大靈異研究社那些怪裡怪氣的成員還可眞相配。

「高天實有三個子女——」社長蔚萱說著。「兩男一女，又還有幫傭和幫傭的女兒以及女屋主的女兒——」

「所以高天實的妻子彭馨儀不是元配？」凌月問著。

「嗯，是他第二任妻子，不過在她嫁給高天實之前，就已經有一個五歲的女兒。」蔚萱笑容變得有些僵硬。

「高寶均是高天實的其中一個兒子吧？」凌月突然岔開話題。

「咦？你怎麼知道？你不是不知道案情嗎？」阿森有些訝異地問著。

「雖然我不清楚案情，不過我之前在二樓閒逛時，似乎有看到這三個字的印象，只是又有點忘記是在哪裡看到，所以才想問問看。」凌月不可能把自己見過高寶均的鬼魂這件事跟大家說明，只能再隨便想個理由敷衍。

「高寶均確實是高天實的兒子，那個時候就是慘死在二樓，或許你之前就是閒晃到他生前的房間也不一定。」蔚萱說著。

「所以你們製作那個假人，不，應該說是召靈儀式的替身道具更為恰當，是想招喚彭馨儀的亡魂嗎？」凌月說完瞇起雙眼。

「是啊，我們已經進行到第二夜的召靈儀式，照理說，彭馨儀的亡魂也應該要招喚出來，只是怎麼好像都還沒有任何動靜，難道召靈儀式弄錯了嗎——」社長蔚萱輕皺眉頭顯得有些懊惱，其餘社員也是百思不得其解。

在十多年前的案發現場，這幾個人大喇喇地喊著死者的名字，卻也全都一副無所畏懼的樣子，這倒是讓小刀和阿雄看得渾身不對勁，只有凌月一人還能跟他們一問一答對答如流。不承認超自然現象的小刀自是故作鎮定，盡可能說服自己這些都是無稽之談，不過力大無窮又人高馬大的阿雄，可就膽子更小，額上早已滲出一排排汗珠，完全無法理解眼前的H大靈異研究社到底在想些什麼。

「那如果召靈儀式成功的話，會有什麼跡象？」小刀勉強擠出笑容，打從心裡壓根不相信靈異事件的小刀，自然想要反駁。

「我覺得小刀同學似乎不是很相信我們的召靈儀式——」社長蔚萱露出一抹微笑。「確實目前看來

我們的招喚儀式像是無稽之談，不過已經進行到第二夜，照理說就快成功，如果沒有你們打斷，或許早就出來了。」

「那——那成功的話——到底會怎麼樣？」人高馬大的阿雄像個洩了氣的皮球，兩肩微微下垂，硬著頭皮問著。

「會先出現亡魂在生前最後一次所經歷的事物，我想——」阿森臉上掛著不懷好意的笑容。「我想——既然生前最後是被追殺，應該是在極度驚恐的狀態之下，多半是驚叫吧？」

聽了阿森的話語後，小刀與阿雄似乎有著同樣的想法，於是兩人又對看了一眼。

「尖叫——」凌月右手托著下巴喃喃說著。

「所以——」阿雄聲音有些顫抖地說著。「剛才你們眞的沒有聽見一個女子的尖叫聲嗎？」

「有——嗎——」

阿森看看社長蔚萱，又看看其他的社員，大家都是一頭霧水。

凌月轉頭看著釘在牆上的那具假人，在搖曳的燭光下，仍舊是忽暗忽明，彷彿臉部上的表情不時變化著。先前在二樓聽到的女子叫聲，並不是幻覺，更不是來自另一個空間的陰界聲響，因爲小刀與阿雄的反應，似乎也聽到了同樣的聲音。而且聽過H大靈異研究社的解釋後，那具假人其實是召靈儀式的替身道具，這樣一來，先前聽到的尖叫聲好似確實是從樓梯間發出。

——難道那個女子淒厲的慘叫聲，眞的就是從那具招魂替身道具中所發出？

小刀打從心底並不相信這樣的蠢事，但又被H大靈異研究社說得好像眞的煞有其事，也不覺變得有些半信半疑。

「難道——」原本一直保持笑容的社長蔚萱，突然斂起面容。「難道——我們真的召靈成功了嗎？他們聽到的尖叫聲該不會是——」

蔚萱邊說邊把目光移向大廳中央左、右兩道樓梯中間的牆壁，眾人跟著蔚萱轉頭看去，就在蔚萱還沒說完的同時，右側樓梯間竟然出現了逐漸靠近的人影。

「我之前也有聽到一個女子的尖叫聲——」

人未到聲先到，不一會兒，右側樓梯口出現泠霜那美麗的倩影，和兩側樓梯口中間被釘在牆上的召靈道具，形成強烈的對比。

凌月雖然已經不是第一次見到泠霜，但先前僅是藉由二樓窗口匆匆一瞥，這才仔細看清楚泠霜的真面目，卻是被她那姣好容貌所驚艷，但凌月不一會兒也注意到泠霜脖子上依舊繫著那條花色的絲巾，在夏天中顯得相當突兀。

聽到泠霜的話語，在場的所有人全都心頭一震，就連原本一副無所謂的H大靈異研究社社員，臉上也不再出現笑容。

「會不會是我們剛才進行召靈儀式過於專注，才會全部都沒有聽見——」社長蔚萱聲音有些顫抖。

「既然之前在兩側樓上的人都這麼說了——」

凌月覺得有些好笑，先前還說得那麼毫不在乎，現在若是真的招喚亡靈成功，爲何又要那麼擔心，可見這些人或多或少也不過是抱著不可能的心態，以半開玩笑性質來進行召靈儀式。

泠霜走到釘在牆上的道具前方，伸出白皙的右手，以手背輕輕滑過染著暗紅血漬的假人，背對大家輕聲說著：「看來你們的召靈儀式真的成功了，我沒騙你們吧——」

聽到泠霜的這番話語，社長蔚萱與阿森都瞪大雙眼，想要開口卻又吞了回去。

泠霜緩緩轉過身來，想說些什麼話卻刻意只是開口並不發聲，不知道在嘴裡唸了些什麼。

凌月再定睛一看，發現泠霜口中唸的正是「凌月」兩字。但不管怎麼回想，確實除了先前在二樓窗口看過外，應當並不認識這名外表亮麗的女子。原以爲只是自己眼花，凌月卻發現泠霜那對清澈大眼的目光正好就落在自己身上，看著看著竟然還對凌月露出了一抹淺淺的微笑。

眾人無不覺得怪異，分別將目光來回游移在凌月與泠霜兩人之間，卻只看到凌月一臉正經，而泠霜卻是輕輕笑著，兩者之間究竟有什麼關係，也沒有人搞得清楚。

ଓ ଓ

「臭凌月，你要在這逗留到什麼時候？」十三零跟在凌月身後，不停在凌月身邊忽前忽後飄移。

雖然別墅西側二樓的房間在P大民俗學系五人巡視後，並沒有什麼異狀，但還是決議一起在左側最後一間房間歇息，一來比較好有照應，另一個原因則是左右兩側第四間房間的空間比起其他六間房間還是比較寬闊，更適合五個人擠在一起。在眾人整頓好房間，簡單用過晚餐，接著又分工調整一些準備之後在迎新宿營所使用的道具，不知不覺就又過了幾個小時。原本大家已經舖好睡袋準備就寢時，凌月卻以睡不著爲由，又從P大民俗學系所劃分的二樓房間下樓，步出別墅大門，直接轉往庭院四處搜尋。

「寶均呢？」凌月看也不看十三零一眼，只是繼續自己的動作。

「我本來陪著他，等到他不哭以後，又跟他聊了一下，只是一晃眼，我沒注意，寶均小弟竟然不知

道跑哪去了——」

「那妳跟他聊到什麼？」凌月還是沒有看著十三零隨口問著。

聽到寶均消失，凌月倒不覺得有什麼稀奇，因爲身爲遊蕩陽界的亡魂，本來就是飄忽不定，也許又被什麼東西吸引，一下就會跑走，也因此凌月反而對於寶均小弟後來又說了什麼更感興趣。

「咦——我想一下——」十三零伸出右手食指來回輕敲自己的臉頰。「他說他本來好像有很多夥伴，卻不知道什麼時候就從屋子裡消失了。」

「夥伴？」凌月這才轉身看著十三零。

「我也不知道他想表達什麼——是看得到鬼魂的人嗎？」十三零微微歪著頭。

「嗯——」凌月抬頭看看別墅二樓的窗口，這時候如果寶均出現在窗邊揮手，也不是一件奇怪的事，只不過一眼望去都是一片漆黑的窗子。

——H大靈異研究社都入睡了嗎？

雖然凌月這麼想著，卻也無法確定H大靈異研究社是否是在二樓東側後面一排房間休息，所以從別墅正面望去，當然不可能看到蠟燭火光。

再回頭看往西側最後一間房間的窗口，原本爲了通風藉以去除房間內異味而向外打開的窗戶，這時竟然關得緊緊的。雖然此時正值炎熱的夏季，但在這座山上，還是不時有涼爽的陣風迎面吹來。即使如此，這樣的風勢卻也應該不至於大到將窗戶關上，看來不知道是誰又動了房間的窗戶。

「臭凌月，你要不要跟我講你在找什麼？我也可以幫忙啊——」

凌月只是不發一語揮了揮手，想要趕走十三零。

在下午查看別墅庭院時，凌月就已經覺得庭院構造有些怪異，只是當時專注於地上的腳印，反而不是很注意庭院整體的設計。在進去大廳見到挑高的一樓設計與那詭異彎曲的樓梯後，凌月更想再次確認別墅的整體外觀設計，總覺得有些地方特別奇怪。

早先就已經注意到這棟別墅的庭院大小有些怪異，一般別墅庭院四周圍牆一定是會將別墅主體包圍，但這棟別墅怪就怪在圍牆到了別墅的東、西兩側，就和房屋連在一起，也就是庭院只到別墅的左右兩側就宣告結束，並不像一般庭院還會保留後院的空間，整體看起來就像整棟別墅被左右兩道庭院圍牆硬生生切開，總感覺應該還有個後院，只是被這道牆給擋住。

凌月拿起手電筒在牆上來回搜尋，並沒有找到看似密門的接縫處，在轉角處也是一體成型，並不是後來才砌上的新牆，好似本來的設計就是如此。

就在凌月尚在專心察看之時，十三零突然叫了一聲：「唉呀，有人來了——」十三零還沒說完，就已經躲到凌月背後，並小心翼翼探出頭來。

凌月反射性地直接朝前方望去，並沒有看到什麼人影，只好拿起手中的手電筒左右照射，卻也沒有看到任何人。

「有啦，有啦，那邊啦！一個女的在那邊走來走去——」趴在凌月背後的十三零伸出右手比了方向。

凌月隨手關掉手電筒，朝著十三零指示的方向望去，不過由於還未適應在沒有手電筒輔助下的黑暗，暫時還看不到任何人影。

「妳確定是人嗎？」凌月反問著。

想起寶均後來和十三零的交談內容，寶均所指的「夥伴」該不會是滅門血案受害的其他亡魂？

雖然凌月對於H大靈異研究社先前進行的召靈儀式有些不以爲然，認爲那種方式根本就不可能有任何效用，不過畢竟陽界的召靈方式成千上萬，搞不好眞的就正好被他們矇中。但如果之前一行人在二樓聽到的女子慘叫聲，眞的就是慘遭殺害的女屋主彭馨儀，那在召靈成功後亡魂又跑到哪去？

凌月躲在角落靜靜觀察那個逐漸清晰的人影，是H大靈異研究社的盧琴。小琴左顧右盼一會兒在別墅庭院右側，一會兒又小跑步到庭院左側，似乎在尋找什麼東西。不過小琴並沒有彎身俯視地上的雜草，反而只是拿著小型手電筒在眼前掃射，看起來更像是在尋找某人。

凌月相當好奇，在這樣的深夜中，一個柔弱女子爲什麼要這樣一個人跑到庭院四處尋人。小琴一手拿著手電筒，另一手則是拿著一份資料夾。凌月愈看愈覺行跡可疑，小心翼翼跟在身後，等待適當時機現身詢問。見到凌月可能要去跟「生人」攀談，十三零悄悄地先行離去。

「啊！」小琴突如其來驚叫一聲，臉色頓時慘白，資料夾差點就要落地，還好又穩穩接了起來。

「怎麼了嗎？」凌月輕聲說著。

原來是小琴發覺身後似乎有人，猛一回頭手電筒剛照過去，只看到人影就先叫了出來。

「嚇死我了——」發現身後的人正是凌月，小琴大大地鬆了一口氣。

「妳在找人嗎？」

「這——這——」只見小琴有些語頓，一會兒後才又開口。「是啊——」

「在找誰嗎？」

「嗯——」小琴遲疑了一會兒。「在找我們的阿凱副社！」

「咦？他怎麼了嗎？」雖然沒有和H大靈異研究社林鴻凱見過面，凌月一聽也知道似乎是某人不

見了。

「我們副社長之前原本跟著我們一起下山要幫忙你們搬運一些東西，不過等我們走了一段路之後，才發現副社並沒有跟來，想說應該是待在別墅沒有下來。只是等我們跟你們P大民俗學系一起從半山腰回來後，卻才發現副社也不在大廳，當下只覺得他是躲在二樓，可能又想弄什麼把戲來嚇唬我們，也就不以爲意。」

「所以後來阿凱副社還是沒有回來嗎？」凌月問著。

「是啊，我們後來做完召靈儀式，回到二樓去休息，這才想起副社不見蹤影，找遍二樓我們這半邊的八個房間都沒有身影，其他人又說他可能是躲在你們那半邊的房間，又想說他這人詭計多端，也就不想再理會，玩膩了自己就會出現，所以大家也就不管他了。」

「嗯——」凌月輕閉雙眼，一會兒又馬上睜開。「你們的副社並沒有躲在我們那半邊的房間，因爲我們後來有把八間房間全部都徹底巡視過，最後才決定一起同在某一間房間休息。」

其實後來凌月他們也只是隨意查看了八間相互對稱的房間，反倒是凌月第一次上去二樓時才有徹底檢查過每間房間所有可能的藏身之處，才能確定當時並沒有其他人待在那裡。

「嗯——」小琴只是輕輕地回應一聲，似乎還有某些心事，但感覺上並不是眞的很擔心副社長的下落。

凌月先前與小刀他們在二樓一同調整道具時，藉由他們的閒聊中，更加了解H大靈異研究社的成員，以及傍晚正當凌月身在二樓時他們所發生的一些事，不過卻也沒有聽到任何人提起H大靈異研究社副社長失蹤的事情，可見其他社員應該也不是很把這件事放在心上。

「啊，對了，你叫做沈凌月吧？」小琴突然笑了起來。「你們民俗學系聽起來眞有趣，不像我們商學院的課程那麼枯燥，尤其是我們的會計更是讓人覺得無聊到不行——」

凌月沒有回應，只是不發一語看著小琴，而小琴發現凌月正盯著自己，有些不好意思地低下頭去。

小琴繼續說著：「其實我剛才是在二樓從窗外看見庭院有人影，才想說會不會是我們副社，所以就匆匆忙忙下來找人——」

「她騙人！她騙人！」十三零不知道什麼時候又出現在凌月身後，輕皺秀眉忿忿地說著。

不過由於相隔陰、陽兩界，小琴當然看不見凌月身後的十三零。

凌月斜眼瞪了十三零一眼，只見十三零鼓著稚嫩的臉龐，生氣的模樣倒也有些可愛卻又有幾分好笑。

「今天晚上聽你好像對這棟別墅發生過的命案很感興趣——」小琴雙手捧著原本一直拿在左手的黃色資料夾。「凌月同學，這份資料夾裡面裝得正好就是相關的報導，我看就先借你看看好了——」

「這女人又在騙人！這才是她的目的！」十三零繼續在凌月耳邊發著牢騷。「這女人喜歡你！還在那邊演戲！哼！哼！」

其實凌月當然很清楚十三零從以前到現在，只要凌月不管跟哪個異性靠得比較近，無論陰、陽、妖、仙、神、魔，十三零都會纏在凌月身邊說盡眼前女性的壞話，這點凌月倒是已經相當習以爲常。

不過這次經由十三零點醒以後，倒也有些可疑。第一，小琴說她是在二樓看見庭院人影這才下來，但當時凌月明明手上拿著手電筒四處照射，即使身影並不清晰，雖然沒有見過阿凱副社長什麼樣子，但要像凌月這身紮起長髮的怪異打扮，倒也很難再找到第二人。另外既然是匆匆忙忙下樓尋人，怎麼還會剛好手邊帶著滅門血案的資料夾。

即使小琴懷有別的企圖，凌月倒也不以爲意，還是默默接下小琴手上的資料。見到凌月收下資料後，小琴只是笑了一下。

「我叫做盧琴，是H大會計系二年級的學生，往後幾天就多多指教了，希望有機會多作交流啦！」小琴說完還微微點頭致意。

「哼！這女騙子這般獻殷勤，看老娘今晚就用鬼火燒妳個頭毛不剩！」十三零伸出右手擺出劍指。

「無聊，別鬧了！」凌月轉頭小聲罵了一句，接著輕輕朝十三零劍指吹了一口，原本在十三零指上快要燃起的火苗，一下就被凌月吹熄。

「你說什麼嗎？」小琴雙眉微抬，不大明白凌月轉頭在跟誰說話。

「沒什麼——」凌月冷冷地笑著。「我清清喉嚨——」

凌月覺得身後有異，再次轉頭卻發現十三零又伸出右手，一個劍指地獄之火作勢就要燃起，不過眼神專注，不再帶有先前的嬉鬧之意，而且注視的目標似乎並不是小琴。

「對了，凌月同學，你是台北人嗎？」小琴問著。「我雖然就讀南部的學校，可是幾乎每兩個星期都會回去台北老家一趟——」

凌月瞇起雙眼，似乎並沒有把話聽進去。

「哈哈——那我要先回去大廳了——」小琴以爲凌月沒有聽見，自打圓場乾笑著。

「等一下！」

小琴原本已經轉身走了幾步，卻被凌月叫住，抬頭一看，卻發現凌月兩眼瞪得奇大。

一名高大的男子，手上拿著刀子，就站在小琴身後不遠的地方。

——就是先前凌月在二樓樓梯口撞見的那名陌生男子。

第五章

「別跑！」

凌月發現那名陌生男子與自己四目交接後準備拔腿就跑，反射性地叫了出來。

在追逐之中凌月將手電筒對準陌生男子照去，只見那男子回頭之時，雙目竟然一點也不畏光，只是立即轉身準備朝別墅大門跑去。

「凌月同學，怎麼了嗎？」

見到凌月突然莫名其妙狂奔不止，看得小琴只是一頭霧水，想要追去，卻又懾於凌月的聲勢有些卻步。

「十三零，妳先追去察看清楚！」

凌月邊追邊跑之中，已經伸出左掌喚起生死簿想要查閱，由於判官生死簿除了道行較高的生靈才能看到，凌月倒也不擔心身後的小琴能夠瞧見，頂多只會覺得自己高舉左手不知道在做些什麼，但眼前的這名陌生男子實在速度太快，一時之間也無法讓生死簿就位，實在無法判別這名男子究竟是生是死。

「恕難從命，你沒看到那男的手上拿著刀子！」十三零還是守候在凌月身邊，眼前已經出現一名持有兇器的陌生男子，要是在這時又出現著魔鬼差，以凌月現在的功力，根本難以對抗。

不一會兒，那名陌生男子的身影已經消失在別墅內漆黑的大廳之中。

「凌月同學，你怎麼了？」見到凌月在別墅大門前停下腳步，小琴總算追了上來，左手輕輕扶在凌月的右肩不停喘息，而趴附在凌月背後的十三零睜大雙眼怒視小琴。

「妳這賤骨頭，幹嘛想非禮我！」十三零近在小琴耳邊咆哮，不過小琴當然一個字也聽不到。

凌月沒有理會身後的小琴和十三零，只是拿著手電筒往大廳四處照耀，不過怎麼樣也找不到那名陌生男子的身影。

再往兩側樓梯照去，卻發現右側樓梯也有強烈光線照射回來。

凌月微微瞇起雙眼別過頭去，好一陣子那道強光才移往別處。

「喔，怎麼還沒睡，失眠了嗎？」

從樓梯走下的是一名凌月沒有見過的男子，站在他身後的則是H大靈異研究社哲學系三年級的蔡圖澤。

「呃——圖澤學長——」小琴小聲地說著。「還有——炳承小弟——」

聽到小琴叫著那一名男子炳承「小弟」，凌月這才發現這個男生雖然雙眼炯炯有神，面貌卻還帶有一股稚氣，與其說是大學生，更像是個高中生。

圖澤與炳承一下就走到了大門門口，而圖澤的雙眼即使隔著無框眼鏡，還是可以明顯看到他雙眼上下晃動，接著還露出彷彿就像看到好戲而不懷好意的笑容。小琴這才發現自己的手還搭在凌月肩上，趕緊悄悄抽回，但這些小動作早就被圖澤與炳承看個精光。

「呃——凌月同學，這個圖澤學長你之前也有見過，另外一位就不是我們H大靈異研究社的社員，

他叫做侯炳承，是S中的高二生，不過對靈異研究很感興趣，透過網路已經來參加過我們幾次社課，更趁著暑假也一起來參加暑訓！先前召靈儀式時，他在二樓睡覺休息——」小琴好似爲了化解尷尬場面做了簡單的介紹。

凌月向圖澤與炳承點點頭，只見炳承突然笑著：「凌月學長，之前有聽其他學長、姊提過，想不到學長眞的是別有一番帥氣的造型。」

炳承笑眼瞇瞇說著，不過一旁的圖澤聽了冷冷看了炳承一眼，只是炳承並未察覺。

凌月看著炳承的笑臉和圖澤臉上的細微反應，總覺得這小子小小年紀倒是油腔滑調，恐怕也對圖澤說過類似的恭維話語，這才引起圖澤的鄙夷。

「你們有看到冷霜學妹嗎？」圖澤扶著眼鏡問著。

「哼，又是那個陳冷霜啊——」小琴先是喃喃自語，接著才又開口。「她又怎麼了嗎？」

「因爲在二樓都沒有看到她，這麼晚了，不知道學妹跑到哪去，總是有些擔心——」圖澤說著。

「對啊，冷霜學姐不知道跑哪去了，在這深山要是沒有人陪伴總是危險。」炳承在一旁也同聲附和。

「那阿凱副社難道你們一點也不擔心嗎？冷霜的個性本來就很古怪，炳承不知情也就算了，圖澤學長應該也很清楚才是——」小琴厲聲質問。

「算了吧，阿凱那傢伙，不就最愛裝神弄鬼的，幹嘛去管他——」圖澤輕皺眉頭顯得有些惱怒。

「那冷霜就不算嗎？怪裡怪氣，個性又孤僻——」小琴輕皺眉頭說著。

「喔，這個叫冷霜的還眞可憐，被妳這樣數落。妳這女人器量狹小，在忌妒其他更受歡迎的女人吧！哈哈——」十三零刻意幸災樂禍地說著。

凌月倒是覺得有趣，之前見過泠霜的印象，確實相當清新亮麗，個性雖然似乎是有些怪異，只是竟然被社團同學說得像是凌月一般古怪，倒也對那女孩有些同情，或許也可能是小琴忌妒心的使然刻意加油添醋。

「學妹，妳好端端跟其他學校的人在這裡『交流』，何必又要說別人的壞話呢，我可是一點也不覺得泠霜學妹怎麼了──」圖澤說到「交流」兩字還刻意提高音量。

「你──」小琴瞪大雙眼並伸出右手，作勢就要朝圖澤拍打過去，又看看凌月，發現凌月表情依舊冷淡，小琴只好不好意思地低下頭去。

「圖澤學長，我們還是趕快──」炳承眼見兩人可能就快吵起來，趕緊拉著圖澤想要離去。

「算了，算了，看來妳是不知道泠霜學妹去哪了，炳承我們去外面找找看！」圖澤說完帶著炳承穿過凌月與小琴，炳承還不時回頭對凌月兩人苦笑點頭表達歉意。

「哼，不過是個上學期才加入的人，就是漂亮點，迷得你們這些男人全都對她百依百順，分明個性就很孤僻──」

在圖澤與炳承離去後，小琴忿忿地喃喃自語，不過凌月全都聽得一清二楚，甚至感覺小琴是故意說給他聽的。

「活該！活該！咱們凌月大爺也看不上妳的，少往自己臉上貼金！」十三零邊說邊在小琴身旁不停擺出「鬼」臉。

「泠霜是一個怎麼樣的人？」凌月突然問著。

「唉，連凌月同學也是這樣啊──」小琴嘆了一口氣。「她很漂亮，對吧？」

凌月看著小琴抬頭望著自己，她那眉清目秀的臉龐，其實也不至於差到哪去，不過泠霜確實是數一數二的美女。

看到凌月依舊沒有回應，小琴自己先開口：「反正我這人個性就是直來直往，原本剛剛那個圖澤學長，在泠霜上學期加入以前還不斷對我獻殷勤，社團的人都跟我說學長對我有意思，誰知道泠霜一加入後，全社的男生都為她瘋狂，圖澤學長自然不可能再來找我，這種亂槍打鳥的人不要也罷——」

「屁啦！最好是個性直爽，扭扭捏捏、用盡心思想接近咱們凌月大爺，直來直往個頭，原來是被拋棄啦，哈哈哈！」十三零又在兩人身後發著牢騷，不過只有凌月才聽得見，但凌月還是聽若無聞。

凌月點點頭，他大致可以理解這些男生為什麼會那麼迷戀泠霜，因為泠霜的姿色和社長蔚萱、小琴相形之下，確實是後兩人所望塵莫及。

「唉，算了，眞不好意思我們社團的糗事在外人面前獻醜了——」小琴來回走了幾步突然又想起什麼事而停下腳步。「對了，凌月同學，你剛剛到底是發生什麼事，突然狂奔起來——」

「也沒什麼，只是覺得這間屋子有些奇怪——」

「是因為召靈儀式嗎？」小琴笑了起來。「別被泠霜騙了，我倒不覺得召靈儀式後會有什麼異狀發生——」

「呃——」凌月遲疑了一下，才又開口。「我想先失陪一下，先上樓去處理一些東西——」

凌月從小琴手中拿到十多年前滅門血案的資料，一直耗在這裡，也沒什麼太大的意義，想要趕快來好好研讀一番。

「凌月同學！等一下——」小琴突然叫住凌月。「那個——那個——」

被小琴這麼喊了一聲，原本想要上樓的凌月只好停下腳步。

「怎麼了嗎？」凌月問著。

「這賤骨頭又想要什麼把戲，哼——」十三零又是一陣辱罵。

「我——」小琴似乎有些難以開口。「那個資料啊——」

「其實我就是想上樓去研讀這些資料，眞是感謝妳了！」凌月說完還對小琴微微點頭，隨後又轉身準備上樓。

「等一下——」小琴又叫住凌月。「其實我有一些事想跟你說——」

見到小琴近似苦苦哀求，凌月才剛接受別人的好意，也不好意思就這樣直接走人，還是又走了回來：「怎麼了嗎？沒關係，妳說吧——」

小琴神情有些慌張，左顧右盼，卻在回頭看往別墅庭院時，顯得臉色更爲慘白。

「是泠霜——」小琴小聲說著。

凌月見狀後走回別墅大門，看到泠霜腳步輕盈，在庭院中走著，身旁跟著圖澤與炳承，只見圖澤不斷來回移動在泠霜身邊有說有笑，不過泠霜並沒有回應，只是低頭默默前進。雖然聽不見圖澤在說些什麼，不過從他滿臉笑容的模樣，也不難推測是在想盡辦法討好泠霜。

「嘖，我說凌月老兄，原來你竟然自己偷偷跑來跟H大靈異研究社私下交流，太不夠意思了！」

別墅大廳傳來小刀的聲音，回頭一看，他已提著手電筒從左側樓梯走出。

「我從窗戶看了很久，庭院竟然空無一人，也不知道你這老兄跑哪去，原來是躲在大廳這裡——」

小刀邊走邊說，發現凌月身旁還有小琴，這才擺出較爲和悅的表情點頭問好。

這時泠霜三人也正好走到附近，十三零眼見一下就要湧入太多陽界人氣，對自己身上的陰界靈力並不是一件好事，就算想再仔細看看泠霜的廬山眞面目，但想到日後還有很多機會，也就先行離去躲了起來。

「我說學妹啊，今晚先前召靈儀式才剛成功，妳一個女孩子也別到處亂跑，這樣還蠻危險的，不要說什麼妖魔鬼怪，要是有什麼壞人躲在黑暗中，也很難說，不要再一個人亂闖了——」圖澤雖然臉上堆滿笑容，卻還是憂心忡忡地說著。

「哼，那我就沒關係嗎——」小琴喃喃抱怨，被凌月聽得一清二楚。

「那你可有看到任何亡魂嗎？」泠霜冷冷地說著。

「呃——」圖澤無法回答。

「學姐，別這樣嘛，學長只是好意——」炳承在一旁攏著笑臉插了一句，眞不知道他是收了圖澤什麼好處，總是處處幫著這個學長。

站在凌月身後的小刀，這時也看到了泠霜，難掩興奮之情。

「喂，凌月老兄，你眞的很不夠意思！」小刀伸出右手一把搭在凌月肩上。

小刀懷疑凌月也是想進一步與泠霜認識，自然更是對凌月厭惡至極。

原本還低頭前進的泠霜，在別墅門口一抬頭就見到凌月，露出了淺淺的微笑，更是嬌態難掩，但凌月卻是面色凝重。

原本對於泠霜的笑容，凌月還不以爲意，但再仔細一看，才發現泠霜胸前抱著一本藍皮古籍，上面用毛筆寫著「生死簿」三個大字，再看看泠霜的表情，更覺得她是別有用意，彷彿一瞬間轉爲冷笑，不禁讓凌月心裡有些發寒，甚至打了個冷顫。

「想不到我們這麼快就要開始兩校的交流！」小刀興高采烈難掩高漲的情緒。

在別墅門口相會的幾人，回到大廳中央，點起殘留在地上的蠟燭圍坐在一起。

「反正我看既然各位學長、姐都睡不著覺，也就沒差了——」晚間才小睡過一會兒的炳承，這時精神自然比其他人都還要好。

「沒想到泠霜學妹竟然對判官傳說那麼有興趣啊！」圖澤伸手輕扶著眼鏡，好似他也對這個話題很有研究。

之前大家見到凌月看著泠霜的訝異神情，循著凌月視線望去，看見泠霜胸前所抱的一本古籍，當下也覺得有些驚訝，只是沒有凌月來得震驚。

「就我所知，判官就是陰界的執法者，一本生死簿，一支硃砂筆。」圖澤一臉正經地說著。「最有名的大概就是唐朝的崔判官吧！」

眾人聽得都是微微點頭，只有凌月與泠霜不動聲色，而無神論的小刀自然只是當作神話故事在聽，壓根兒只覺得這是個流傳民間的傳說，不值得認眞聆聽，心思早就飄到坐在對面的泠霜。

「崔判官最有名的故事大概就是在西遊記裡面記載的那段唐太宗遊陰界的故事。」圖澤繼續說著，又扶了扶眼鏡，彷彿自己就是個飽讀詩書的儒者。「那時候太宗因爲重臣魏徵夢斬龍王，被龍王夜半索命而去，不過因爲魏徵與崔判官生前甚有交情，便寫了封信要太宗帶去陰間，交給死後在陰界擔任閻王判官的崔判官。崔判官念在魏徵生前的交情以及對他子孫的照顧，就擅自在生死簿上修改了太宗的陽

壽，閻王見到太宗壽命未盡，自然又把他放回陽間，就這樣多延續了二十年的貞觀之治。」

在圖澤身旁的炳承聽得頻頻點頭，就像是第一次聽過的故事。

泠霜輕閉雙眼，接著輕笑一聲：「這只是民間的傳說罷了——」

「喔，那不然學妹的研究是什麼樣子？」被泠霜澆了一頭冷水，圖澤很不是滋味地反問著。

泠霜看著淩月冷冷笑著：「判官分成三種，一種是生判官，一種是陰判官，還有一種是陰陽判官。本來陰、陽、妖、仙、神、魔，天地六界只存在陰判官，夜巡陽間主持正義，相傳在古代，閻王有次到陽間巡視，卻意外落難，最後在一名書生的相救下，總算化解危機，平安重返陰間。閻王爲了感念這名書生，特別教了他延年益壽的秘訣，即當他年老時，如何躲避鬼差的索命。就這樣，這名書生一直平平安安活了下去。後來由於這名書生閱歷豐富，閻王乾脆任命他爲判官，直接在陽間捉取非法行爲加以制裁，並分配了十二名鬼差供他差遣。這是在陽界執法的『生』判官最早的由來。」

「喔，這倒是有趣，不知道學妹是在哪裡找到的資料？」圖澤問著。

不過泠霜並沒有理會圖澤的詢問，臉上還是帶有訕笑盯著淩月：「據傳聞後來這名書生至今還在陽界各處繼續巡視。而且後來各地經由閻王甄選，愈來愈多這類判官出任，只要到了夜晚，就會與鬼差一同出現在各處執法。在陰界共有十八層，愈底層的官階愈大，到了最底下的幾層更是大到連神、魔都能審判。因此以官階來說，是生判官，接著是陰判官，再來就是自由穿梭陰陽兩界的陰陽判官。」

淩月不禁雙眼微睜，眼前這名女子所言雖不全中，卻也已經相差不遠，尤其是泠霜的目光又始終沒有離開過淩月，眞不知道她懷有什麼用意。

泠霜接著拿出那本藍皮古籍，擺在蠟燭上燃燒，眾人盡皆驚訝不已，想要阻止，那本古籍卻已經燒

了起來。

「呵呵——這本書當然不是生死簿，只是仿製的道具，不過陰、陽兩界本來就屬於不同的空間，必須藉由燃燒儀式，才能轉換到另一個空間，就把這本生死簿燒到陰間去，讓那些死於非命的亡魂撿去，剛好可以在生死簿上動手腳，抹去讓他們含冤而死卻又逍遙法外的仇人陽壽——」

看到生死簿燒了起來，泠霜隨手丟在地上，口中念念有詞，又不知道這是什麼儀式。即使H大靈異研究社與P大民俗學系，對於這些事物多少都有些涉獵，只不過每個人研究興趣不盡相同，也不可能對於所有的民俗學都那麼精通，只能說各有所長。

眾人你看我、我看你，實在不知道泠霜想要做些什麼，卻被她始終掛在臉上的冷笑所懾服，也不敢多說什麼。

眼看生死簿經過一陣大火後，逐漸轉弱，接著只是變成一片片灰燼。

「這間別墅已經發生命案了！」泠霜突然大聲說了一句，讓在坐所有人無不驚訝不已。

「那……那是當然的啊——」炳承怯生生地說著。「十幾年前就發生過滅門血案——」

「難……難道她被彭馨儀的鬼魂附身了嗎——」坐在凌月身旁的小刀難以置信地小聲說著，因爲他實在無法接受泠霜的所有言論，再加上她的舉動非常怪異，讓迷戀她亮麗外表的小刀相當掙扎。

小琴看到泠霜的這些怪異舉動倒是不以爲然，個性古怪的她，本來就時常做出一些令人匪夷所思的舉動，這下剛好給大家見識一下她怪裡怪氣的眞面目。

凌月瞇起雙眼，上下打量這名女子，實在不知道是何方神聖。雖然陰陽判官的傳說，在民間也是可以找到一些蹤影，不過經由不斷口耳相傳與渲染，早已變得過於戲劇模式，像泠霜這樣清楚道出陰、陽

兩界的職掌事務與官階，確實非常令人驚訝。

「少來了，妳看我們連續兩天召靈儀式做完，也沒什麼異狀，現在又想嚇人嗎？」小琴再也忍受不住，皺著眉頭說著。

「小琴，妳在幹嘛啊？不要亂說，今天晚上P大民俗學系那邊和泠霜學妹都有聽到召靈儀式成功後的女子慘叫聲，我們還是小心爲妙啊——」圖澤面有難色地說著，一旁的炳承也是膽戰心驚左顧右盼。

「哼——」小琴瞪了圖澤一眼，又看看釘在牆上的召靈道具，表情相當不屑，接著只是低頭不語。

「這種東西本來就是信者恆信，不信者恆不信啊——」

小刀爲了打圓場，從中插了一句，再回頭看看泠霜有什麼反應。不過泠霜自始自終臉上都掛著一絲詭異的笑容，靜靜看著凌月。

「我倒覺得這個召靈儀式——」凌月開口說著。

「砰！」

突然一聲巨響，似乎有重物掉落在別墅庭院，打斷了凌月的話語。

「怎麼了嗎？」

小刀提著手電筒迅速起身走向門口一探究竟，而小琴也跟在身後。

眾人見狀後也跟著緩緩起身，卻看到站在門口的小刀與小琴呆立原地。

「啊！」

小琴突然尖叫一聲，往後退了幾步，而小刀則是戰戰兢兢往庭院走去。看到這樣的場景，凌月早就加快腳步跟著出去。

「那是什麼！」從後方趕過來的圖澤大聲嚷著。

眼見別墅庭院出現一個人趴在地上四肢扭曲變形，一動也不動，頸部歪曲的角度更是異常，令了看了頭皮發麻。

凌月馬上跑了過去，發現那個人的位置就正好是在面對別墅右側第一間房間下方。

「是阿隆學弟！怎麼會這樣！」圖澤的聲音相當顫抖。

趴在地上的那人正是H大靈異研究社企管系二年級的謝霆隆。

「怎麼辦，要趕快送去醫院啊！」炳承以近似驚叫的口吻說著。

凌月上前彎身查看，這個阿隆已經斷氣身亡，回頭對大家搖著頭：「已經死了，頸椎斷裂當場斃命，剛剛的聲響恐怕就是他從二樓墜落地面所發出的聲音——」

「凌月學長確定嗎？還是先通知救護車和警方吧——」炳承一臉惶恐說著，眼看地上已經是滲出一片血水。

「阿隆爲什麼要跳樓啊？難道是召靈儀式——」圖澤喃喃地說著。

「他當然也可能不是墜樓而死，而是原本就已經身亡——」凌月早已悄悄喚出生死簿在阿隆身邊查閱，不過由於他的亡魂並未出現在此，也就無從查起，但死於非命的可能性相當大。

凌月抬頭看著二樓第一間房間的窗戶，印象中原本還是緊緊關著，現在竟然已經向外推開。雖然名義上只是二樓，但因為一樓是經過挑高設計，這樣的高度大概也有一般建築的三到四層樓左右的高度，也相當足以致命。但在屍體附近並沒有看見阿隆的亡魂，倒讓凌月相當懷疑阿隆可能是在某處先被殺害，而後才被人從二樓丟下。

泠霜站在凌月身旁雙手交叉胸前，原本那輕浮的冷笑全然消失，面色凝重地望著二樓窗口。

凌月跟著看了過去，卻發現二樓窗口的黑暗之中，浮現了那名陌生男子的身影。

「可惡，又是他！」凌月重重地說著一句，準備往大廳右側樓梯跑去。

「學妹，妳要去哪啊！」圖澤喊了一聲。

凌月回頭一看，卻看到泠霜往別墅庭院鐵門方向奔去。

圖澤追了上去，但想不到泠霜的速度竟然如此之快，和自己拉開了一小段距離。

難道是泠霜原本就知道這邊手機收不到訊息，要直接跑下山報案嗎？凌月這麼想著，但他也顧不了那麼多，還是先上二樓察看要緊。

「凌月同學，要走左邊的樓梯，不是右邊的——」

小琴從後方拉住了凌月，指的卻是通往另外一側的樓梯口。凌月原本還摸不著頭緒，但看著小琴認真的眼神，這才發現之前先入為主的觀念真是大錯特錯，也終於明白先前一些人的怪異舉動。

第六章

凌月與小琴一同上了二樓，跑進第一間房間，原本還不確定是否就是先前在樓下所看到的房間，等到過去窗口探頭一看，正下方就是阿隆的陳屍地點，這才確定自己沒有走錯。

環顧四周，那個陌生男子已經不在房間，又不知道跑到哪去。

突然樓下庭院出現一陣騷動，圖澤從別墅外牆鐵門跑了進來，大聲喊著：「不好了！不好了！」

站在二樓窗口的凌月，向遠方望去，由於圍牆之外是個下坡，呈現視線死角，雖然只能看到庭院外牆，但在圍牆之外，隱隱約約出現陣陣火光。

「冷霜呢——」見到回到庭院的只有圖澤，而冷霜卻遲遲沒有回來，凌月頓時拉著小琴跑下一樓大廳。

穿過漫長彎曲的樓梯，凌月與小琴總算到了一樓大廳，只見小刀與炳承還佇足在別墅大門，而圖澤則是一臉惶恐跑了進來。

「小琴……小——」凌月原本還想呼喊小刀，不過想也知道他一定不會聽令於自己，轉而叫了別人。「小琴、炳承，你們兩個就在一樓大廳守著，詳細記錄這之後有誰從左側和右側的樓梯下樓。」

小琴原本還想跟凌月一起前往圍牆外一探究竟，但看到凌月氣勢凌人，也就只能和炳承點頭答應。

「快跟我來吧——」圖澤顯得臉色有些慘白，之前的銳氣已然消失殆盡。

話才剛說完，圖澤就轉身帶著小刀往庭院方向跑去，而凌月緊跟在後，穿過庭院外牆到了吊橋處，映入眼簾的卻是圍繞在熊熊火光之中的殘破吊橋，中間連接的部分也已經被烈火燒斷。

小刀瞪大雙眼無法置信：「這是怎麼一回事，這樣我們不就被困在這裡了——」

「是啊，我真的不知道該怎麼辦了——」圖澤一臉沮喪地說著。

在熊熊烈火之中，只有泠霜的背影出現在前方，就像是在凝視這一片擁有生命力的大火，不斷來回舞動的火焰彷彿已經把泠霜的靈魂深深吸住。

「唉，沒關係，這麼大的火，總會有人發現吧——」小刀強做鎮定地說著。「不過是誰放的火呢？」

「我想是有人刻意想把我們困在這棟別墅之中——」凌月瞇起雙眼冷靜地說著。

「哼——」小刀眉頭深鎖。「你真的是推理片看太多嗎？從剛才就自己在那邊說阿隆是被人殺害，怎麼不認為他是自己跳下來，現在可又在這裡自己扮起偵探，說是有人要把我們困住——」

「不然你認為呢？阿隆無緣無故幹嘛自己跳下來？」凌月反問著。

「是召靈儀式的後遺症啊——」圖澤驚慌失措地嚷著。「我看泠霜學妹也已經中邪，從剛剛我就看她一直對著燃燒的吊橋冷笑，口中又念念有詞，怎麼叫都沒有反應，我真的不敢靠近她，才跑回去找你們——」

小刀這才發現泠霜一直站在吊橋前方，輕閉雙眼，口中不知道在念些什麼。

「同學，我們還是快走吧——」圖澤拉著小刀想要離去，在小刀耳邊小聲說著。「這裡就交給你那

也是很古怪的同學處理就好了。」

本來小刀還在猶豫，卻看到泠霜這時突然停止唸頌，回頭對他們露出一個嬌態百媚的笑容。這還不打緊，但這次泠霜雙眼竟然隱約散發出寒氣逼人的青藍光芒，讓小刀嚇得瞪大雙眼，不過下一瞬間卻又回復正常，無法確定是不是自己的錯覺。

「你們先回去吧——」泠霜冷冷地說著。「我跟凌月在這邊再查看一下就會回去。」

聽到泠霜這麼說著，再加上已經發生命案，泠霜個性又確實相當詭異，總覺得身上充滿一股說不出的邪氣，小刀此刻恐怕和圖澤一樣，已經沒什麼心情繼續花心思在泠霜身上，P大民俗學系與H大靈異研究社的兩大「怪咖」剛好湊成一對是最好不過了。

小刀又看了泠霜一眼，雙眼依舊寒氣逼人，還不自覺地打了個冷顫，心想這個泠霜雖然生得如此美麗動人，卻還是自己家的盈臻個性比較正常，這種難纏的角色還是交給凌月這個混蛋處理算了，只好跟著圖澤先行離去。

見到小刀與圖澤離去的背影，凌月突然覺得背後有異，十三零又不知道在什麼時候跑了出來。

「怎麼會這樣啊！」十三零雙手摀住小嘴驚叫起來。

「幹嘛大驚小怪的，不就個吊橋被燒了，切個陰陽結界先回靈界，再找個不同的出口重回陽界不就得了，這怎麼困得住我們——」凌月微微側頭，對著身後的十三零小聲說著，盡可能避免動作過大讓泠霜起疑。

「我指的當然不是這個，你自己看，那個火焰——」十三零朝前方指去。「咦？那個女生五官好精緻、好漂亮喔，難道就是那個什麼泠霜嗎？」

十三零話還沒說完，就已經飄向前方想要仔細打量泠霜。

經由十三零提示，凌月倒是眞的發現在火勢逐漸轉小的烈焰中，發現了不屬於陽界所屬的青色地獄之火。

「十三零，危險！回來！」凌月突然叫了一聲，十三零趕緊停下腳步。

「怎麼了嗎？」十三零回過頭來，發現危險可能就在前方，又看了回去。

「啊！」十三零驚叫一聲，隨即跑回凌月背後。「那……那女人眼神好銳利，好像看得到我——」

凌月瞇起雙眼，在這座山上，就算要點火燃燒吊橋，如果沒有事先在吊橋上潑灑汽油，也不可能那麼容易燃燒，更何況之前不但沒有在這棟別墅的任何角落聞過絲毫汽油味，就連剛才吊橋在燃燒之時也沒有汽油燃燒的味道，再加上火勢燃燒到後期，地獄之火也逐漸現出原形，旁人雖然無法察覺，但凌月與十三零同屬靈界中人，當然可以看得一清二楚。

「妳——妳到底是誰？」凌月表情嚴肅問著泠霜。

「我？我是H大靈異研究社的陳泠霜啊，難道我沒介紹過嗎？我知道你是P大民俗學系的沈凌月啊！」泠霜說完嫣然一笑。

「她……她該不會是魔判官癸亥的爪牙吧——」十三零小聲說著，右手已經擺出劍指，隨時準備出招防禦。「可是我眞的在這棟別墅感覺不到著魔鬼差的氣息——」

「那我可以問一下，這座吊橋是怎麼燃燒起來的呢？」

「我不知道，我那時看到阿隆墜樓下來，心裡很慌，又想到這裡手機根本就無法收訊，直覺只想到趕快跑下山，直到跑到有收訊的地方爲止。但是才跑到吊橋前，就和圖澤學長一起看到這座吊橋燒了起

來，一時之間實在是沒看過那麼劇烈的火焰，有點看得出神──」泠霜從口袋中拿出一支輕巧的手機，臉上還是掛著那可人的笑容，只不過笑意之中依舊帶有幾分寒意。

「那妳有想過，如果是要跑下山才有收訊呢？」

「這我倒是沒有想過那麼多，當然是和外界取得聯絡要緊──」

「那我再問妳，妳覺得會是誰放的火？」

「這、這我怎麼會知道？大概是誰想把我們困在這裡吧！」

「不覺得這火勢很奇怪嗎？」凌月繼續問著。

「有什麼奇怪嗎？難道這會是地獄火嗎？」泠霜又輕輕笑了一聲。

「這女人到底是誰──」十三零眼神變得更爲警戒。

「好──」凌月點點頭。「那當初看到阿隆墜樓後，妳爲什麼要一直看著二樓窗口？」

「這位同學，你也行行好，難道全天下就只有你能當偵探嗎？我也想知道既然是從二樓掉下來，二樓窗口會不會有什麼奇怪的東西。」

「那妳有看到什麼嗎？」凌月輕輕挑眉問著。

泠霜只是搖搖頭：「我倒覺得更奇怪，感覺你才像看到什麼線索才往別墅裡面跑去，想要去追趕什麼一樣──」

凌月點點頭，接著也是一陣冷笑：「那我再問你一個問題──」

「你幹嘛一直審問我，真的覺得自己是陰陽判官嗎？那我真不該把那本生死簿燒了，直接給你就好──」泠霜邊說邊笑著。

「妳之前在大廳說這間別墅已經發生命案，是什麼意思？我不覺得妳是在說十多年前的滅門血案，我覺得妳想說的是最近發生過的命案——」

「呵——」泠霜又笑了一聲。「你總算聽出來了啊——」

「妳有陰陽眼吧！因爲妳在別墅間撞見亡魂，所以才這麼說的，對吧？」

「我……我怎麼又會有陰陽眼啊？」泠霜訝異地問著。

「妳看得到我身後的小女孩吧——」凌月雖然稱呼十三零小女孩，但還是心有不甘，在十三零耳邊小聲說著。「老太婆，妳別得意！」

「哼！」十三零不滿地發出抗議。

「有嗎？」泠霜微微側頭，睜大眼睛朝凌月身邊望去，對十三零彷彿視若無睹。

「凌月大爺，別被這女人騙啦，我確定她看得到我！」十三零在凌月耳邊提醒著。「雖然說這女人感覺一點也看不上你，還對你懷有濃濃敵意，哈哈哈——」

只要確定不是想接近凌月的異性，不管是敵人或朋友，十三零倒也不會特別排斥。

泠霜繼續朝著凌月身邊左顧右盼，突然睜大雙眼，隨即又恢復鎮定的神情。

「你們是誰？」

凌月身後突然出現一名男子的聲音，正是剛才讓泠霜有些吃驚的原因。

——那名男子正是先前在別墅庭院身亡的阿隆，身上穿著與生前無異，仍舊是一身時髦的打扮。

「妳還說妳沒有陰陽眼，妳不都看得清清楚楚——」凌月冷冷笑著。

「你們到底是誰？我又是誰？」阿隆繼續問著。

「你可不可以先不要吵，現在是咱們凌月大爺要揭發這女人眞面目的緊張時刻！」十三零指著泠霜，卻被她銳利的雙眼所懾服，慢慢縮回自己的手指。

「呵呵——」泠霜伸出右手遮在嘴邊。「有陰陽眼又怎麼樣呢？凌月大爺，你眞的就只有這些本事嗎？」

「妳到底是誰！」

儘管凌月厲聲問著，泠霜還是笑而不答。

凌月瞇起雙眼，細細回想。眼前這名女子打從進了別墅以後，就處處針對自己不斷發出挑釁，到底是爲了什麼，似乎並不是陰陽眼就能解釋。

凌月伸出左掌喚出了生死簿，浮在空中的生死簿向前挪了幾吋，對準泠霜的方向來回翻了起來。但那本生死簿卻一點也不聽使喚，只是不斷來回翻頁，卻也停不下來。

「沒有——」凌月瞪大雙眼無法相信，眼前的這名女子在生死簿上並沒有記載。「難道、難道是——」

凌月雖然身爲陰陽判官，職位又在生判官與陰判官之上，但掌管的卻只有陰、陽兩界，其他的妖、仙、神、魔自然就不會出現在他的生死簿中。

「妳這女人到底是哪來的妖孽？」即使知道泠霜並不喜歡凌月，甚至是對凌月充滿敵意，十三零還是隱忍不住想要痛罵這個怪裡怪氣的女人。

「哼——」泠霜雙眼寒氣逼人，瞪了十三零一眼。「這就是你們這些愚蠢的人類對妖的偏見嗎？」

「你們到底是誰——」阿隆在一旁看得一頭霧水，完全不知所措，忍不住又插問了一句。

「你……你閉嘴啦！再吵小心被著魔鬼差捉走我也不會救你！」十三零兇巴巴地說了一句，但一想到眼前這個阿隆才剛身亡，不免又有些同情。

「生死簿嗎？眞有趣——」泠霜盯著浮在凌月面前的生死簿，臉上又浮現了冷冷的笑容，不覺讓人心裡發寒。

「什麼！妳看得到！」凌月大吃一驚，這個生死簿就算是靈力高強的十三零也只能勉強看到書籍外型，卻無法瞧見書的內容，眼前這名謎樣女子竟然能夠看見，想必泠霜的道行至少不會和十三零相差太遠。

「豈止看得到——」泠霜伸出左手，掌心朝上，雙眼突然變得銳利無比，散發淡淡的青藍色光芒。眼見凌月的那本藍皮古籍，原本只是浮在空中，這下卻慢慢朝向泠霜左掌移去，不管凌月怎麼招喚，都招不回那本生死簿，最後竟然停在泠霜左掌之上，不斷來回迅速翻頁。

一向冷靜的凌月，這時也不禁慌了手腳，見到凌月的狼狽模樣，十三零早已擺好架式，準備隨時開戰。

「喂，這裡不是你該來的地方，先閃遠一點吧！」十三零對著阿隆好心勸著，不過阿隆只是一臉錯愕，卻也不敢忤逆慢慢往後退了幾步。

只見十三零右手擺出劍指逐漸燃起青色的地獄之火，而泠霜依舊是將生死簿托在半空，臉上帶著冷冷的訕笑，絲毫不爲所動。

「怎麼一回事！怎麼會這樣啊！」社長蔚萱大聲尖叫著。「阿隆學弟剛剛不是還好好的！」

每個人人手一支手電筒，照得別墅庭院出現數道交錯的光線。

P大民俗學系與H大靈異研究社的社員在發生騷動後已經全部集中在別墅庭院，只有凌月與泠霜不在現場。

盈臻雖然知道出了事，但她和德宏一樣只敢守在別墅門邊不敢再任意往前跨出一步，只有阿雄硬著頭皮跟著大家出去確認屍體的狀況。

經過一段時間後，眾人才回到大廳燃起蠟燭圍坐在一起，而阿隆的屍體也已經蓋上帆布。

比起小刀他們，H大靈異研究社每個人的表情更爲凝重，可想而知，因爲死者是自己社團的成員，受到的衝擊，必然比P大民俗學系大上許多。

「這是怎麼一回事——」社長蔚萱輕皺眉頭不再出現笑容。

「那時我跟小琴、炳承還有P大民俗學系的凌月和小刀一起在別墅大廳聊天——」圖澤扶著眼鏡，細細回想。「對了，還有泠霜學妹也在場。然後就突然聽到別墅外有重物墜落的聲音，我和小琴學妹一起出去看了一下，就發現——」

小琴聽到圖澤回憶起事發當時的經過，不免又想起了阿隆墜地後的慘狀，臉色變得相當難看。

「可是爲什麼——」阿森眉頭深鎖。「我們明明不久前才看到阿隆還在我們二樓這邊的房間，怎麼一下就跑到P大民俗學系那一側去，而且有什麼目的嗎？」

「等一下，爲什麼說阿隆跑到我們這邊來？」阿雄滿臉疑惑地問著。「我剛剛跟你們一起去外面看時，明明他是掉在二樓東側第一間房間的正下方，怎麼會是在我們這邊？」

經由阿雄這麼開口一問，在場所有H大靈異研究社的成員全都一陣沉默，只有小琴想要開口，卻又有些猶豫。

社長蔚萱來回看著小刀、阿雄、德宏與盈臻，終於開口打破沉默：「現在都已經發生這種事，我想再瞞下去也沒什麼意思了——」

蔚萱起身向P大民俗學系緩緩鞠躬：「我代表全體H大靈異研究社成員，向你們P大民俗學系說聲抱歉——」

小刀與阿雄面面相覷，完全不知道蔚萱有什麼用意。

「我們也是很抱歉——」阿森與小琴異口同聲說著。

只有圖澤別過頭去不願開口，而看到圖澤不爲所動的炳承，似乎還在掙扎，不知道要不要跟著道歉。

「阿隆確實是從你們P大民俗學系那一側的房間墜樓的——」蔚萱說著。「你們住的地方是東側客房。」

「咦？」小刀雙眉微挑無法理解，伸手指向大廳左側的樓梯。「我記得我們是住在二樓西側的客房啊？」

小琴搖搖頭：「眞的很抱歉，我們只是想再跟你們玩玩，想說你們遲早都會自己發現，當時也就沒有急著告訴你們這棟別墅的秘密。」

「什麼意思？」小刀問著。

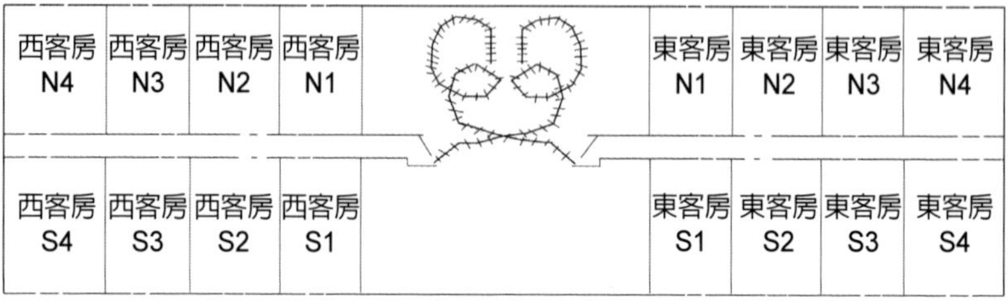

「給我一點時間——」蔚萱從口袋中拿出小型記事本，拿起夾在裡面的短筆，在上頭開始劃起簡圖。

盈臻安安靜靜坐在一旁，始終不明白到底發生了什麼事，只知道Ｈ大靈異研究社有人發生意外亡故，阿隆這個名字對她來說，實在有些陌生，雖然之前短暫見過一面，現在想要回憶，卻也想不起來到底長得什麼樣子。

德宏一副很疲累的樣子，看來就像是被同伴從睡夢中強行挖起，自始自終就如事不關己般地面無表情。

「畫好了——」蔚萱從筆記本撕下其中一頁，伸手交給小刀。

小刀接過這張筆記，原本阿雄就坐在小刀旁邊，身體一個前傾就已湊了過去，盈臻與德宏見狀，就算不想知道詳情，在Ｈ大靈異研究社眾目睽睽下也不得不起身圍坐過去。

社長蔚萱看到四人都已湊了過去，這才開口：「因爲這棟別墅是座北朝南，所以下排的房間，也就是靠近別墅大門這一側的房間，我都標記Ｓ，另一側靠近別墅後方的房間就標記Ｎ。而這棟別墅又從大廳中央的左右兩道樓梯分爲東、西兩側。」

聽蔚萱說到這裡，Ｐ大民俗學系的四人並不覺得這棟別墅有什麼異狀。

「所以阿隆是從東客房Ｓ１這間房間掉下來不是嗎？」阿雄有些摸不著頭緒，明明自己先前才和Ｈ大靈異研究社成員一同前往確認屍體，就是在這

間東客房Ｓ1正下方的庭院空地。

「是的，阿隆就是死在東客房Ｓ1下方。」阿森不待社長開口，搶先回答了阿雄的問題。

「那這樣就眞的奇怪了，二樓東側是你們的房間，爲什麼又說是我們P大民俗學系的地方？」小刀質疑著。

「啊！」盈臻恍然大悟驚叫一聲。「是樓梯！」

聽到盈臻這麼一喊，P大民學系其他三人這才發現簡圖中間原本以爲只是蔚萱的隨意塗鴉，劃得竟然是別墅大廳中央左、右兩側的樓梯結構圖。

「劃得有點亂，不過是這棟別墅樓梯大致上的結構，雖然也不能說是百分之百一樣。」社長蔚萱露出苦笑。

P大民俗學系四人循著簡圖上的樓梯結構試行，果然左側的樓梯在左彎右拐後，接得竟然是二樓東側，右側樓梯則是通往二樓西側。

盈臻回想起幽暗的樓梯通道內，伸手不見五指，僅靠著手電筒的照耀，才能勉強視物，不過樓梯結構左轉右彎，又忽上忽下，確實會讓人迷失方向，只不過盈臻還是覺得有個疑點沒有解開。

「不可能吧——」小刀皺眉苦思。「這樣的話，就算我們因爲誤會了別墅結構，以爲左側樓梯是直接通往二樓西側房間，但是光看房間窗外的景色，怎麼可能還會把前排與後排同時看錯呢？」

小刀正好說出了盈臻的疑惑。

「所以剛剛才說你們遲早會發現的，就算有意隱瞞也撐不到白天。」小琴說著。

「什麼意思？」盈臻突然插了一句。

盈臻原本想要和德宏一樣，只在一旁靜靜聆聽眾人的交談就好，但自從發現這棟別墅樓梯結構藏有玄機，似乎也被激起好奇心而加入討論。

「這個現在要解釋可能有點模糊，如果明天早上你們直接看會比較清楚──」社長蔚萱勉強擠出笑容說著。

「但是印象中──」小刀又陷入苦思。

「所以說左側的樓梯是通往二樓東側，右側的樓梯是通往二樓西側──」

一直沉默不語的德宏總算開口，不過卻只是喃喃自語。

近在身旁的盈臻聽了以後，又再一想，總算解開當初的一些疑惑。

──這麼說來，似乎就能解釋當初凌月衝入別墅時，為何會和H大靈異研究社成員們交錯而過，雙方卻渾然不覺。

「咦？」盈臻想到這裡，突然想起別件要事。「凌月呢？他怎麼還沒回來？」

「幹嘛需要那麼擔心！圖澤學長剛剛不就說過，是他們兩人叫我們先回來這裡的。」小刀一聽到盈臻提起凌月又是一陣嫌惡。

「當然需要擔心啊！凌月同學這樣不就是跟陳泠霜兩人獨處嗎？誰知道那個陰陽古怪的小姐，會對凌月同學做出什麼怪事──」小琴瞪著圖澤說著這段話語，顯然是衝著圖澤而來。

圖澤之前見到泠霜如同中邪般地詭笑，心裡早已有些畏懼，這時更不可能對泠霜還懷有當初那般濃烈的追求慾望。不過就這麼放任泠霜與凌月兩人待在別墅圍牆外，也確實不是非常妥當。但不願回答小琴的質問，圖澤只是若無其事別過頭去。

聽到小琴的這番話語，小刀倒覺得兩者角色應該互換，和怪裡怪氣的凌月獨處，泠霜反而比較危險。過了那麼久，兩人竟然還沒回到別墅，確實也令人有些擔心，尤其是那美麗動人的泠霜，要不是被圖澤拉了回來，小刀也不想丟下兩人，但只要回想起泠霜最後宛如中邪，雙眼散發青藍光芒的那一幕，心裡還是有些發毛。

「我們還是一起去看看吧！不曉得是不是發生了什麼事——」盈臻提心吊膽地說著，早就提著手電筒起身準備走向別墅大門。

小刀與阿雄當然知道盈臻擔心的是凌月，同屬P大民俗學系的同學，自然很清楚盈臻平時相當關心凌月，這當然更讓厭惡凌月的小刀很不是滋味，但此刻也只能跟在盈臻後面一同離去。

H大靈異研究社見到P大民俗學系就要離開別墅，也只能追了上去。

「我們也一起去吧——」社長蔚萱對著自己的社員說著。

在社長的吩咐下，H大靈異研究社的幾名成員反而走在前頭，搶先走出別墅大門。

到了別墅庭院，阿隆的屍體還擺在原處，只不過上頭已經加蓋了帆布。在陣陣晚風的吹拂下，帆布隨風發出了窸窣聲響，讓眾人心頭不覺毛了起來。

一路上大家都是沉默不語，只有數道手電筒光線，爲了探路而在前方交錯揮舞，小琴則不時帶有憤恨的眼神，回頭看著走在最後的圖澤。

快要穿過庭院時，眾人遠遠聽見一男一女的爭吵聲，卻也聽不清楚兩人究竟在吵些什麼。

「是凌月和泠霜在吵架嗎？」小刀詫異地問著。

盈臻看了小刀一眼，隨即加快腳步，小琴也跟著小跑步上來，其他人見狀也跟著加快速度，只有圖澤心事重重低頭而行，好似百般不願逐漸落後隊伍。

一行人繼續走著，只不過先前一男一女的吵雜聲音愈來愈小，變得含糊不清，就在穿過圍牆鐵門，到了吊橋前方後，卻發現根本就空無一人，只有一陣陣陰涼的晚風吹拂而過。

眾人你看我、我看你，相當確定剛才都有聽到一對男女的爭吵。

「啊！」剛踏過圍牆鐵門的圖澤驚叫一聲。「這怎麼可能！」

不過眾人更為疑惑，一直低頭行走的圖澤還沒瞧見吊橋前方空無一人，就先叫了出來，顯然還有什麼其他的事情讓他驚訝不已。

第七章

「怎麼還不出招呢？要等我把這本破書燒掉嗎？」泠霜眼神戲謔地看著十三零，左掌還是不停舞動從凌月手中奪來的生死簿。

「當我眞的不敢！」十三零瞇起雙眼瞪著泠霜，只見右指上的青色火焰愈燃愈旺。

十三零擺好架式，和泠霜保持一段安全距離，畢竟也不知道對方究竟是何方神聖，更無法確定對方會使出什麼樣的攻擊招式。

凌月在十三零身後隨時準備支援，不過由於神格尚未覺醒，靈力實在也很有限，不要說是出招攻擊，就連自我防禦恐怕都有問題。

完全摸不著頭緒的阿隆只是愈退愈遠，即使不知道這些人究竟在爭些什麼，卻也可以深深感受到兩邊一觸即發的激烈衝突，不一會兒「鬼」影已不知道跑到哪去。

雙方對峙一段時間，只見泠霜臉上依舊掛著冷笑，絲毫不爲所動。眼見十三零手上的地獄鬼火愈燃愈旺，突然舉起右手在空中一劃，迅速往前甩出，一道青色烈火，倏地直撲泠霜而去。

泠霜收回左掌，接著伸出右手，兩掌同出，只見原本浮在半空的生死簿突然降至泠霜胸前敞開，迅速來回翻動後才停在某頁。

「糟了！」十三零驚叫一聲，深怕生死簿就要被她的地獄之火燃燒殆盡。

那道青色烈焰來勢洶洶，早已衝向泠霜，眼見一陣青光四散，不一會兒那道青色烈焰竟然完全消逝在那敞開的生死簿中。

「怎麼會這樣——」十三零瞠目結舌不敢相信。

「哼——」泠霜閉起雙眼冷哼一聲，接著睜開眼睛厲聲說著：「這麼想要這本破書，我就還給你們吧！」

泠霜縮回右掌劃了半圈，再往外一推，那本敞開的生死簿竟迅速向前移動。

凌月早已察覺有異，伸出右手喚出硃砂毛筆開始在面前劃起陰陽結界，果不其然，那本逐漸逼近的生死簿，突然放出猛烈的青色火焰，就是剛才十三零所燃起的地獄之火。

凌月的陰陽結界尚未劃齊，十三零早已搶先衝到凌月身前築起一道青色屏障抵擋烈焰，只見十三零眼前激起一片青色炫光，卻也逐漸招架不住。

「怎……怎麼會變得那麼強烈——」十三零吃力地說著，雙手仍然不斷以劍指賣力阻擋。

眼看就要抵擋不住，凌月突然大聲喊著：「十三零！讓開！陰陽結界劃好了！」

「現在要逃走也來不及了——」十三零秀眉緊皺。「凌月，你自己先逃走吧！待我再來慢慢收拾這個妖女！」

「喂，老太婆，誰說要逃的，我是叫妳讓開——快、讓、開——聽到沒！」

這下十三零總算了解凌月的用意，隨即翻身撲向一旁，那道青色屏障一下就被衝得粉碎，直直灌入凌月所劃出的陰陽結界。

不一會兒，生死簿中的烈焰放盡，一下就像失去動力，重重掉在地上，而陰陽結界也隨著火焰的消逝跟著癒合。

眼見機不可失，凌月趕緊伸出左掌把生死簿喚了回來。

「陰陽結界了不起嗎？」泠霜又是一笑。「我看這樣你還能怎麼辦！」

十三零深怕泠霜又要使出什麼狠招，雙手握拳向外筆直一拉，喚出了血紅色的索命長鐮，長如竹竿的握柄，頂端連接的是鋒利無比的殷紅鐮刀，是鬼吏、鬼差在出巡索命任務時才會使用的奪魂兵器。

泠霜轉身背對凌月他們，閉起雙眼，手中不知道拿了什麼東西，從背影望去也不知道她在做些什麼，不過須臾間整座山已經籠罩在一片散發光芒的薄霧之中。

「禁咒結界——」十三零喃喃地說著，並回頭望了凌月一眼。

凌月不用再試也已經明白，因爲他原本浮在半空中的生死簿已然落地，只剩下手中握有的硃砂筆，卻也失去靈動。

「還想跟我鬥嗎？」泠霜趾高氣昂地說著。

「鬥法贏不了妳，我就不信鬥力也會輸妳！」十三零早已提起索命長鐮衝了過去。

十三零身爲陰陽判官首席鬼吏，身法自然不弱，手起刀落，已朝泠霜頭部重重砍去。

鏗的一聲卻不知道砍到什麼東西，一股反彈力量讓十三零往後退了幾步。

泠霜神色自若，緩緩將原本繫在脖子上褐、黑相間的絲巾拿下，右手向外一甩，竟然成了一條挺直的黑褐蛇杖。

十三零再次提起索命長鐮，雙手運勁往泠霜身體橫向砍去，卻被泠霜靈巧舞動的蛇杖轉了過去。又

鬥了幾陣，卻總是被蛇杖巧妙化解，而泠霜只是輕鬆站在原地揮舞蛇杖，兩者之間高下立判。

十三零的索命長鐮銳利無比，但不管怎麼直砍橫劈，泠霜的蛇杖卻是毫髮無傷，顯然更是硬如鋼鐵。

眼看又是一個大好機會，十三零不想輕易認輸，又是猛劈過去，卻還是被泠霜擋了下來。

「嗚哇哇，小妹妹，下手輕一點吧，我也是會痛的——」

原本泠霜擋架在前的蛇杖，竟然開口說話，讓十三零嚇得迅速往後一跳。

見到十三零往後退去，泠霜又提起蛇杖往前一甩，原本堅硬無比的蛇杖，突然又化爲一條韌性十足的蛇鞭，朝十三零直追而去。

十三零提著鐮刀左轉右移，就怕被泠霜的蛇鞭纏上。

原本只是一直站在原地的泠霜，這時竟然揮舞蛇鞭跨步追去，顯然已經轉守爲攻。

「嗚哇哇，快投降吧！我已經快暈頭轉向了——」

在泠霜快如亂麻的蛇鞭攻勢中，十三零彷彿又看到了一隻蛇頭對著自己說話，但泠霜的鞭法疾馳如電，光是拼命抵擋都快無法喘息，十三零更是無法看清來者何物。

眼見十三零就要招架不住，凌月也顧不了自身安危，提著硃砂筆衝了進去。

「小心！她可能是蛇妖！」十三零邊揮舞索命長鐮邊大聲呼喊著。

凌月衝入陣勢不斷在後方揮舞判官筆擾亂蛇鞭攻勢，讓泠霜無法再單獨面對十三零，這下反讓泠霜有些惱怒，轉而朝向凌月猛攻。

泠霜捲動蛇鞭朝凌月猛力甩去，只見判官筆發出鏗鏘一響，被凌月轉動順勢撥到一旁，卻也已經氣喘吁吁。要不是十三零在背後牽制泠霜，迫使她出招以後還須回防，恐怕凌月也無法招架泠霜蛇鞭的連

續攻勢。

又鬥了幾陣，泠霜雖然始終無法突破兩人的圍擊，卻也讓兩人不得不東躲西藏，完全無法接近。

但此刻凌月也注意到泠霜攻勢雖猛，不管對十三零或是自己也好，總是在快要擊中要害的千鈞一髮之際，倏地收手抽鞭，似乎對他們下手留情，不然勝負早已分曉。

十三零也察覺泠霜下手有些遲疑，卻深怕這是她的誘敵之計，雙手一緊，又提起索命長鐮砍了過去，但在此之前凌月手中的判官筆已被泠霜蛇鞭震落地面。十三零唯恐凌月就要受到威脅，更是運勁使力猛砍過去。

泠霜早已料到十三零必然挺身回救，回身甩鞭朝十三零的索命長鐮直擊過去。

「啊！」

十三零驚叫一聲，手中的長鐮竟被蛇鞭拉住，一股強大的拉力讓長鐮動彈不得。再定睛一看，才發現長鐮是被蛇鞭頂端的一隻蛇頭緊緊咬住，泠霜的那條蛇鞭確確實實就是一條長蛇。

泠霜使力拉扯，十三零卻是說什麼也不放手，雙方僵持不住，而凌月手中失去禦敵武器，深怕泠霜回擊，卻也只是站在原地不敢妄動。

這時卻聽見別墅圍牆內傳來一陣人聲，顯然別墅庭院正有一群人朝此前進。

凌月靈機一動，開口說著：「既然我們相互的身分在眾人面前都是秘密，難道眞的要就此曝光嗎？」

「哼——」

泠霜也很了解凌月這番話的用意，冷笑一聲就把蛇鞭一收披回肩上，並迅速向後退開，十三零則因爲使力過度，卻被這突如其來的鬆手，差點握著長鐮往後倒了下去。

怒氣沖沖的十三零原本還想追去，卻被凌月一把抓住。

凌月原以爲雙方已有停戰共識，卻看到泠霜不知打從何處取出一支短笛。

泠霜舉笛就口，輕閉雙眼，一陣優美的笛音頓時傳遍整座山中。

不曉得泠霜又會使出什麼花招，凌月一點也不敢有所鬆懈，卻聽到圍牆內的那群人愈來愈近。

這時泠霜身邊開始落下花瓣，起初只有零星幾片，隨著笛音的高低流轉，竟然愈變愈多，花片流向凌月這邊圍了過來，再仔細一看，是六瓣向外綻開的百合花朵。

就在四周佈滿百合花片之時，別墅庭院的人群聲響已完全被笛音蓋過，凌月覺得身體有異，低頭一看，才發現自己此刻身著古代漢裝，已然現出陰陽判官原貌，而眼前的泠霜在一片片百合花瓣圍繞下，也產生了變化。

泠霜身著朱衣紅裙赤腳而立，纖細雪白的右腳踝上，繫著綁有鈴鐺的紅線，服裝中央更是編織細緻的斑斕花紋延伸至底，袖口、裙襬上也分別繞著一圈相同的紋路，肩上還披著原本那條一直繫在頸部黑、褐相間的緞帶，儼然就是一套原住民的傳統服飾。原本泠霜外表就已驚爲天人，那雙充滿靈性的汪大眼，在頭上百合花片髮飾的裝扮下，更添沉魚落雁之姿。

「這樣可以了吧？」泠霜嫣然一笑，嬌態百媚。「這是我的空間，已經和外界隔絕，那些人類是看不到的——」

凌月與十三零看得出神，久久無法言語。

原本披在泠霜肩上的斑斕緞帶，其中一端突然仰起，再仔細一看，這才發現那不是普通緞帶，而是一條身上滿布三角花紋正在吐信的百步蛇。

「妳到底是誰？」凌月總算冷靜下來沉穩地問著。

只見泠霜笑而不答，而在她肩上的百步蛇不斷來回緩緩移動，好似一刻也無法停止。

十三零瞇起雙眼，細細打量眼前這名謎樣的女子。

「百合花──」十三零喃喃唸著，雙眼微睜，似乎想起什麼，卻又相當模糊。「百步蛇──」

「妳到底是誰？」凌月又再問了一次。

「啊！」不待泠霜開口，十三零睜大雙眼率先驚呼而出：「靈──靈蛇姬泠雨！」

∽　∽

「學長你怎麼了啊？」

見到圖澤臉色相當難看，只有炳承回頭過去關切。

「哼──」小琴對圖澤投以相當鄙夷的眼神，隨即又別過頭去。

「爲什麼會這樣？」小刀問著。「你們剛才也有聽到吧？難道是我聽錯嗎？」

社長蔚萱與阿森都點點頭，他們所指的當然就是先前聽到的男女爭吵聲。

「會是凌月同學和陳泠霜嗎？」小琴有些擔心地問著。

「我覺得男的好像是凌月沒錯，可是女的我就不知道是誰──」盈臻不是很有自信地說著。

「其實我反而覺得男的聲音好像不是凌月──」阿雄也不是很確定。

「啊！」阿森叫著。「男的該不會就是阿凱副社吧！阿隆都發生意外，這個副社還跑去哪裡鬼混。

在別墅都沒看到，庭院也沒有，不就只能藏身在圍牆之外——」

「我覺得阿凱副社這次玩笑真的太過火了，社團都已經出事，身為副社長還不知道跑到哪去！」小琴忿忿地說著。

雖然小琴是在責怪副社阿凱，一旁的蔚萱，身為H大靈異研究社社長，更覺心情沉重，表情僵硬低下頭去。

「唉，真是怪事一堆——」小刀嘆了一口氣。「我們系的沈凌月同學也是一個很愛搞失蹤的人。但不管剛才的男男女女到底是誰，為什麼我們一走過來就消失得無影無蹤？我可是很確定有聽到那些爭吵聲！」

聽完小刀這麼說著，眾人也百思不得其解，只有一陣沉默。

「泠霜！在嗎！」阿森伸出雙手，在嘴巴前圍成一圈，向四周愈喊愈大聲。

「沈凌月！又在搞怪嗎！快滾出來啊！」小刀不甘示弱也跟著呼喊，只是語氣一點也不客氣。

不過在這座山中除了這兩人的喊叫聲外，根本就沒有其他任何回應。

過了一會兒，圖澤和炳承臉色難看地走了過來。

「怎麼了？看到鬼啊——」小琴見到兩人臉色慘白，不過因為其中一人就是圖澤，絲毫沒有任何同情。

圖澤只是稍微看了小琴一眼，完全沒有回應繼續走向人群，讓小琴更是覺得生氣。

「各位，我剛剛想到一件很離奇的事——」圖澤面有難色地說著。「雖然說我們都知道阿隆學弟可能是在二樓東側第一間房間墜樓的，不過怎麼想實在都不可能。」

「什麼意思？」阿森問著。

「你跟社長應該都還記得，我跟炳承學弟下來的時候，阿隆不是還在上面嗎？」圖澤面色凝重地說著。

「是啊，這樣又怎麼了嗎？」阿森說著。「阿隆確實是有來過我那間房間，所以我知道他是在二樓，而社長那時也在二樓——」

「問題就出在這裡——」圖澤吞了一口水。「後來我們很多人都一直待在別墅大廳，這中間除了我跟炳承學弟暫時離開外，P大民俗學系的凌月跟小琴都一直待在大廳，到後來我們又圍坐在大廳聊天，這中間除了小刀下來以外，根本就沒有其他人，阿隆學弟又是怎麼跑到二樓東側的？」

「呃——」小刀雙眼微睜。「這麼說來，確實在我之後就沒有人下來一樓，我一直以為阿隆是在我下來前就已經先到二樓東側。不對，這樣我應該會看到才對——」

小刀先前一直以為阿隆是在H大靈異研究社那一側墜樓，不過後來聽過社長蔚萱解說後，才知道左、右兩側樓梯交錯，現在回想起來，這樣阿隆又要如何跑到P大民俗學系這一邊？

「小刀同學，你確定在你下來之前沒有看到什麼其他人，也許就躲在什麼空房間嗎？」阿森轉向P大民俗學系這邊問著。

「德宏，你有發現什麼異狀嗎？」阿雄轉頭朝向在人群中往往最不起眼的德宏問著。「在小刀下去之前，你不是就已經自己一個人跑去別間房間？」

「是啊，有一些之後迎新活動的劇本靈感來了想要修改——」德宏有氣無力地小聲說著。「我本來在弄劇本的時候就很不喜歡被打斷，一定要一個人關在房間裡，既然你們那時候也準備要睡了，我就自

己一個人關在別間房間，這樣至少手電筒的燈光也不會妨礙到你們睡眠。」

盈臻在一旁也點點頭，確實活動的劇本相當令人費盡苦心，要不是有德宏在撐腰，恐怕很多劇本就要難產，身爲編劇負責人之一的盈臻，倒是很感謝德宏。

「那你有看到什麼奇怪的東西嗎？」阿雄繼續問著。

德宏搖搖頭：「我是在剛剛簡圖上東客房N2這間房間修改劇本，我不想被打斷，所以有把房門關起來，因爲專心在構思修改劇本，所以也沒注意到發生什麼事，是後來盈臻叫我，我才知道出事——」

「可是——」炳承插了一句。「各位學長姐，姑且先不管P大民俗學系這一邊，光是在於我們這一側，阿隆學長根本就沒有下來過啊！」

「確實是這樣沒錯——」小琴眉頭皺了起來。「我跟凌月同學一直都待在一樓大廳，後來炳承學弟他們也在，根本就沒有看見阿隆有下來過。」

「你們確定阿隆有離開過你們那一側的房間嗎？會不會阿隆根本就不是從東客房S1這間房間墜樓的？」小刀對著H大靈異研究社的成員問著。

「這個——」阿森搶先開口。「其實那時候阿隆雖然有來過我的房間，不過我有點累，就不小心睡著了，後來是社長來叫我，才知道阿隆發生意外，可能要問問看社長有沒有看到阿隆後來的動靜。」

被阿森這麼一問，蔚萱先是努力回想，而後回答著：「我一直待在自己的房間，也不知道發生什麼事，我也沒去注意阿隆有沒有出現在走廊過，除非他有提著手電筒經過，不然走廊一片黑暗，我也不會去注意到有誰走過。更何況我們這邊社員都是來去自如，隨意走動。唉，根本就不知道會發生這種事——」

「你們的房間是怎麼樣分配的？」阿雄拿著之前蔚萱劃好的簡圖好奇地問著。

社長蔚萱指著簡圖說著：「其實我們這次社團來了七個社員，再加上S中的炳承學弟總共就有八人，剛好可以一人一間，我們來的第一天就已經有簡單打掃過。房間是我和阿凱副社第一天分配的，我自己是住在西客房S1，阿凱副社住在西客房S2，阿森住在西客房S3，圖澤和炳承一起住在西客房S4，小琴則是住在西客房N1，泠霜住在西客房N2，阿隆住在西客房N3。本來西客房N4是分給炳承的，不過炳承說要跟圖澤住在一起，所以N4房才會是空的，剛好也就拿來堆放我們的食用水、食物和一些雜七雜八的用具，還有我們帶來的好幾桶清水，所以洗澡也是集中在這一間輪流使用。不過雖然是這樣分配，大家愛跑去哪邊其實也沒什麼關係——」

小刀點點頭，這下總算可以理解爲何圖澤身邊總是跟著一個如同跟班的炳承，原來兩人是住在同一間房間，甚至炳承學弟可能就是透過圖澤的引介，才會和H大靈異研究社搭上線，進而來參加他們這一次的暑訓活動，也因此對於圖澤更是百般服從。

「嗯——」盈臻小聲地說著。「他們一人睡一間，一點也不會害怕，還可眞猛——」

德宏聽了以後微微點頭，P大民俗學系這邊相較之下，會選擇集中睡在同一間房間，雖然沒有人明講眞正的原因，但大家心中都很明白，要在這樣曾經發生過滅門血案的凶宅中過夜，靠得又只有手電筒的照明，心裡多少都會有些畏懼。

盈臻的那段話剛好被耳尖的炳承聽到，不好意思地說著：「其實只有學長、姐他們這麼猛。我會害怕，所以硬是要去跟比較有交情的圖澤學長擠在一間。而且你們才更猛吧——」

見到炳承突然面有難色不再說下去，這反倒讓盈臻更想再聽下去。

「為什麼這麼說？」盈臻早已走近炳承側耳傾聽。

「這個啊——」炳承看了圖澤一眼，好似就在尋求學長的允許。

圖澤明白炳承的用意，乾脆自己開口對盈臻說著：「這位學妹，二樓東側的房間，本來是暑訓用來進行我們社團傳統的試膽活動，其實那邊就是當年滅門血案的事發地點，除了女屋主彭馨儀是陳屍在一樓外，其他人都是死在二樓東側。我們會每一天晚上只派一個人輪流去睡在那邊，這種試膽活動我們三年級的社員以前寒暑訓就已經做過，不過今年因為剛好遇到你們系，所以只好暫時取消，想說等你們場勘完畢，我們再繼續進行。你們每個人第一次來住，既然都敢直接睡在案發現場，其實才是更猛，尤其又在召靈儀式以後，簡直就是不怕跟亡靈睡在一起。」

說到最後圖澤還扶著鏡框笑了起來，看到嚇得有些花容失色的盈臻，圖澤倒是發現P大民俗學系這個嬌小的女生其實長得也還蠻可愛的。

「可是召靈儀式這件事——」小琴見到圖澤有些不懷好意的舉動，想要說幾句話反駁圖澤，卻又相當掙扎看著社長蔚萱，不知道該不該再說下去。

「哼——」圖澤當然知道小琴的用意，狠狠瞪了回去。

「好了、好了——」社長蔚萱勉強擠出笑容打著圓場。「我們還是不要繼續在這邊吹風，泠霜學妹他們也許已經跑去其他地方，我們先一起回去別墅大廳整理一下案情吧！順便把該跟P大民俗學系說清楚的事情全部說個明白。我看這個唯一聯外的吊橋已經被火燒成這樣，也只能乖乖等待外界來救援了。」

「到底會是誰幹出這種事啊？」阿雄有些氣憤地說著。「我們P大民俗學系這邊可沒有準備太多天數的食糧——」

「這點倒不用擔心，我們H大靈異研究社有準備很多乾糧，省著吃應該可以撐很多天，只是飲用水和瓦斯爐可能眞的比較需要省著用。」社長蔚萱說著。「但到底是誰放火燒橋，看起來工程應該還蠻浩大的。」

「我們當時都在別墅裡面，看起來也只有阿凱副社能幹出這種閒事——」阿森以不屑的口吻說著。

「搞不好他放火燒橋之後，人早就跑了，現在根本就不在這座山中。」

「你有什麼證據這樣亂說！」社長蔚萱斂起笑容厲聲斥著，隨即轉身向前走去。「我們趕快先回去別墅，不要在這邊瞎猜！」

平時看起來和顏悅色的阿森，在被社長蔚萱當眾斥責後，內心的不滿全都寫在臉上，並且喃喃唸著：「哼，第一天晚上阿凱副社就故意跑到二樓東側惡整正在進行試膽測試的我，學長個性那麼愛整人，誰知道又會做出什麼事。還不是因爲學姊和阿凱副社在交往，一直處處放任阿凱副社在社團作亂，什麼爛社長！搞不好就是社長自己後來又跟阿隆走得那麼近，阿凱副社才會憤而殺人——」

其他的H大靈異研究社成員都聽得一清二楚，卻也不願多言，只有小琴開口：「喂！你也不要這樣亂講話，阿凱副社下落不明，誰知道是不是出了什麼事，學姊平時雖然總是臉上掛著笑容，現在又出了人命，你也不可能不知道她現在心情有多混亂！別再拿這些無聊的事來說嘴了！」

「那不然阿凱副社到底跑哪去了啊？」阿森又被同儕說教，更不是滋味，刻意放聲對前頭說著。

社長蔚萱沒有回應，只是繼續帶領大家往別墅圍牆鐵門走去。P大民俗學系沒什麼立場插手別人的社內糾紛，自然只是保持沉默。

等到眾人回到別墅庭院，卻遠遠看見原本鋪在阿隆屍體上的帆布，已經不知去向，露出了死狀悽慘的屍首。

「怎麼會這樣，還有人在這棟別墅嗎！」社長蔚萱神情慌張地喊著。

「會是凌月和泠霜嗎？」小刀小聲說著。

「可是我們一路上都沒有看到他們啊，怎麼可能又穿過我們跑回來？」盈臻也是百思不得其解。

「哼，就說是阿凱副社那個傢伙吧！」阿森幸災樂禍地大聲說著。「都出人命了，竟然還有閒情逸致躲起來惡作劇——」

不過等到大家再走近一看，卻發現原本釘在大廳牆上的那具假人，竟然出現在別墅門口，好似就從牆上掙脫束縛，沿路爬到了別墅門口。

假人的下半身竟然還有一大片被火燃燒焦的痕跡，大廳內原本燃燒的蠟燭也是東倒西歪，有的更已經熄滅，好似這具假人就真的這樣活生生地爬了過來。

不僅如此，原本死亡時是趴在地上的阿隆，這時竟然是仰面朝上，雙眼憤恨地瞪著在場的每一個人。

原本還因爲阿凱副社的事受到社長責罵而心生不悅的阿森，這時也已嚇得目瞪口呆。

第八章

「靈蛇姬冷雨——」凌月滿臉疑惑跟著十三零細細念了一遍。

纏繞在冷雨肩上的百步蛇，原本只是來回移動，又吐了幾次信後，突然開口：「嗚哇，妳這小妹妹倒也機靈，竟然也知道咱們公主的身分！」

見到百步蛇開口說話，凌月有些詫異，不過和這隻百步蛇交手過的十三零，這下總算可以確定當初聽到的聲音並不是錯覺。

繁花落盡，卻見四周空無他物一片黑暗，只有冷雨身後聳立的一株百年老木依舊蓊鬱，不過周邊的顏色都蓋上了一層冷色調，一眼看去就知道這裡並不是一般的眞實世界，而是冷雨自有的空間。

「凌月，雖然我之前也沒見靈蛇姬的眞面目，只是在陰界時有所聞，她跟你一樣是——」十三零趴附在凌月背後小聲說著。

「嗚哇，不用竊竊私語，我來介紹算了，大名鼎鼎的靈蛇姬冷雨竟然也不知道！虧妳還是個鬼吏——」百步蛇搶先插了一句。「我叫卡利穆，是守護咱們冷雨公主的首席鬼吏，我跟妳這守護陰陽判官的背後靈是一樣官階的鬼吏。」

「什麼背後靈，我明明就叫十三零！」十三零秀眉緊皺大聲斥著，但看看自己確實就趴在凌月身

後，趕緊跳離幾步。

「哈哈哈！」見到十三零彷彿作賊心虛般的表情，卡利穆張大蛇口笑了起來。「咱們公主是百步蛇王阿達禮歐與魯凱族巴冷公主的後代，也是陰陽判官。你們凌月大爺跑去投胎轉世後，北方可是全賴咱們公主在巡視守護，你們後來那個代理陰陽判官骨子裡就是個陰判官，根本沒能力上來陽界巡視，一點也靠不住。」

「那……那又怎麼樣！」十三零氣鼓鼓地說著。「還不是為了把魔判官癸亥封印，咱們凌月大爺才會身負重傷，迫不得已只好投入六道輪迴轉世。我們靈界的人要再『死』了就會完全『寂滅』，長遠之計當然是先投胎再說，以後再想辦法慢慢恢復神格。」

「嗚哇，既然都已經花了那麼大的力氣封印住癸亥，那為什麼後來又還要自己解開封印，鬧得現在六界蠢蠢欲動。」

「拜託，咱們凌月大爺還不是被魔判官癸亥設計，那時凌月大爺神格又還沒復原，只是個普通的陽界凡人，更不用說尚未覺醒的神格。你們的靈蛇姬要是那麼厲害，幹嘛不先把癸亥打敗，硬是要等別人打完，才要來撿現成的功勞。」

「小妹妹，妳在陰界到底待了多久啊，怎麼好像什麼都不知道——」卡利穆以不屑地口吻說著。

「老娘早已經活了幾百年，你這隻臭百步蛇還嫩得很呢！」十三零瞪大雙眼說著。

平時總是不喜歡被凌月稱作「老太婆」的十三零，這時竟然自己擺老起來，讓凌月不覺相當好笑。

「嗚哇！妳這嫩小妹還眞夠嫩，我卡利穆可早就有千年修為，是個百步蛇勇士，參與過多少次神、魔大戰，要不是之前替你們凌月大爺收拾釋放魔判官癸亥後的殘局，被打回原形，好歹以我的千年修道

早就有個『人』形。連以前的百步蛇王阿達禮歐可能都要叫我一聲老前輩，都不知道已經看過妳這潑辣小娃轉世幾次，竟然還敢在我蛇爺爺面前裝老，可笑！可笑！」

「你……你這臭蛇精，誰又是你的蛇孫子，還不給我閉上你的臭蛇嘴！」十三零氣得忍不住發抖。「否則看我怎麼扒了你的老蛇皮！」

聽到十三零的這番話，卡利穆刻意張大蛇嘴就是不閉起來。

十三零看了以後更是生氣，提起鐮刀準備再戰。眼看十三零就要衝了過去，凌月趕緊伸手擋下來，又向前走了一步說著：「所以這位靈蛇姬冷雨也是陰陽判官——」

「靈界四大判官你也不知道嗎？」卡利穆又搶先開口。

「我只知道咱們凌月大爺以前是陰界赫赫有名的陰陽判官，哪有什麼四大判官，少往自己臉上貼金！」十三零自豪地說著。

「嗚哇！東雨、西風、南日、北月，一直以來都是鎮守鬼島的四大判官，妳這潑辣小娃竟然不知道！」卡利穆說完又吐了吐信，好似就在挑釁。

十三零壓抑怒火說著：「我就是孤陋寡聞不行嗎？我只是負責守護陰陽判官的鬼吏，其他靈界的政治啊、官階啊，什麼鬼稱號的，我才沒興趣，哼！」

「鬼島？」凌月滿臉疑惑。

「嘖嘖——」卡利穆對著凌月開口。「——還是讓我蛇爺爺來跟你們講講故事。這座小島自古以來就是陰、陽、妖、仙、神、魔六界生靈和樂共存的唯一淨土，剛好就夾在東、西方兩大陸中間的一塊莞爾小島，稱作萬靈之島。其他地方六界打打殺殺的，這裡與世隔絕根本毫不相關。後來在有心人士的破

壞離間下，神界結合仙界、陰界還有陽界中的人道，與魔界、妖界還有陽界的獸道正式決裂，爆發激烈的神、魔大戰，戰火還延燒到東、西方的各大陸，不過這都是在蛇爺爺我出世前的事情了。這座小島原本是六界生靈自由進出的淨土，後來神界聯合軍戰勝魔界，可想而知，妖自此被趕到深山中，魔又被封在另一個地底空間，神界居上空，陽界在平地，自此這座小島上原本六界自由進出的入口，就被靈界派守四大判官和一名神界的高手鎮守。不過這座島上原有的島民，都是神界特選之民，愛好和平，並沒有參與神、魔大戰，戰後還是與獸、妖和平共存，一直到你們這些漢族來了以後，才有了變化。原本靈島上的先民，被趕到山中，漢族在這小島上恣意而行，幾百年下來就變成現在這個模樣，這裡本來就是靈界掌管的小島，要稱作靈島或鬼島都不為過。喔，不過，現在這塊小島在陽界叫作台灣島。其他在環亞交界隆起的小島，也都分別擁有不同的六界之門，只是不像這鬼島上那麼齊全，一次就有全部的出入口，這鬼島的地位自然就變得相當重要。後來神、魔兩界還是繼續發生幾次戰爭，魔界又在地下陰界中扶植了『幽冥之界』，魔判官就是冥界作亂所產生的魔物，這六界可是愈來愈混亂了。你的那個潑辣小娃還可真靠不住，連這些故事都沒跟你說過嗎？」

卡利穆說完長篇大論後，還刻意對十三零搖搖蛇頭，嘆了口氣，好似就在訴說她這名鬼吏一點也不盡職。

「哼——」十三零噘起小嘴。「就說我對這些東西沒興趣，我的職責就是保護凌月大爺，協助他辦案，才不是只會耍『蛇』皮說故事。怎麼樣，咬我啊笨蛇！」

卡利穆聽了十三零的挑釁後，還眞的張大蛇口虛張聲勢向前咬了幾口，不過十三零早就躲到凌月身後。

「呵呵——」一直在一旁看著卡利穆與十三零鬥嘴的冷雨，終於忍不住伸手掩口輕笑了一聲。這個卡利穆平時待在冷雨身上休眠養神，可能是太久沒有遇到可以吵鬧的對象，倒是一發不可收拾。「算了，卡爺，跟這個投了一次胎就已經把靈界的事情忘得一乾二淨的人，也是白費唇舌。」

十三零一看到這個高傲的女人又是另一種氣，厲聲說著：「妳這怪裡怪氣的臭公主，誰想聽你們在那邊亂胡謅！就算是靈界四大判官又怎麼樣，還不各個都是草包，今天要不是咱們凌月大爺神格還沒覺醒，諒你們也打不過！」

「哼——」冷雨又是一陣冷笑，但眼神已經不似先前那般冷酷。「靈界四大判官都是草包，今天小試身手，果然北凌月真的就是草包——」

「妳在說什麼啊？」十三零實在聽不太懂，顯得相當不耐。

卡利穆逮到機會趁機反擊：「東雨、西風、南日、北月的北月就是你們的凌月草包大爺啊！東雨是咱們冷雨公主，咱們在鬼島東方可是守得好好的，不像你們北方已經出過幾次包了！」

凌月當然無法知道這些事情，畢竟經由六道輪迴轉世後，已經沒有先前的記憶，所有靈界的佚事，只能經由十三零得知，而十三零之前又被魔判官癸亥長期封印與外界隔絕，更是對六界的所知有限。

「我們暫且先不談這些——」凌月一臉嚴肅地說著。「不知道冷雨公主來到此地是有什麼目的？」

「你應該先自己報上是什麼風把你們給吹過來吧！」卡利穆反問著。

面對卡利穆的詰問，凌月面不改色地說著：「我們也沒什麼很特別的理由，是在調查台北市河濱公園女子連續遇害案，因爲毫無頭緒，不過其中一名女被害者是P大的學生。因爲手法殘忍，令人懷疑可能和宗教儀式有關，所以才會混入民族學系，想要調查看看——」

「這還差不多——」卡利穆晃晃蛇頭略表滿意。

「那你這老蛇皮跟毒蛇公主幹嘛又要來這個陽界作亂！」這次換十三零開口問著。

冷雨微微一笑，還是不改其冷艷美色：「你們陽界人類的事，我才沒有興趣插手，我在靈島東方主要掌管陽界的獸道和妖界，那些愚蠢的人類，看了自然就生厭，是生是死我也懶得去管。」

「呦——」十三零刻意提高音調。「不過就我所知，我剛剛聽到的靈蛇姬冷雨，不就是百步蛇妖和愚蠢人類巴冷公主的後代嗎？」

卡利穆本來還在冷雨右肩，現在又跑到冷雨左肩上說著：「傻妹妹啊，百步蛇王阿達禮歐原是靈妖，早就修道有成，晉升神道，而巴冷公主是沒有受到人類污染的靈島先民，又怎麼跟你們這些漢人做比較！咱們公主現在可是半妖半鬼半人的狀態，可以自由穿梭陰、陽、妖三界，要說這當中人類的狀態也是靈島先民的純正血統，才不是你們這種普通的愚蠢人類！」

「怎麼一下靈島，一下又鬼島，同一座島都聽你們自己在說！哼！」十三零吐了吐舌頭作起「鬼」臉，卡利穆見狀後張大蛇口用力開闔幾次，也跟著吐信回應，或許這就是他蛇爺爺的「鬼」臉。

冷雨等待這一老一小吵完之後才又開口：「上次魔判官癸亥被誘入陰界交戰後，已經身負重傷，元靈也被打散，現在只能寄宿在活人之中，操控心靈作奸犯科，收集怨靈，再伺機恢復其力。之前有鬼差和我通報，見過癸亥著魔的鬼差有跟過這群人，著魔鬼差理應只對怨靈有所感應，一般陽界的人應該與他們毫不相干，所以才想來親自調查。這個魔判官癸亥可能就寄宿在這些人之中，當然被寄宿的人類宿主根本就毫不知情。我已經調查很久，卻無法確定到底是誰，以前最低階的『生』判官可以輕易辨別宿主，卻也因爲他們擁有這樣的能力，才被魔界追殺，現在可是一個生判官也不剩，至少應該說全部下落

不明。」

「嗯——」凌月點點頭。「所以妳才會把唯一對外的吊橋用地獄之火燒掉吧？」

冷雨輕閉雙眼說著：「不趁這次機會一網打盡更待何時，你當眞以爲我在這座山佈下結界是爲了封印你們嗎？既然當初就是你解放癸亥的，自然這次如果能再藉由你來封印是最好不過了，畢竟四大判官之中，就你這項能力獨強。魔判官癸亥實在過於強悍，單打獨鬥我是沒有十足的把握，但如果要合作，你就得乖乖聽我指揮。」

「嘖嘖——」十三零搖搖頭。「又想利用咱們凌月大爺了啊！自己打不過魔判官，又想害我們先送死，而且明明需要幫手，還說得好像自己就是老大！既然是並列齊名的四大判官，誰也不是誰的老大，最多就是平起平坐。」

「妳這潑辣小娃少在那裡自言自語！哼——」卡利穆怒斥起來。「誰想跟你們合作，公主是想保護你們，確保你們不要妄動，才要求你們聽從指揮，眞是好心沒好報！你那個半殘不全的凌月大爺我看恐怕連封印的能力也沒有，到時候可別連累我們就好。」

「既然互不干預，就快把結界撤掉，放我們出去這個怪空間吧——」十三零說著。

冷雨嫣然一笑：「妳這小妞眞的太天眞了，以爲這結界只是不讓癸亥跑出去嗎？錯了，還有不讓其他生靈亂闖進來，難道不知道幾天過後陽界會出現什麼狀態？」

凌月想了一會兒，接著開口：「鬼門開——」

冷雨點點頭：「是啊，當陰曆七月一到，靈島北方鬼門開啓後，陽界夜晚就會滿布陰界的鬼眾，在這個月內我們所有判官都不能在陽界執法，只能睜一隻眼閉一隻眼——」

「妳是不是早就知道H大靈異研究社可能會出事而不事先阻止——」凌月輕皺雙眉問著。

「難道你不知道靈界的界規——」冷雨冷笑著。「在沒有確切證據或是犯案者的承認下，我們在陽界是不能任意執行奪魂。當初癸亥就是破了這條界規，寧可錯殺，也不願放過所有魔判官的可能性，率領鬼差屠村濫殺無辜，雖然他長年追討的魔判官也被擊斃，但料不到這是冥界的陰謀，迫使其魔性大增，才搞得自己著魔判道。既然我無從辨別魔判官癸亥，也只能慢慢等待一一刪除可能性——」

十三零聽了以後只是默默低下頭去。冷雨所說的這段往事十三零也很清楚，當年身為癸亥頭號鬼吏的她，就是因為強烈反對癸亥的做法，才被癸亥封印。

「所以妳是故意放縱他們互相殘殺？」凌月睜大雙眼說著。「等罪證確鑿後再對兇手進行奪魂，如果兇手同時又剛好是魔判官癸亥的宿主，活體死亡後，癸亥雖然可以操縱死體，但這樣一來就無法隱藏他的行蹤，也就不得不離開死體。而就算兇手不是癸亥寄宿的活體，當癸亥的宿主被兇手殺掉以後，還是得脫離活體的掩護，這還真是個殘忍的高招——」

冷雨只是冷冷看了凌月一眼，繼續說著：「我早說過陽界的人類是生是死與我無關，魔判官一日不逮到，幽冥之界的勢力只會不斷增長，天地六界就一日不得安寧。況且就算我知道他們之中隱藏殺機，我也無法料到他們究竟會不會付諸實行。現在知道，至少剛剛死亡的謝霆隆並不是癸亥的宿主——」

「好——」凌月點點頭。「妳的做法我不認同，但我確實也管不著。」

「既然你、我不願意合作，而你的能力現在也不足以操控生死簿的全部功能，我還是好心告訴你一些你所不知道的情報——」冷雨看似好意相助，卻又趾高氣昂地微微抬頭。「首先，是H大靈異研究社的召靈儀式——」

凌月伸手擺出了一個制止的動作，冷雨詫異地睜大雙眼瞪了回去。

「哼——」凌月露出充滿自信的笑容。「這我當然知道！我早就知道你們對P大民俗學系不懷好意，隱瞞別墅樓梯左、右交錯的事實，之前的召靈儀式根本就是假的！而且我也已經知道妳在阿隆命案發生前，那句『這裡已經發生命案』的涵義了！」

ꕥ ꕥ

「是彭馨儀的亡魂嗎？」

阿雄雖然不願相信，但先前確實和小刀他們在二樓聽過女子的尖叫聲，現在又看到那具召靈儀式用的人形道具彷彿被邪靈附身，逕自爬到別墅大門，而已經氣絕身亡的阿隆，當初自己也有參與檢驗，不但覆蓋在屍體上的帆布不翼而飛，還自己翻過身來，除非是亡靈作祟，不然阿雄也想不出其他的可能性。

「等一等，帆布是不是在那邊啊——」小刀提著手電筒往別墅庭院的一角照去，確實就是那塊本來蓋在阿隆屍體上的帆布。「是不是被風吹走的？」

從進到別墅以來，已經不曉得發生多少怪事，小刀始終努力說服自己一定可以找到解釋的方法，當然也就不願意去相信鬼怪之說。

「後來不是有拿石頭蓋在上面嗎？」阿森神情慌張地問著。

「石頭還在——」社長蔚萱用手電筒往屍體周圍照去，更讓原本死狀悽慘的阿隆，面容更為恐怖。

「當初你們檢驗完屍體離開後，我還去撿了那些石頭壓在帆布上，這點我當然很清楚——」

「對啊——」圖澤臉色慘白地說著。「剛剛我們一起出來別墅時，也有看到那塊帆布蓋在屍體上面好好的，怎麼我們才出去一下，就變得這種樣子。」

「呃——」盈臻有些遲疑地說著。「這點我們都可以證明，我們P大民俗學系是最晚走出別墅，也有看到那塊帆布，還有牆上的那具假人，那時候也好好地釘在牆上——」

一旁的阿雄與德宏點點頭表示贊同。

「難道眞的是亡靈嗎——」炳承眉頭深鎖面有難色。

「等一下，我們先不要那麼快就下結論——」小刀說著。「或許這些都是人爲的結果！」

「難道說眞的是阿凱副社幹得好事？」阿森小聲地說著。

即使阿森刻意壓低音調，還是被社長蔚萱聽到了，不過這次蔚萱只是看了阿森一眼，沒有再多說些什麼。

「呃——」見到場面有些僵硬，小刀馬上又繼續說著：「我所謂的人爲，並沒有說是誰，也許在這棟別墅內還躲著其他人，而且我們的凌月同學和你們的泠霜都不知道跑到哪去，這些都有可能是他們的傑作——」

「小刀，不要再那麼鐵齒了，雖然我們都知道你不相信這世界上有超自然的力量——」德宏湊在小刀身旁說著。「但都已經發生那麼多怪事了——」

見到鮮少開口的德宏，一本正經地說著，小刀的內心倒是有些動搖，但還是不願意那麼輕易就相信靈異之說。

社長蔚萱用手電筒照向大廳四周，而後轉身對著P大民俗學系這邊說著：「其實那個召靈儀式是騙你們的——」

「什麼意思？」小刀雙眼微睜。

「眞的很抱歉，也不能說全部都是騙你們的，而是先前的那個女子尖叫聲——」社長蔚萱語帶歉意地說著。

見到蔚萱有些難以開口，小琴只好自己上陣：「那個女子慘叫聲，是我故意跑去左側樓梯口叫的——」

「什麼？」小刀與阿雄不約而同叫了一聲，一旁的盈臻與德宏也是滿臉詫異。

「為什麼要這麼做？」小刀問著。

「呃——」社長蔚萱低下頭去。「因為先前已經騙過你們，又跟你們坦承，想說你們應該會鬆懈下來繼續上當。老實說對於你們的行程和我們社團暑訓撞期，我們的社員其實都很不滿，才會想盡辦法想把你們趕走。召靈儀式確實是進行到了第二天，不知道是不是我們方法錯誤還是怎麼的，從來都沒有成功過，只是為了把你們趕走，就算趕不走，也想藉機嚇嚇你們，才會聯合所有社員一起來騙你們。因為在我們心理學上，也有類似的試驗，才會想說乾脆來實驗看看。只是也不知道會發生這樣的意外，到現在我可能都有點相信召靈儀式眞的成功了——」

社長蔚萱說完，P大民俗學系這邊好一陣子沒有人回應，每個人只是你看我、我看你，卻也不知道究竟是該生氣，還是該同情。

過了一會兒，小刀總算開口打破沉默：「對於撞期的事，我們P大民俗學系眞的是要說聲抱歉，只

不過確實是不知道還會有人想來住這種兇宅，只能說我們眞的是志同道合的朋友。不過既然知道召靈儀式和彭馨儀的亡魂是假的，那我們姑且先排除靈異之說，這些怪現象，極有可能是人爲造成的——」

看著小刀一個人滔滔不絕地推論，圖澤不想讓他專美於前，扶著鏡框反問一句：「那到底會是誰？」

「我不知道——」小刀輕皺眉頭。「但我總覺得這棟別墅除了我們之外，還有其他人藏身其中，我是沒有見過你們阿凱副社，因爲在我們來的時候，他就已經行蹤不明，但是也不能排除這些怪事不是他的傑作，因爲聽起來你們的這位副社很愛惡作劇。」

被阿凱副社整過的阿森聽了以後只是猛力點頭。

「關於這點我要補充一下——」社長蔚萱一臉正經地說著。「阿凱副社後來會失蹤，其實是因爲我們在這次的暑訓行程本來就是這樣安排，只是這個計畫只有我跟阿凱兩個人知道。」

炳承滿臉疑惑地說著：「可是在P大民俗學系來了以後，我們下山幫忙他們搬東西的時候，小琴學姊不是說還有看到阿凱副社，那大概是他最後一次出現——」

「是啊——」小琴說著。「阿凱副社自己說要來的，誰知道他跟著隊伍沒多久，就突然不見了。P大民俗學系的阿雄和德宏，應該也有看到。」

「呃——」阿雄有些不好意思地說著。「其實那時候天色已經轉暗，又和H大靈異研究社第一次見面，大家也都還沒有自我介紹過，老實說誰是誰我那時也搞不清楚，也許眞的見過阿凱副社也不知道。」

「但我想阿凱學長應該是在過吊橋前就已經先脫隊，因爲我印象中過了吊橋後，我只有看到小琴學姊一個人落在隊伍最後——」炳承補充著。

小琴微微點頭說著：「因爲你們腳步實在太快，我以爲阿凱副社一直是在隊伍前頭，所以也就沒有多想什麼，我也是到了半山腰大家要拿東西時，才發現阿凱副社不見了。只是在那邊又覺得阿凱副社可能根本就沒有下來，還待在別墅。」

「其實那是我在他要下山幫忙前跟他交代就趁這機會先躲起來——」社長蔚萱說著。「所以他才會自行脫隊。這樣聽起來，他那時候應該是在出了別墅圍牆鐵門，就找地方躲了起來，雖然我也不知道他的行蹤，因爲計畫中是連我也不會知道，甚至我也可能在他這次暑訓計畫的驚嚇名單中。只是阿隆都已經發生意外，我想他也不可能不知道還繼續躲著，所以我才有些擔心他是不是出事——」

「學姊，你不要再隱藏我們了，其實我之前就已經察覺——」阿森停了一下，還是繼續說著。「你和阿凱副社的事——」

見到阿森欲言又止，社長蔚萱緩緩點頭，自己接了下去：「是啊，我和阿凱副社有在交往，這是大家都知道的事，只是不久前我跟他已經悄悄分手了，而且是因爲阿隆的關係——」

「什麼！」

阿森原本想問的就是這件事，雖然之前發現社長蔚萱和阿隆近期來往頻繁，有過這樣的懷疑，卻不知道該如何開口，想不到蔚萱竟然自己講了出來，H大靈異研究社的其他社員聽了以後更是驚訝不已。

社長蔚萱繼續說著：「阿隆學弟本來就跟我還算蠻要好的，知道我和阿凱分手後，會常常來關心我，只是這個舉動好像引來阿凱的反感，畢竟當初是我跟他提出分手，並不是阿凱他自願的——」

說到這裡蔚萱的淚水已經在眼眶附近打轉。

「這麼說來——」阿雄壓低聲音對小刀說著。「那個阿凱副社或許有殺害阿隆的動機——」

站在一起的P大民俗學系都有聽到阿雄的這句話，只不過因爲這是別人的社內感情糾紛，外人也不好說些什麼，所以也都沒有繼續再把阿雄的話題接下去。

「咳——」小刀清清喉嚨打破沉默，隨後大聲說著：「我有一個提議，現在我們繼續這樣瞎猜下去也不是辦法，不如我們兩、三個人一組，分頭把這棟別墅能躲人的地方徹底清查一遍，尤其是一樓大廳的東、西兩側。我覺得如果阿凱副社沒有在吊橋的另一端，一定還在我們這座山內，照目前的情況看來，也只有阿凱副社、凌月和泠霜能做這些怪事。」

圖澤聽了只是一陣嗤笑，根本就打從心底不喜歡P大民俗學系這個愛管閒事的傢伙。

其他人點點頭，覺得這個提議還算可行，紛紛轉頭看著社長蔚萱，而蔚萱一陣猶豫後才又開口：「我是沒什麼意見，但是希望各位還是小心一點——」

聽到社長這樣宣布，每個人即使心裡都有疑惑，卻又不大好意思繼續追問，只有阿森還是大喇喇地說著：「社長的意思是怕這棟別墅可能眞的躲有什麼壞人，況且雖然說之前召靈儀式的尖叫聲，是小琴僞裝的，但畢竟這裡是發生過滅門血案的凶宅，誰也不知道眞的有沒有妖魔鬼怪，大家還是小心爲妙——」

「阿森，沒關係，不用在意我了。對不起，我之前還責備你——」社長蔚萱眼神堅定地說著。「雖然我一直很不願意這麼想，但我現在也認爲會做這種事的只有阿凱，而且他或許也有殺害阿隆的動機，雖然他的狀況時好時壞，我就是因爲他患了精神疾病才跟他分手的。」

第九章

「好小子啊，口氣眞大，咱們公主好意助你，你竟然敬酒不吃吃罰酒！」卡利穆張大蛇口大聲嚷著。看到卡利穆劍拔弩張之勢，十三零也提起鐮刀站到凌月面前。不過兩人均被各自所屬的判官擋了下來。

「哼——」被凌月澆了一頭冷水，冷雨別過頭去。「那我倒要洗耳恭聽你又知道了些什麼。」

凌月先是一笑，而後才又不急不徐地說著：「你們的召靈儀式，是想喚起已故女屋主彭馨儀的亡魂，雖然不知道原本的用意爲何，但至少我知道我們那時候在二樓聽到的女子尖叫聲並不是彭馨儀的亡靈。招喚成功會出現亡魂死前最後一幕之說，我們身爲靈界中人也沒聽過這回事，感覺只是你們爲了達到嚇唬我們的目的而穿鑿附會。但不管如何，你們只是想製造出一種招喚出亡靈的錯覺，至少我到目前爲止也沒看到女性的鬼魂出現在這棟別墅。你們目的只是想聯合起來欺騙我們P大民俗學系，而當時在一樓的女性只有你們的社長蔚萱和小琴，恐怕就是這兩人其中一人的尖叫聲，而且還刻意跑來樓梯口呼喊，爲的就是要讓我們能夠聽到。」

冷雨輕笑著：「拜託，要說H大靈異研究社時，請用『他們』，早說過你們陽界的人類跟我無關——」

「哼——」十三零湊進凌月耳邊，卻又故意大聲說著。「這個女人有蛇的血統，想當然也是個冷血動物，當然也不知道人間冷暖——」

冷雨聽了只是一笑，卻也沒有任何慍怒。

凌月沒有理會十三零繼續說著：「我原本只是這麼懷疑，但後來在妳下樓之後，雖然不知道妳原本有沒有參與他們的這個計畫，但按照妳捉摸不定的個性，H大靈異研究社的人也無法確定妳會不會配合，直到妳說了妳也有聽到女子的尖叫聲，其他H大靈異研究社成員，更怕妳後面還會把假裝召靈儀式的事洩漏出來，才會各個面露恐慌之色，一點也不像是因爲招喚出亡靈的恐懼。」

「這不過都只是你自己的空口猜測罷了。」冷雨不懷好意眨眼笑著。「還有別的有趣一點的發現嗎？」

「還有那個召靈儀式用的假人，後來發現上面藏有玄機，雖然說是釘在牆上，但我發現那製作粗糙的亂髮之中還藏有細線，可見這是一個之後要用來嚇人用的機關道具。假人看似釘在牆上，其實恐怕只是用雙面膠帶黏住，或是釘得鬆動而不深入，隨時只要在別處用細繩拉動，就能讓這具假人在黑暗中自行移動。如果依照原本的計畫，H大靈異研究社的這些騙人把戲，應該就是暑訓的活動內容，所以關於這點，恐怕也不是所有社員都會知道，甚至也可能只有這項道具機關的設計者才會知道。」

「喔——」冷雨雙手環抱胸前笑著。「這點我倒是不知道，那還有什麼其他高見呢？」

凌月繼續說著：「至於我會知道樓梯兩邊左、右交錯，是因爲小琴在情急之下，告訴我通往二樓東側，是要走左邊的樓梯，我這才恍然大悟。之前在爬那道彎彎曲曲的樓梯時，不但左彎右拐，還會忽上忽下，這實在是有違常理。但後來得知設計這棟別墅的就是屋主高天實，而他本人又是一個名建築師，

自然在這左、右兩側的古怪樓梯中，一定藏有什麼玄機。樓梯的左彎右拐就是要讓人迷失方向，而忽上忽下則是因爲左右交錯，一樓雖然經過挑高處理，但樓梯面積只佔了一樓大廳的一半，設計上勢必一邊必須先往下，讓另一條樓梯通過，兩邊才能交錯而過。這樣才可以解釋，爲何傍晚先入爲主的觀念讓我從左側樓梯衝進去想要到二樓，卻撲了個空，那是因爲左側樓梯是通往二樓東側，想必這也是你們早就會料到的結果。但是——」

「但是怎麼了？」冷雨似乎聽得很感興趣，雙眉微挑問著。

「這棟房子設計的最特別之處，就在於兩側的庭院。當初我爬上二樓東側，之所以會讓我誤認爲是西側，其實光是左右交錯還不夠讓人誤會。我那時把每間房間都搜過，發現兩側的房間都是左右對稱。因爲我先入爲主認爲自己所在的位置是西側，理所當然會朝左邊第三間房間找去。那時候往窗外看去，雖然天色已暗，但模糊的景象和別墅前方的庭院大致相同，都是雜草叢生的庭院，前方的圍牆正中央也有一道鐵門。這也可以解釋明明當時我的同伴還在庭院，爲何我從窗戶看出去時，所有人都消失，因爲其實我看到的是別墅的後院。這棟別墅的圍牆，連接到了別墅兩側就宣告結束，一般來說應當設計環繞整棟別墅，甚至是加上後院。會出現這樣的設計，就是因爲必須兩側對稱，所以還特別在別墅後面設計了一個與前庭院一模一樣，卻無法進去的後院，其目的就是要讓人混淆——」

「我看只有你才會混淆吧。」冷雨輕輕說著。

「對啊，咱們公主冰雪聰明，怎麼可能被騙！」卡利穆說著。

「才怪勒！要你們公主那麼聰明，就去揪出魔判官給我們看，哼！」十三零叫著。

凌月搖搖頭：「我們現在看來當然容易，甚至是白天視野清晰的時候，只要別墅前後兩側房間的窗

戶都去看過，就會看到兩邊的庭院格局設計得一模一樣，就能明白這棟別墅的獨特設計，甚至還會發現這棟別墅左、右交錯的樓梯設置。不過我們必須回想當初別墅主人爲何要這樣設計，如果時空倒回十多年前的夜晚，這棟別墅二樓客房是用來招待客人之用，想必一個人也只會分配到一間房間，並不像現在成爲廢墟後，我們才能自由進出南、北兩側的房間，所以來短暫居住的客人也未必能發現兩邊擁有一樣的庭院。只要主人有心將南側的客房藉故鎖住，剩下住在北側的客人，在左彎右拐樓梯的迷惑下，也未必能知道自己身在何處，大半都會以先入爲主的觀念自行判斷。至於這種詭計，在白天也有其可行性，因爲吊橋距離圍牆外還有一段爬坡，就算在別墅南側的房間往外看去，也看不見吊橋，自然也就無法辨別自己身在何處。更何況庭院又設計得一模一樣，也不會有人特別去留心站在別墅前庭與從二樓房間望去的山林背景並不相同，多半也只會認爲是因爲角度不同之故。」

「那這個原屋主費盡心思這樣設計，又是爲了什麼？」冷雨問著。

凌月輕閉雙眼，隨後緩緩睜開：「這我並不知道，畢竟對於十多年前的滅門血案所知太少，但原屋主政商關係複雜，恐怕這樣的機關設計，一定有其用意。」

冷雨聽了又是一笑：「那還有什麼嗎？你不是說你已經知道發生命案這句話的涵義？」

「我想妳之前就已經發現一個手中拿著刀子的男性亡靈。」凌月瞇起雙眼說著。「因爲那名男性穿著與時下的大學生並無兩樣，顯然並不是十多年前滅門血案的受害者。我在這棟別墅已經撞見過兩次，只是當他一看到我拔腿就跑，但是每次當我將手電筒照到他身上，尤其還掃過眼睛時，他都不會有正常人畏光的反應，動作上也不是盲人，因爲手電筒的光線對他來說是另一個空間的事物。第一次遇見時，還跑進樓梯口，與上樓的P大民俗學系交錯而過，但樓梯間也沒有其他岔路可走，顯然他所處的空間與

一般人不同。因爲我狀態特殊，身處陰陽兩界，我是可以看得到他，從他一見到可以看到他的人就逃跑來判斷，生前最後不知道是受到什麼樣的刺激，讓他留下對人很不信任的執念，讓他在死後還把刀子從陽界也一同帶到另一個空間。因爲從頭到尾，我唯一沒看過的H大靈異研究社成員，就屬阿凱副社，而他目前又是失蹤狀態，這讓我不得不聯想，那名男性的亡靈，就是阿凱副社——」

「你總算發現了——」冷雨微微一笑。「看來靈力半殘不全的你，可能只剩下頭腦還算清楚的。他確實就是林鴻凱沒錯，但他每次發現我看得到他就馬上跑走，我也不能在眾目睽睽下直接追去。想要問話，卻也沒有機會，從各種狀況確實可以研判那是他的亡魂，只不過到底發生什麼事情，我也無從得知，但這個H大靈異研究社，似乎正在上演一齣謀殺戲碼。當時會在大廳喊出已經發生命案，是想藉此觀察在場所有人的反應，可惜並沒有發現特別突兀的異狀，可以說這次的兇手應當相當狡猾，魔判官癸亥寄宿在這群人當中的可能性相當大。我雖然已經發現某人與這間別墅似乎有著密切的關聯，只是沒想到又發生了一件命案，卻在那種充滿矛盾的條件下，阿隆穿過兩不相通的二樓東、西側，從東側窗口墜樓身亡。這棟別墅要弄成孤立狀態，只要毀掉唯一對外的吊橋就能辦到，但兇手卻沒有這種打算，顯而易見只打算把阿隆殺掉就宣告結束，而後可能就是要讓行蹤成謎的阿凱副社頂罪。爲了不讓兇手能夠順利逃走，我當然就選擇把吊橋燒毀。」

凌月點點頭：「確實，兇手並沒有打算犯下連續殺人案，不然一開始在兇殺案發生前，就應該要先破壞吊橋，但兇手並沒有這麼做，可見整件案子在殺害阿隆後就宣告結束，但我想兇手應該萬萬沒想到自己會被困在這座山中。」

「好小子啊，你幹嘛一直重複咱們公主的推論！」卡利穆說著。

十三零聽了以後馬上還以顏色：「拜託，是咱們凌月大爺在幫你們公主整理案情，還不快快感謝！」

「等等——」凌月突然板起臉孔。「妳剛剛說到某個人和這棟別墅有著密切的關聯，難道指的是十多年前的滅門血案？」

「這個啊——」冷雨戲謔一笑。「我本來就是好心想告訴你這個情報，只不過——」

「只不過你們不願意乖乖聽咱們公主的指揮，也不願意合作，自食惡果吧！」卡利穆馬上搶先說著，接著又連吐了好幾次信。

「哼——」十三零鼓著臉頰。「呸呸呸！妳不說咱們凌月大爺自己也查得出來，自己看看你們的毒蛇公主，還想找幫手，不就是查案遇到瓶頸，走進死巷出不來了！」

「我蛇爺爺就是不信，咱們公主冰雪聰明，怎麼可能破不了這種小案！」卡利穆大聲嚷著。

「那就來打賭，咱們凌月大爺一定會先揪出兇手，怎麼樣，怕了吧？」十三零輕挑秀眉說著。

「好啊，你們憋腳判官要是能先破案，我蛇爺爺就隨便妳！」卡利穆說著。「要咱們公主先捉到兇手，又糾出魔判官癸亥，妳這潑辣小娃要怎麼樣啊？」

「老娘我當然也是隨便你！」十三零負氣說著。

「好！很好！」卡利穆語調聽來似乎相當開心。「一言既出——」

「快『蛇』一鞭！」十三零冷笑著。

「呸——」卡利穆罵了一句。「到時候就看是我把妳當鞭子抽，還是妳把我鞭子揮，哼——」

見到各自所屬的部下又在拌嘴，凌月與冷雨也無可奈何。凌月更是打從心裡，只想好好破案，根本沒有競爭的意願，只怪這個沒頭沒腦的十三零，又在惹是生非。

一直在旁冷眼看著一切的冷雨，這時伸出左掌，喚出了自己的生死簿，浮在半空的生死簿不停來回翻頁，不過由於凌月神格尚未覺醒，也只能看到模糊的生死簿雛型。

「還有一些情報，其實你還是不知道，雖然你不領情我的好意，我也不想讓你永遠苦苦追趕不上，摸也摸不著這條重要的線索。我好心提示你一句——」冷雨嫣然一笑，接著一字一字地慢慢說著。「君不君，臣不臣，蕭蒿萱艾非其原貌，鐘鼓琴瑟非其原音。」

☙ ❧

「都沒有找到什麼嗎？」社長蔚萱站在別墅大廳問著。

眼看一組組人馬，都搜查完畢回到大廳集合，卻也還沒有什麼新的發現。大廳中央的地板上，累積了一層厚厚的蠟燭燃燒痕跡，已經不知道換了幾根蠟燭，到現在擺在大廳中央還出現了幾根令人望而生畏的白蠟燭。

待在大廳等待的眾人，只剩下最後幾組人馬還沒回到大廳回報。

又過了一會兒，圖澤與盈臻從一樓西側走了過來，不過由盈臻平淡的表情可以判斷，大概也是沒有什麼特別斬獲。

「沒有什麼異狀——」圖澤搖搖頭，儘管一無所獲，看上去卻有些開心。「我們一樓西側這邊就

是一間書房，還有一間廁所和一間澡堂。書房應該說是小型圖書館比較恰當，裡面滿布書櫃和破爛的舊書，味道不是很好聞，雖然沒有看得很清楚，但我想書中應該有很多蛀蟲。廁所和澡堂都有一間間打開，除了惡臭以外，也沒有藏什麼人，我看根本就沒有什麼其他人躲在這棟別墅——」

明明搜查一無所獲，圖澤卻還是感到高興，因為當初在分組時，自己就率先提議P大民俗學系與H大靈異研究社應該錯開配對，以免同一團體的組合，容易產生遺漏。

聽起來其實並沒有什麼道理，不過在圖澤的強烈要求下，大家還是採用了他的建議，而圖澤更是直接宣布要和盈臻一組，盈臻不好拒絕也只能硬著頭皮湊成一對。

一心只想和盈臻獨處的圖澤，沿路上更只是隨意搜尋，只有盈臻認真開啓每一個可能的藏身之處，不過往往圖澤都是緊跟在身後不做任何動作，讓盈臻心裡相當不舒服。

久而久之，盈臻發現圖澤無心搜查，根本就摸不清他的用意，只是感到一陣厭惡，只好隨意看看就草草結束這項搜尋任務，回到大廳和大家集合。

而德宏則和炳承湊成一組，負責二樓東側，也就是P大民俗學系休息的地方。

「學……學長——」炳承戰戰兢兢地說著。「難……難道你們睡這邊都不會害怕嗎？」

「不……不要再說了——」德宏拿著手電筒的右手顯然有些顫抖。「好好搜查——」

兩人踏上二樓東側走廊，原本也沒有什麼異狀，但之前聽圖澤說這一側就是十多年前滅門血案的案發位置，又是H大靈異研究社試膽活動才會踏入的禁地，總覺得鬼影幢幢，渾身不對勁。

尤其是德宏，之前還一個人關在房間修改劇本，而南側的第一間房間，又是疑似阿隆墜樓的地點，只要靠近窗口往下俯視，就能看到阿隆的屍體。雖然後來又已經用帆布蓋上，但只要一想到還是令人感

到相當恐怖，讓德宏看起來更是神情慌張。

「學……學長——」炳承愈走愈近，不過德宏由於體型瘦小，看起來炳承都快要壓在德宏身上。

「這些是你們的道具嗎——」

炳承用手電筒照著擺在走廊上一箱箱疊在一起的紙箱。

「是啊，我們P大民俗學系的迎新宿營要辦在這邊，所以才會先來場勘，很多道具要先試用看看成效如何——」德宏說著。

「哇啊——」炳承輕叫了一聲，整個人往後退了一步。「嚇死我了這東西——」

炳承手中拋出的正是P大民俗學系準備在迎新宿營上使用的恐怖面具頭套。

「學弟，這不過是個面具啊——」德宏儘管講得相當稀鬆平常，不過在剛剛炳承後退時，自己也跟著跳了起來。

「喔——」炳承繼續隨意翻著其他道具。「不愧是P大民俗學系，道具製作得眞精細！」

「呵呵——」德宏笑著。「也沒什麼啦——」

突然之間，兩人身邊閃過一個黑影而後又隨即消失，不過兩人並未察覺。

「這是風箏線嗎？」炳承問著。

「是啊，是要拿來製作用線操控的嚇人道具——」

德宏說到「嚇人」兩字，突然自己不知爲何覺得心底發涼。

「這是符咒嗎？」炳承照往另外一箱，發現了更有趣的東西。

「是啊，不過是我自己亂畫的——」

「那這個輪盤是幹嘛的？」

炳承從道具箱中拿出了一個正六角形的輪盤，大小約是普通盤子的尺寸，每個角都有一段握柄延伸，看起來就像個航海用的駕駛方向轉盤，而轉盤背面中央還有一個凸起的正六角形。

德宏先是瞇起雙眼，似乎在回想什麼，才又接著開口：「這個啊，是我們迎新宿營舞台劇的秘密道具——」

「喔——」炳承雙眼微睜。「什麼意思？感覺很有趣——」

「炳承學弟啊——」德宏雙眼變得炯炯有神。「我偷偷告訴你好了，我之後要編的舞台劇是和六道輪迴有關的題材，這個正六角形的轉盤，每一角都代表著天地六界，我設定的主角是一個拿到這項神器的平凡人，但在得到這樣神器後卻能自由穿梭天地六界——」

「聽起來好酷喔！」炳承握著輪盤興奮地說著。「學長！我之後可不可以也來參加你們的迎新宿營？」

就在炳承緊握的輪盤不遠處，這時出現一雙小手漸漸靠近，伸手就是一抓，卻因爲輪盤剛好移位，而撲了個空。

炳承突然打了一陣哆嗦，卻也不知原因爲何，只是因爲和德宏聊得正起勁，也就沒有非常在意。

「這個啊——」德宏顯得有些困擾。「到時候是可以再安排看看，不過這項道具的事，你先幫我保密，因爲我這個劇本，目前還沒跟我們系上任何人說過——」

「學長，這是當然的啦！到時候不管舞台劇是不是在迎新宿營上演，還是在其他活動中呈現，我一定會捧場的！」

「嗯——」德宏點點頭。「那就一言爲定了！」

炳承看起來相當開心，因爲P大民俗學系的活動，似乎也是他大感興趣的項目。即使對於靈異事物有些畏懼，但炳承卻又沉溺在這種既恐怖又刺激的快感當中。炳承將輪盤放回道具箱，因爲知道這個題材還是秘密，所以又將輪盤擺得更爲裡面。

「學長——」放完道具後炳承說著。「我在想那個輪盤是不是從船上拆下來的啊——」

「哈哈——」德宏苦笑著。「不要亂猜了，我看我們眞是聊到都忘了來這邊的目的——」

「對耶——」炳承恍如初醒般地叫著。「學長，我看這裡也沒什麼異狀，乾脆我們不要再查了，趕快下樓跟大家集合——」

結束原本討論的話題後，炳承開始覺得身體有些不適，總是不住發冷顫抖，而德宏也是臉色慘白，有些暈眩。雖然兩人沒有做出決議，卻心照不宣往樓梯口慢慢靠近。

「啊！」

才剛靠近樓梯口，卻隱約聽見了女子的慘叫聲，不過聲音實在相當微弱，讓兩人都一度懷疑只是錯覺。

「學……學長——」炳承瞪大雙眼看著德宏。「你有聽到嗎？」

「我……我們趕快——」德宏還沒說完已經往樓梯口奔去。「趕快先下去跟大家會合再說！」

經過東奔西跑後，兩人總算穿過了左彎右拐的樓梯到達一樓大廳，卻看見一樓大廳除了晃動的燭火

外，別無他人。

但再仔細一聽，一樓東側隱約傳來了零星而急促的腳步聲。

「炳承學弟還有P大的同學，快過來啊！人多一點比較安全！」阿森從一樓東側的牆邊探出頭來喊著。「不知道小琴發生什麼事了！」

見到阿森的呼喊，德宏與炳承一下就跑了過去。

「阿森學長，發生了什麼事嗎？」炳承問著。

「我不知道，小琴和P大的小刀一組，負責搜查一樓東側，不過剛剛卻傳出了小琴的尖叫聲，我想你們雖然在樓上，或許也有聽到——」阿森顯得有些緊張。

等到三人踏入東側餐廳後，卻見餐廳內除了一張長型餐桌外，其他椅子東倒西歪散落四處，不過看來原本就是如此，並沒有被特別動過。

三人只是匆匆一瞥，隨即穿過餐廳，趕往廚房。

還沒進到廚房就已經聞到一股令人相當難耐的惡臭味，進去以後發現眾人已經圍在小琴身邊，而小琴臉色慘白以手摀鼻，一旁的小刀也是有些面有難色。

「怎麼了嗎？」阿森看到這種場景不禁問了起來。

「那個冰箱——」小琴以另一手指著前方的冰箱。「不要開——」

廚房占地相當遼闊，大約也有五分之一東側一樓的大小，不過也是凌亂不堪，而小琴所指的兩門冰箱更是比人還高，要說藏身的話，可以說是綽綽有餘。

「爲什麼？」圖澤聽到小琴這麼說，卻反而激起更想打開的衝勁。

「同學，別衝動啊！」小刀緊張地說著。

圖澤走了過去，小琴和小刀還來不及向前阻止，圖澤已經伸手把冰箱拉開，但隨即口中啊的一聲又把冰箱用力關上。儘管這一開一關僅不到幾秒，冰箱四周還是跑出許多不明的蟲類，而整間廚房更是臭氣沖天。

小刀掩鼻忿忿地說著：「這位同學，不是叫你不要打開嗎？冰箱裡面看來是有十多年前的食材，在裡面已經不知道變成什麼樣子。我們剛剛一打開就馬上跑出一堆恐怖的小蟲，又有一陣令人想吐的噁心臭味，小琴就是這樣被嚇到，才會失聲尖叫。雖然沒有看清楚冰箱裡面有什麼東西，但怎麼想也不可能躲人，我們大家還是先一起離開這臭氣沖天的地方吧——」

眾人還沒達成決議前，廚房內的惡臭已經讓幾個人開始往餐廳移動，而圖澤更是一溜煙就已經先行跑開。

「我們先離開這邊吧，這腐臭味眞的讓人想吐！」社長蔚萱摀住口鼻難過地說著。

就在大家離開廚房，穿過餐廳來到大廳時，在搖曳燭火的照耀下，別墅門口外出現一個模糊的人影逐漸逼近。

「呃——」圖澤瞇起雙眼面露警戒之色。「會是誰，我們所有人不都在這邊？」

「是泠霜！」小刀看清楚走進大廳的身影後大聲喊著。

泠霜看起來還是原本的那副冷艷模樣，頸部也依舊繫著那條斑斕條紋的黑褐色絲巾。

眾人停下腳步，眼看泠霜已經踏入別墅大廳，正要等待她開口解釋，不過泠霜並未放慢腳步，有如旁無他人，準備往樓梯口走去。

「學妹妳怎麼了，我們好擔心啊！」圖澤搶先跑到泠霜面前，將她攔了下來。

泠霜先是一笑，而後才又開口：「對不起，我累了，我想上樓休息了——」

「學妹，不要這樣，跟大家一起行動，這棟別墅似乎藏著什麼危險——」圖澤好言相勸。「尤其是吊橋又被焚毀，一定是有什麼人想把我們困在這裡，誰知道是不是又想幹什麼壞事！」

「呵呵——」泠霜轉身對著大家又是一笑。「有什麼好危險的，我們所有的人都在這邊，就連殺害阿隆的兇手也在你們當中，沒有人的樓上才是最安全的！」

「學妹，別鬧彆扭啊！」圖澤伸手過去捉住逕自離去的泠霜，不過被她巧妙閃了過去。

「等……等一下——」盈臻大聲喊著，經由這麼一喊，準備踏上樓梯口的泠霜這才停下腳步。

盈臻快步走向泠霜問著：「凌月呢？他不是跟妳在一起嗎？」

泠霜秀眉一皺，並沒有作出任何回應，又是一個轉身準備離去。

「等一下——」盈臻一把拉住泠霜，卻還是撲了個空。「妳跟凌月到底發生了什麼事？他又跑去哪裡了？」

泠霜還是沒有理會，默默爬了幾階樓梯。

「凌月呢？」盈臻口氣強硬又再問了一次。

「凌月同學啊——」泠霜背對眾人開口說著，走了幾階後才又停下，緩緩回頭對大家擺出一個令人發寒的冷笑：「他死了——」

第十章

「搞什麼，那什麼爛毒蛇公主啊！什麼高傲的態度！哼——」十三零氣呼呼地說著。「君不君，臣不臣，難道是在罵我們兩個嗎？」

「拜託，潑辣小娃，快也不要自己承認吧！」卡利穆得意地說著。

凌月與十三零離開冷雨自有空間後，冷雨也解除對他們兩人的禁咒，僅留下了阻隔陰界靈體自由進出的結界。

離開異空間後，凌月恢復大學生模樣的打扮，而冷雨也恢復了H大靈異研究社冷艷美女冷霜的模樣。現在四「人」通過別墅外牆鐵門，進入別墅庭院。

「那是——」凌月雙眼微睜。「阿隆的亡魂——」

「哎呀呀，這位大哥——」阿隆慢慢靠了過來。「你們到底跑哪去了，我現在可以問話了吧？我到底是誰？這裡又是哪裡？」

冷雨看到阿隆以後什麼也沒說，伸出右掌喚出了硃砂毛筆，開始在前方劃起結界。

「冷雨妳想做什麼？」凌月問著。

「這還用問，當然是在劃陰陽結界。」卡利穆答著。

「妳想做什麼？」凌月又問了一句。

卡利穆來回擺動蛇頭，相當不耐地說著：「好小子你煩不煩啊，投個胎眞的都變傻子，當然是把孤魂野鬼帶回靈界，這是咱們判官的職責啊。要讓孤魂野鬼在陽界遊蕩，一個不小心就會被著魔鬼差一同魔化！」

凌月聽了以後趕緊喚出自己的硃砂筆，和冷雨做出相反的結界動作，原本逐漸張開的陰陽結界，卻被凌月給封了幾吋。

「你……你幹什麼！」冷雨狠狠瞪著凌月。

凌月厲聲說著：「孤魂野鬼在陽界執念未解，怎麼能隨意強行帶入陰界！一個不小心不就魂飛魄散，更有可能自行魔化！」

「哼——」冷雨加快筆劃結界的速度。「待在陽界早晚都有魔化的危險，早點帶入靈界，魔化也好，寂滅也好，自有靈界鬼差把守，總比放在陽界助長魔界勢力要好。我們靈界可沒規定執念不執念這個東西，儘管帶回亡魂才是我們的職責。無法將在陽界留有執念的鬼魂帶過陰陽結界是你的能力不足，可不要冠冕堂皇替自己的無能找理由！」

「妳不管人類的死活也好——」凌月奮力振筆疾書，就怕冷雨完成陰陽結界。「眼前的亡魂已經不屬於陽界人類，妳又何必苦苦相逼！」

「凌月大爺加油啊，別被這心腸狠毒的毒蛇公主得逞——」十三零在一旁搧風點火。

「我……我又做錯了什麼事嗎——」阿隆一臉無辜不知所措地說著。「怎麼好像一直惹你們生氣——」

「你、你、你，這個毛頭小鬼，竟然已經身亡，就乖乖讓咱們公主送你進靈界，遊蕩陽界太危險了！」卡利穆伸長蛇身，繞到阿隆面前大聲嚷著。

「咦——」阿隆瞪大雙眼。「我沒看錯吧，蛇會說話！爲什麼要說我死了，我不是好好的站在這。」

「冷雨判官——」凌月即使動作再快，還是和冷雨差了一大截。「爲何要這樣苦苦相逼！」

凌月神情堅定地看著冷雨，而冷雨也投以相當嚴厲的眼神，雙方各自堅持自己的不同立場。過了一會兒，冷雨才別過頭去。

「哼，愚蠢的人類——」冷雨轉頭又瞪了凌月一眼，突然反轉結界筆勢，將陰陽結界封了起來。

「要湊你的神格就直說無礙，我就讓你去湊個爽快！就是有你這種感情用事的判官，不按照職責將孤魂野鬼帶回靈界，才會造就冥界的崛起和魔界的壯大。」

「公主——」卡利穆心有不甘，卻也無法改變冷雨的決定。

冷雨收起右掌喚回了硃砂筆，而後才對卡利穆說著：「算了，這個親手解除魔判官癸亥封印的罪魁禍首，又留下一堆爛攤給別人收拾，現在又爲了累積自己神格，不惜讓魔界有機可趁，以後就讓他自己看著辦！我再也不管了，是死是活都與我無關！」

「哼——」十三零以極爲諷刺的口吻說著。「毒蛇公主誰要妳愛管閒事，我跟咱們凌月大爺會好好幫孤魂野鬼了結心願，妳就快回去別墅好好休養您的尊貴之體吧！」

「潑辣小娃，妳閉嘴啊——」卡利穆對十三零狠狠說了一句。「咱們公主已不想再幫助你們，自己看著辦吧！」

冷雨還不待卡利穆說完，早已轉身快步走向別墅大門。

「哈哈哈，知難而退了吧！」十三零得意地說著。

「呃——」阿隆還是摸不著頭緒。「我可以說話了嗎？」

「說吧說吧，有什麼疑問儘管問吧！」看到冷雨進去別墅後，十三零顯得相當開心。

「我到底是——」阿隆眼神茫然地問著。

「你叫謝霆隆，是H大靈異研究社的成員——」凌月不知何時左掌已經喚出生死簿查閱，阿隆確實陽壽未盡死於非命。「你不知道被誰陷害從那棟別墅的二樓墜樓身亡。」

「墜樓——」阿隆雙眼微睜。「身亡——」

「唉——」十三零移到阿隆身旁。「節哀吧，你已經死了，而這位是會替你洗刷冤屈的判官大人。」

見到阿隆屬於情緒比較穩定的亡魂，乾脆直接和他開門見山說著。

「判官——」阿隆輕皺濃眉，神情相當迷網。「我眞的死了啊——」

雖然阿隆嘴上這麼說著，但從他愈趨平靜的外表看來，似乎也慢慢接受了這個事實。

「那個就是你的遺體——」凌月指向別墅東側第一間房間正下方的草地上。「就蓋在那塊帆布底下，你現在有什麼生前的記憶嗎？」

阿隆歪斜著頭，表情有些懊惱：「我眞的不太記得，你說我叫謝霆隆，我是有一點印象，說我是H大靈異研究社，我也有聽過這個社團，只是我爲什麼要來到這座深山中？」

凌月點點頭，接著開口：「你是H大企管系二年級的學生，H大靈異研究社社員，來這邊是爲了參加社團暑訓，不過剛好遇到P大民俗學系的一行人，所以兩邊人馬就一起在這間別墅相遇。而這棟別墅

也是大有來頭，在十多年前發生過滅門血案——」

「嗯——」阿隆陷入一陣沉思。

「我推測你是被人從那邊第一間房間的窗口推下樓——」凌月指著二樓窗口說著。「不過那時明明你是身在二樓西側，你有沒有什麼印象，是怎麼不下樓跑到東側的？是從窗戶外面爬過去的嗎，不過這又不大可能——」

阿隆依照凌月所指的方向看去，卻仍舊是一臉迷惑地搖搖頭。

「唉，我眞的想不起來——」阿隆嘆了一口氣。「你說你是判官，是不是就是拿著鐮刀的那種死神啊，不過看起來和正常人沒有兩樣，要不是你身旁的那位小妹飄在空中，我可能還不相信。只是我眞的不知道該怎麼辦，就算是死了，爲什麼我什麼都不記得——」

「你再慢慢想想，不用著急，鬼魂的記性本來就很差，以後等你到了靈界生活，就不會像現在徘徊陽界時記憶那麼差了！」凌月好聲安撫著。

「是這樣啊——」阿隆聽了以後似乎比較鬆了口氣。「我目前確實是什麼也不太清楚，只是依稀記得我生前好像有個知名的老爸——」

「是誰？」凌月問著，希望藉由漫無目的一問一答慢慢引導。

「我不確定，只是印象中這麼記著，但又好像不是。」阿隆語氣猶疑地答著。

「那你生前有沒有什麼特別掛意的人，或是掛意的事？」

「這我目前倒也是沒什麼印象，只是覺得——」阿隆欲言又止。

「覺得怎麼樣？」凌月雙眉微挑。

「對不起，我真的想不起來——」高大的阿隆顯得相當沮喪，整個人縮了下去。

凌月點點頭，決定先讓阿隆好好回想，不再追問。

當初凌月從二樓東側離去時，並沒有發現阿隆的蹤影，更何況後來大家都在一樓大廳來來往往，阿隆也是沒有下樓的跡象，他又是如何穿過兩不相通的二樓東、西兩側？

雖然阿隆最後陳屍地點是在東側第一間房間正下方，但也無法確定阿隆一定是從二樓窗口落下，因爲這也可能是兇手的詭計。

由於H大靈異研究社與P大民俗學系來到此地的目的，一個是爲了暑訓，另一個是爲了往後迎新宿營的場勘，隨身物品都有帶著布置別墅的機關道具，實在也不能就此輕易推斷阿隆是被人從東側房間的窗口所推下或擲下。

倘若阿隆其實是在二樓西側遇害，而後經由機關設置，遺體才落在一樓東側，這樣似乎才能解開阿隆明明身在二樓西側，卻陳屍在別墅東側外的庭院。另外一種可能，則是當初物體墜落的聲響，並不是阿隆屍體墜地所發出，而是遺體本來就藏在別墅外的東側庭院，聲響是另外利用道具所製造。不過這兩種可能性的關鍵似乎都藏在二樓西側，一定要藉機前去搜查。

凌月輕閉雙眼思索著，不過思緒卻被身旁的短促尖叫所打斷。

「啊！」十三零猛然叫了一聲。「那個人！那個怪人又出現了！」

十三零伸手指著庭院一隅，正是那名拿著刀子的陌生男子。

那名陌生男子一如往常，見到看得到自己的人便拔腿就跑，尤其這次還一次就有三個「人」分別與他眼神交接，更顯得驚慌異常。

就在陌生男子轉身離去之時，凌月大聲叫著：「林鴻凱！阿凱副社！」

只見陌生男子停下腳步，一臉茫然地轉過身來。

看清楚陌生男子的面容後，阿隆瞪大雙眼久久無法言語，而陌生男子的訝異程度也不亞於阿隆。

☙ ❧

「公主，方才不肖之徒蔡圖澤那幾人應該也有跟妳說過，在謝霆隆墜樓前，他確實是待在二樓西側，只是他最後怎麼又會陳屍在一樓東側的庭院？」披在冷雨肩上的卡利穆翹著蛇頭問著，不過在陽界凡人的眼裡，恐怕也只是條被風吹起的絲巾端頭。

「我覺得二樓西側這邊可能有什麼機關——」冷雨低頭輕輕說著。

冷雨先前在聽完圖澤幾人簡單說明案發當時所有人的分布後，趁著其他人還在一樓大廳討論案情與往後如何離開這裡的計畫，不顧眾人的勸阻，冷雨還是獨自一人上來二樓西側四處搜尋。

經由冷雨的提示之後，所有人也開始懷疑阿隆的命案並不是單純由神魔鬼怪作祟就能輕鬆解釋，這背後可能隱藏著更大的陰謀。尤其是行蹤不明的阿凱副社，再加上他與社長蔚萱、阿隆複雜的三角關係，在阿森與圖澤加油添醋的解說下更成爲眾矢之的。

對於大家這樣的推論結果，冷雨毫無興趣，也不打算透露阿凱副社已經身亡的消息。只怕說來沒人會相信，另一方面也怕就此打草驚蛇。

「老臣認爲，那個林鴻凱的屍首，理應藏在別墅某處，只是方才那些人不都已經分頭搜過這棟別

墅，還有什麼藏身之處？」

「那些陽界的人類不可盡信，恐怕他們雖然兩兩一組，也未必經過徹底搜查，只要有心用計，即使兩人一組，要想騙過另一人，其實也不是很難的事。而這棟別墅或許原先就已經藏有機關，當然也可能是他們進來之後趁機佈下。」冷雨在西側走廊上用手電筒四處照著，和先前並沒有太大的差別。「不過，先前北月說過別墅後院那邊，我們雖然原本就已經知道，卻還是始終沒有查過，也可能另外一邊的庭院還藏有些什麼——」

「哼，北凌月那小子的話就別太在意！這小子當眞是投個胎什麼都忘光光，現在竟然變成這般廢樣，好歹你們以前在靈界也曾經是——」卡利穆氣憤地說著。

「卡爺，不要再說了！」冷雨以極爲冷淡的眼神盯著卡利穆。「過去就已過去，還能怎麼樣！」見話鋒不對，卡利穆微微移開蛇頭，才又轉移話題說著：「對了，公主，妳覺得洪蔚萱那間房間會不會有什麼機關？」

「這就是我想要上來查看的理由，我們就先從這一間房間開始查起——」冷雨說完，已經悄悄走進二樓西側南面的第一間房間。

房間內除了社長蔚萱的簡單行李與一盞乾電池發電的小燈外，就是鋪在地上的睡袋，其他原本置於房間內的老舊家具，倒是已經被蔚萱整理得相當乾淨。冷雨走到窗邊仔細查看，這個窗戶與其他房間並沒有兩樣，原以爲會在窗邊發現什麼類似繩索所留下的痕跡，卻也只是大失所望。

窗邊除了因老舊風蝕所留下的痕跡外，並沒有最近因外力所磨擦出來的新傷痕。冷雨從窗口探頭而出，這邊與東側阿隆陳屍的地點實在有一段不算近的距離，更何況中間還有凸出設計的別墅大門，從一

樓延伸至二樓的上方，想要藉由繩索之類的機關，將阿隆的屍體從這處運往東側庭院，一定會先被凸出的別墅大門阻擋。

冷雨繼續望著窗外陷入沉思。

「公主，有什麼想法嗎？」見到冷雨久久不語，卡利穆不禁開口問著。

冷雨依舊沒有回答，只是緩緩拿下頭上的斑斕絲巾，準備往前窗外用力一甩。

「公主！妳要做什麼？」卡利穆顯得有些摸不著頭緒。

「儘管咬住窗外別墅大門的牆角，我想測量距離有多遠——」冷雨說著。

冷雨話還沒說完，已經將卡利穆丟擲出去，等到卡利穆伸長蛇身咬住別墅大門，這才又再抽了回來，依據卡利穆身上的紋路，算起窗口與別墅大門的距離。

「將近二十公尺，這個距離並不是很短——」冷雨凝視窗外遠方說著。「我原先想說屍體如果從這邊繫著繩子左右擺盪，也許就能盪到東側庭院，不過首先又必須克服別墅大門凸起的部分。如果繩子使用過短，根本就搖盪不過別墅大門的距離，如果繩子太長，屍體直接落地，根本就無法移動。但若不以別墅大門上方為鐘擺的中心點，似乎擺盪的幅度也不夠大，況且又要怎麼在那上頭綁上繩子而不被發現。另外使用這樣的手法還需再額外製造出重物落地的巨響。不過如果謝霆隆的屍體是從這邊利用什麼手法搬運過去的話，這樣就能解釋為何案發之前，他明明身處二樓西側，我們當時也全都聚在一樓大廳，他還能穿過大廳中央跑到二樓東側，因為他當時確實就是在二樓西側——」

冷雨雙手撫在窗邊，說完後輕閉雙眼再次陷入沉思。

「咦——」卡利穆忽然叫了一聲。「那不是北凌月那小子他們嗎？怎麼還在庭院？奇怪，還有另外

一個人──」

聽到卡利穆的這番語，冷雨睜開雙眼望了過去。凌月和十三零他們果真如卡利穆所言，還站在別墅庭院西側一隅交談著。

「我們該走了！這裡已經沒什麼好查的──」冷雨只是冷冷看了樓下的那幾人，隨後轉身離開窗口。

「公主──」卡利穆說著。「不去跟另外那一名亡魂問話嗎？」

「問了也是白問──」冷雨毫不在乎地說著。「這種亡魂都沒什麼記憶可言，還是直接送進靈界才是上策，只有那個感情用事的北凌月，才會做出這種事──」

冷雨又穿過走廊，進了二樓西側北面的第一間房間，是分配給小琴的房間。房內陳設和對面社長蔚萱那間呈現左右對稱，不過小琴這間房間顯然並沒有社長蔚萱整理來得乾淨。

地上同樣也是個人行李，不過擺放得東倒西歪，而睡袋也是擺得有些歪曲，好似昨晚用過以後，早上離開前並沒有再像蔚萱那般重新整理。而原先散置各處的老舊家具，只是被推往房間一隅，堆放得有些凌亂。

冷雨走向窗口，窗外的景色確實如凌月所說的那般與別墅前方的庭院佈置如出一轍。由於冷雨的房間位於二樓西客房N2，窗外面向的就是別墅後院，這件事她本來就已經知道，只是目前還不知道當初這樣的設置到底有什麼用意。

就在準備離開窗口之時，冷雨發現窗邊有一條與別墅裝潢不大搭配的水管。

「公主，難道……難道──」卡利穆發現冷雨望著水管有些出神，心裡有些擔心又會有苦差事，乾脆自己先開口：「難道有什麼需要老臣效勞之處嗎？」

「這水管很奇怪——」冷雨從窗戶探頭出去。「一直延伸到隔壁棟的二樓東側東客房N1——」

小琴房間的窗口，有一條約莫拳頭大小的水管，開口由牆邊彎了進來，即正對著房間迎面而來。水管橫向延伸到東客房的窗口，雖然從這一側看得不是很清楚，卻隱約可以見到水管的另一頭尾端也是向房內窗口彎了進去。而在水管的正中央，則是向下連接至一樓，呈現一個T字型的管線。

再仔細觀察了一陣，還是看不出這條水管的用意。既不用來輸送自來水，也不用來承接其他地方的水管，好似本來就設計成這種模樣，而水管看起來雖然已經有些老舊，卻和其他別墅外觀相較之下，還算年代不是相當久遠。十多年前滅門血案發生後，這棟別墅理應成爲廢墟，爲何又會有人特意前來安裝不知有何用途的水管？

「公主，妳有什麼想法嗎？」卡利穆問著。

冷雨只是搖搖頭，緩緩轉身又往房門走去。

「還有江中森的房間需要查一查，因爲當初案發時，只有他與洪蔚萱是待在二樓西側——」冷雨邊走邊說著。

「那林鴻凱的房間呢？」卡利穆說著。「雖然就在公主的房間隔壁。」

冷雨搖搖頭：「那倒是不必，從我發現林鴻凱的亡魂，我就已經去查過，並沒有什麼異狀。但最奇怪的是，林鴻凱的行李根本就沒開過，就連睡袋什麼的都在房內，如果按照洪蔚萱所言，他應該要找個藏身處躲起來，可是行李與睡袋根本就沒有動過。除非他有另外準備這些用品，不然種種跡象都顯示，他可能很早就被殺掉了。或許林鴻凱的這間空房，在這次謝霆隆的命案中扮演什麼重要的角色——」

「不過他被殺掉最早的時間點應該是在那些人下去幫忙北凌月那間學校搬運東西之後——」卡利穆

補充著。

「那倒未必——」冷雨瞇起雙眼，早已在阿森房間內開始搜尋。「我印象中在那之前就好像已經一直看過林鴻凱，只是我無法確定在那之前看到的是亡魂還是活著的他，畢竟在社團內本來就和他少有互動，那時也沒料到他會被人殺害——」

冷雨邊說邊搜著，不過阿森的房間除了散亂一地的行李，還有捲曲變形的睡袋外，並沒有其他可疑之處。

「冷霜學妹，妳在樓上幹嘛啊？」

走廊上傳來圖澤的聲音。

冷雨聽到後趕緊關閉手電筒，卡利穆也順勢呈現休養狀態垂了下去，冷雨一下又成爲H大靈異研究社的冷霜快步走出房門，不過卻正好被圖澤的手電筒照個正著。

「冷霜妳！」阿森見到冷霜從自己的房間走出，顯得相當不悅。「妳爲什麼要進去我的房間，妳在做什麼！」

「學妹，妳到底在想什麼？」圖澤雙眉緊皺，也覺得冷霜這個舉動很不恰當。

「呵呵——」冷霜笑了起來。「你們到底在說什麼啊？到底是誰占據誰的房間，那些死去的亡魂都沒出來說話，竟然還有人大言不慚說是自己的房間！我也不過是想看看有什麼疑點，早日釐清案情罷了！」

「學長！」阿森轉頭對圖澤訴苦。「冷霜她的怪異行爲眞的愈來愈過分，你也好好管一管吧！」

「這——」被學弟這麼一要求，圖澤倒也不知道該如何是好。

不過就在圖澤開口前，泠霜已經從兩人身旁擦身而過。

「學妹妳又要去哪裡？」圖澤語帶慌張地說著。「剛剛我們已經和P大民俗學系有些爭執，因爲阿隆是我們這邊的人，理應我們之中的人才有動機，不過又因爲阿隆是在他們那一側墜樓身亡，雙方都認爲對方那邊可能藏有兇手。既然兩邊互不信任，爲了安全起見，兩邊還是先各自回去二樓的東、西兩側，先度過這一晚再說了——」

「哼——」阿森顯然已經壓抑不住怒火。「學長，隨她去吧，這個怪裡怪氣的女人，講什麼道理都沒有用，我已經受夠了，我可不像你們其他人那麼迷戀她！」

「學妹，妳要下去幹嘛啊？」圖澤扶著鏡框擔心地問著。

「去找P大民俗學系的沈凌月同學——」泠霜只是回頭一個冷笑，又往樓梯口走去。

「不是說沈凌月已經死了嗎？」圖澤喃喃著。

「拜託學長——」阿森顯得相當不耐。「泠霜的話還是少信爲妙，這女人陰陽怪氣的，早就中邪了！別管她了！」

不過阿森的這段話，泠霜根本就沒有聽進去，因爲她已經走進蜿蜒崎嶇的樓梯中。

「哼，真是個令人作嘔的蔡圖澤，果然是愚蠢的人類——」卡利穆大聲罵著。「跟那個什麼劉辰濤一樣，都對公主迷戀不已——」

「算了，早說過愚蠢的人類我們還是少接觸爲妙。」冷雨冷冷地說著。「那個蔡圖澤更是令人生厭——」

「不過公主啊，話說案發當時最可疑的人卻是在樓下大廳——」卡利穆說著。

「和這棟別墅密切相關的那人，當時確實是在樓下不能犯案，不過留在二樓的其中一人，也是相當可疑——」

「唉，可惜公主妳給北凌月他們做了提示——」卡利穆忿忿地說著。「那小子以前那樣對妳，公主妳又何必對他那麼仁慈！」

「那些恩恩怨怨都是他上一世的事，而且我這也不算幫他，要看他自己解不解得出來，我看他想破頭也未必想到生死簿還有這項功用——」

在樓梯間行走中的冷雨，這時覺得地面有些搖晃，原以爲只是因爲樓梯老舊才會出現不穩，一直以來也就沒有特別追究，但此刻冷雨卻有了不同的想法。

趁著四下無人，冷雨伸出右掌，喚起地獄之火照明，原本陰暗無比的樓梯內一下就被照得燈火通明，而冷雨更是睜大雙眼仔細觀察出現在眼前的樓梯裂縫。

冷雨收回掌中的地獄之火，樓梯間一下子又重回黑暗。

「卡爺，我似乎了解謝霆隆的屍體怎麼跑到東側的——」冷雨低頭小聲說著，嘴角卻微微揚起。

「我想我們之後還得好好尋找一下這棟別墅的機關——」

第十一章

「你是阿凱副社嗎？」阿隆有些遲疑地說著。

「我……我——」陌生男子緊握著手上的刀子，面露恐懼之色。

「你是H大靈異研究社的副社長林鴻凱——」凌月慢慢走近陌生男子。「不要害怕，我們是來幫你的，沒有惡意！」

「阿隆，你認得他嗎？」十三零移到阿隆身旁問著。

「我本來不知道他是誰，只是覺得很眼熟——」阿隆歪頭說著。「不過我是聽判官這麼說的，也覺得林鴻凱這個名字很熟悉，剛剛又說他是H大靈異研究社的副社長，好像真的是這麼一回事。難道他也死了嗎？」

十三零微微點頭。

「你說我叫林鴻凱？」陌生男子漸漸放下警戒的眼神。「那你們又是誰？」

「你看得到那個飄在空中的小女孩嗎？」凌月問著。

「看得到啊！」阿凱副社輕皺雙眉說著。「就是一直看到奇怪的景象，之前還有個雖然看起來很漂亮的女孩，但眼神極為冷淡，神情又不禁令人發寒，卻也只有她看得到我。其他人對我都視若無睹，我

也不知道自己爲什麼會在這裡，竟然一點記憶也沒有，到底發生什麼事，到底是不是在做夢，只是這個夢未免也太長了，我眞的不知道該怎麼辦——」

凌月點點頭，又往阿凱走近了幾步。

阿凱手中依舊緊握著刀子，眼神頓時又變得充滿恐懼：「你到底是誰，爲什麼看得到我，爲什麼又要接近我。當我有意識時，手中就是握著一把刀子，想必一定是身處什麼險境，雖然我沒有之前的記憶，但我想這是不會錯的！」

凌月早已伸出左掌喚了生死簿查閱，眼前這名之前不斷神出鬼沒的陌生男子，果然就是H大靈異研究社的副社長林鴻凱，身高大約接近一百八十公分，體型還算魁梧，這樣的體格說實在除非對方更是孔武有力，要不然直接正面交鋒，恐怕當初殺害他的兇手都有可能被他反制。

「你在幹什麼！」阿凱副社手中的刀子看來隨時都有可能舉起，顯得防禦意味相當濃厚。

「呃——」阿隆走了過來。「這樣吧，阿凱學長，我想起來了。你是我們社團的副社長，而我是你的學弟謝霆隆——」

「謝霆隆——」阿凱眼神相當迷惑。「好熟悉的名字——」

「阿凱學長，請節哀吧——」阿隆無奈地說著。「很不幸地，我跟你都已經死了——」

「死了？爲什麼這麼說？」阿凱原本緊握刀子的手，已經有些放鬆不再那麼僵硬。

「這位是判官——」阿隆指著凌月。「他會協助我們進入靈界的，只是聽他說我們因爲是死於非命，所以目前也暫時無法到靈界去——」

「爲什麼？我不是好好的嗎？」阿凱副社滿臉疑惑。

「我之前也是這麼認爲，但是——」阿隆神情突然變得有些哀傷。「我的遺體就在這棟別墅的庭院前方，我是不知道學長是在哪裡發生什麼意外——」

「阿凱，你還記得你是在哪裡遇害？」凌月問著。「或是還記得什麼生前的事情嗎？」

「我……我眞的死了嗎——」阿凱副社表情有些扭曲，沒有辦法接受這個突如其來的事實，不過從他掙扎的眼神中，也不難看出他無法完全否認這個現實。「眞的不是做夢嗎？爲什麼就這樣不明不白的死了——」

阿凱副社手中的刀子突然鬆手掉落地面，不過刀子在著地的那一瞬間即化爲一陣光芒倏地消失。因爲那不過是阿凱生前因爲某些執念，而將陽間的事物，在死後一同帶進亡魂所處的空間向量。阿凱眼睜睜看著一直握在自己手中的刀子，不過是稍微鬆手，墜地的那一刻便消失殆盡，顯然已經不是陽界所處的物理現象，也不得不慢慢接受這個事實。

「你——」阿凱副社突然轉身跪在凌月面前，猛力拉扯凌月的衣服。「你說你是判官大人嗎？眞的是判官大人嗎？我要伸冤，我死得這麼不明不白，我可不願意就這樣讓害我的人還繼續逍遙法外，做個厲鬼我也要報仇！」

「快點起來吧！替你們這些死於非命的孤魂野鬼伸冤，本來就是我們判官的職責。」凌月伸手扶起滿臉愁容的阿凱。「只要你能盡量提供任何想得起來的線索，我就會盡可能早日替你們洗刷冤屈！」

阿凱情緒愈來愈激動，竟然淚流滿面說著：「判官大人，我眞的很抱歉，什麼都記不得，只是……只是當我有意識時，覺得心中有股非常強烈的不甘心，好像生前最後一刻是被什麼人給騙了——」

凌月瞇起雙眼，眼看這個身高將近一百八十公分的阿凱副社，若是被人謀殺，想必是用了什麼詭

計，才讓阿凱上當受害。而且應該是讓阿凱在死前最後一刻才發現自己受騙，被迷昏後才做案的可能性就相對較低。

「學長——」阿隆或許是受到阿凱副社情緒的感染，也變得愁容滿面。「學長，不要太沮喪啊，我也是什麼都不太記得，只不過經過這位判官和那位小妹慢慢提示，我才有漸漸想起一些事情——」

聽到一下子就有那麼多人稱呼自己小妹妹，十三零難以掩飾愉悅的心情，伸手遮住微微浮現的笑容。

「咳——」凌月瞄到十三零臉上微妙的變化，不想讓她過於得意，對著其他兩位說著：「這位小妹妹，也只是外表看上去如此，其實她已經是鬼齡超過百年的小老太婆，是我所屬的鬼吏，往後有什麼問題可以問她，基本上她跟你們一樣現在都是個鬼，只不過她是陰界官職。」

「哼——」十三零鼓著雙頰。「臭凌月，有必要這樣損我嗎！」

凌月拿出他無視十三零的功力繼續說著：「其實做爲一個亡魂，要謹慎提防遊蕩在陽界四處搜尋怨魂的著魔鬼差，好好跟在這老太婆身邊。基本上目前這座山已經被另一名判官佈下結界，暫時並沒有被魔物入侵的危險。至少就算是出現魔物，只要不要亂跑，我們也不會放任你們被魔物帶走——」

「這位判官，那個怨魂是什麼啊——」阿隆盡可能避開阿凱副社的目光問著這個尷尬的問題。「我雖然看似死於非命，但其實一點怨恨的感覺也沒有啊——」

「只要是陽壽未盡死於非命的都是怨魂，就算你在陽界的執念較少，還是會引來專門追捕怨魂的著魔鬼差，也過不了陰陽結界，也就是無法到靈界報到。」凌月刻意隱瞞目前自己能力不足的訊息，不過就算像冷雨那樣運用靈力短暫淨化強行將這些怨魂帶過結界，對這些亡魂長期而言也不是好事，如果一個不小心，變成厲鬼或是魔化，還是會繼續在靈界作亂。

「啊，對了——」阿隆突然像是想起什麼叫了起來。「我剛才想起我生前的一些事，不過好像有些無關緊要——」

「說說看——」凌月神情嚴肅地說著。

「我覺得我會比較沒有怨恨，是因爲我在陽界也沒什麼好留戀的。我從小就沒什麼親人，唯一的母親在幾年前也過世了。其實我有個知名的老爸，好像是政治人物，只是因爲我是私生子，根本不能相認，雖然那名老爸表面上好像會偷偷關心我，不過我只感受得到經濟上的支柱，事實上我覺得那個老爸可能打從心裡就覺得我是個麻煩，這下我離開人間，也許還有人更高興，更何況我又是被人殺害，一定是有人恨透我，這樣的人生，早點結束也罷——」

阿隆說完表情有些黯淡下來，並不像他表面說得那麼瀟脫。

「所以我說這情報應該沒什麼幫助，我會再好好回想的——」見到眾人沒有回應，阿隆只好自己又補充說著。

這時阿凱副社情緒似乎比較平穩，也湊了過來。

「聽你說到這個，我倒是想起我老爸好像是警界相關人士——」阿凱副社好似頗有成就地說著，不知道是因爲重拾記憶，還是以有個警界老爸爲傲。「不過先不管這個，我心裡倒是有些疑問——」

「學長，就說說看吧，記憶要慢慢恢復，也急不來的。多問多想多多益善——」阿隆以過來人的口吻說著。

阿凱副社微微點頭，隨即轉向凌月。

「判官大人，我剛剛聽到，什麼又是著魔鬼差，那跟這個——」阿凱副社看了十三零一眼，不過十

三零瞪大雙眼盯著阿凱的一舉一動，讓他不敢亂用稱呼。「鬼差、鬼吏這些官到底有什麼差別，聽你們說起來，好像連做鬼也不輕鬆，還會被壞人追殺的感覺——」

「這些我會請我的鬼吏十三零再慢慢跟你們解釋，你們就好好聽她的吩咐——」凌月說完還轉頭看了十三零。

「你們聽到沒，那個臭判官叫你們兩個好好跟著我，要誰敢叫我老太婆的，我馬上用地獄鬼火燒得你們魂飛魄散！」十三零瞪大雙眼看著阿凱副社與阿隆，右手還擺出劍指，逐漸燃起青色的地獄之火。

「鬼吏大人，別這樣，我們一定聽話的——」

阿凱副社以為先前有什麼失禮舉動已經無意間觸怒了十三零，不過這只是十三零對於凌月不滿的遷怒。

「叫我小妹妹聽到了沒！」十三零將指尖之火燃得更旺，讓眼前的兩名菜「鬼」嚇得有些不知所措。

「小妹妹大人，我們全都聽妳吩咐！」阿凱副社與阿隆異口同聲說著，還刻意在小妹妹後面加了「大人」兩字，顯得相當彆扭，而十三零卻是聽得相當滿意。

「這還差不多！」十三零洋洋得意地笑著。「要是你們之後遇到一個雖然生得美麗，內心卻狠毒無比的毒蛇公主，可千萬得像現在這樣好好聽我的話，要不然那個毒蛇公主可是會強行把你們帶進靈界，讓你們魂飛魄散不得好死！」

「毒蛇公主——」阿隆喃喃著。

「不要多嘴，到時候真的遇到，我會再好好跟你們說的，聽好不要輕易相信其他人，那個毒蛇公主可比著魔惡鬼還要恐怖！」

凌月聽到十三零這樣加油添醋損壞冷雨的形象，不覺對冷雨有些同情。

「啊——」十三零突然驚訝地睜大雙眼，原本還在她手上的地獄之火忽然完全熄滅。

「糟了——」十三零轉向凌月輕皺秀眉說著。「今晚在陽界待太久，又和那毒蛇公主大戰過，現在靈力已經不足，該回去靈界了——」

「哼——」凌月忍住笑意小聲對十三零說著。「我看妳才剛收了兩個跟班，正得意的時候就得回家睡覺，還眞可憐——」

凌月伸出右手擺出招喚硃砂毛筆的手勢，卻又突然收了回去，並開口說著：「我看妳就先跟那兩位解說一下靈界的一些基本事物，好讓他們往後有些心理準備，同時也叫他們在這間別墅的固定位置躲好，免得到時候我們要找他們也找不到。我趁這個空檔，想回去別墅二樓東側調查一些東西，等妳辦好這些事，我再劃陰陽結界把妳送回靈界睡覺去——」

阿凱副社與阿隆知道這兩位陰界官差可能有職務上的事情需要討論，兩「人」只是乖乖站在原地不敢向前靠近。

「等一等，臭凌月，我突然想到——」十三零秀眉緊皺。「要是你劃了陰陽結界送我回去靈界，等我休養好後，隔天晚上想要再來，如果在結界內找不到陰陽界的出入口，我不就被關在這座山外面，到時候我要怎麼保護你的安危？」

「這——」凌月瞇起雙眼思索一陣。「倒也眞的是如此——」

「哼——」十三零噘起小嘴。「好一個毒蛇公主！原來這個結界的用意，就是要讓我在這裡有出無進，等我靈力耗盡，就跟普通的鬼沒什麼兩樣，眞夠狠毒！」

「我倒不那麼認爲——」凌月抬起頭來，看向別墅西側二樓房間的窗口。「我覺得冷雨雖然表面上待人處事極爲冷漠，卻也未必就是她的本心——」

「臭凌月，你在說什麼啊！竟然去讚美那個臭女人！」十三零移到凌月面前大聲抗議。

「或許妳覺得她是在阻礙我們，但我倒覺得她佈下這個陽界生靈以外無法輕易通過的結界，至少也可以暫時隔絕外界著魔鬼差的侵入，我想她的用意是在確保我們的安危，畢竟她也知道目前我神格尚未覺醒。」

「臭凌月，你眞的瘋了！我不想再理你了——」十三零雙手握拳生氣地說著。「你們這些臭男人都是一個死樣，看到那貌美的毒蛇公主，每個人都被迷得神魂顚倒，那些嘴臉眞是難看死了！」

凌月搖搖頭：「姑且不論她佈下結界的用意，至少她給了我一個重要的提示線索——」

「臭凌月，你別傻了——」十三零瞪大雙眼。「那個什麼君不君、臣不臣的根本就是在罵我們，說我們做判官的沒判官的樣，做鬼吏的沒鬼吏的樣，這又是哪門子的提示！」

凌月輕閉雙眼露出了一個冷笑，隨即睜開雙眼說著：「如果她沒對我這樣提示，我倒還沒想過生死簿可以用來查詢這種東西。我大概知道那句話的涵義了，就只能再等待適當時機——」

ଓ ଓ

「凌月，你到底跑哪去了？」盈臻又驚又喜地問著。「我們大家都好擔心啊！」

凌月只是看了盈臻一眼，依舊沉默不語，回頭繼續作著自己先前的動作。

在別墅二樓東側的走廊上，本來還在搜尋線索的凌月，突然被出現在走廊另一端的盈臻叫住。

「凌月你到底怎麼了？」盈臻又向前走近一步。

「妳先回去跟大家一起休息吧——」凌月拗不過盈臻的一再追問，冷冷地回了一句。「我還有東西想要查一查。」

「你在找什麼，我可以跟你一起找——」

凌月覺得盈臻有些煩人，卻又不願明講，只是繼續保持沉默。

二樓東側的走廊上，除了堆滿了P大民俗學系的道具用品外，並沒有其他特別之處，凌月決定先進南面的第一間房間，也就是疑似阿隆墜樓身亡的窗口好好調查。

「嗯——」就在踏進房門前，凌月突然轉身走向盈臻，讓盈臻有些吃驚。「我有些事情想要請教——」

凌月向盈臻問起他不在的那段期間發生了哪些事，而盈臻則是鉅細靡遺跟凌月清楚解說。

「那你現在可以說一下，你這段時間到底跑去哪了？」盈臻臉上掛著親切的笑容。

「我啊——」凌月微微抬頭，看著上方。「我當然是去調查命案的線索，只是我不能說明我的確切行蹤，希望妳能諒解——」

「哼——」盈臻嘟起小嘴。「好心沒好報！」

「妳就先回去休息吧，我還有東西要查——」

「我不能幫忙嗎？」嬌小的盈臻抬頭問著。

凌月沒有回答，只是別過頭去，轉身就往南面第一間房間走去。

盈臻察覺凌月神情有些不悅，但至少已經知道凌月平安無事，相處下來也知道凌月的個性，不想說的事情再怎麼詢問也是白搭，也就不想再繼續自討沒趣，默默回去最後一間房間跟其他已經入睡的P大民俗學系成員一起歇息。

凌月提著手電筒踏進東客房S1，房間的窗戶依舊還是維持先前向外開啓的狀態，而正下面就是阿隆的陳屍地點。凌月走到窗口往下一瞧，那塊隆起人型模樣的帆布依舊舖在下方。

再仔細觀察窗口四周，實在看不出有什麼設置繩索機關所留下的痕跡。原本凌月懷疑阿隆早在眾人下樓之前就被殺害，屍體可能是先安置在東側二樓，只是先用繩索之類的東西固定在窗外，這樣一來原本留在二樓西側阿森的證言就變得相當可疑。畢竟從頭到尾，自從圖澤與炳承下樓後，也只有阿森再見過阿隆，那時同在二樓西側的社長蔚萱並沒有看到阿隆的蹤影。如果使用這樣的詭計，將繩索類的機關延伸到西側，就能在遠端操控，讓身在西側的人也能夠輕易操作，甚至二樓西側西客房S2阿凱副社空下來的空房，可能原本就有這樣的預謀。只是這樣一來還是無法解開阿隆如何在圖澤一行人下樓之後又在不通過一樓大廳的狀態下跑到二樓東側。除非圖澤他們也做了僞證，阿隆早就不知道因爲什麼原因，本身就先躲藏在二樓東側。

凌月搖搖頭，轉身在房內來回踱步，在地上發現了一個黃色資料夾，正是之前小琴交給他的滅門血案資料，那時候由於事出緊急，竟然不小心遺留在這間房間。凌月彎身拾起資料夾，並且打開封口抽出幾份資料開始閱讀。

在手電筒的輔助下，凌月一份一份地仔細閱讀，有剪報影本，還有列印好的電子文字檔、相關圖片與別墅簡圖。

當年的滅門血案一共有八人遭到殺害，如同之前H大靈異研究社所述，女屋主彭馨儀是在大廳遭到殺害，而其屍體相當詭異被日本武士刀由頸部插入大廳中央的牆壁上，其力道之深，自然不是一般人就能輕鬆辦到。

其他人則陳屍在別墅二樓東側，不過當時左、右兩側樓梯的入口，都有加裝可以由內反鎖的鐵門，要不是一樓大廳出現彭馨儀慘不忍睹的屍首，這件滅門血案也不會那麼快就被隨後前往別墅赴約的人士發現，不然赴約人士恐怕只會以為主人不在家而離去。

當時大廳的左側樓梯鐵門由內反鎖，還從內部扣上了門鍊，而另一側的樓梯鐵門呈現半開的狀態。警方先由右側樓梯上樓搜尋，想不到經過左彎右拐的階梯後，竟然是出現在別墅西側，除此之外完全沒有其他異狀，種種跡象都顯示前一夜沒有住人。

在破壞工具的輔助下，總算撬開一樓左側樓梯鐵門，爬上樓梯到達二樓東側，卻撞見了慘絕人寰的景象。每間房間窗戶都被鎖上，在密不通風的二樓裡，充滿血腥氣味，彷彿人間煉獄。二樓東側走廊上，三名年幼的兒童，一男兩女分別身中數槍躺在血泊之中，還有一名幫傭裝扮的婦人，上半身趴在走廊上，下半身則在房門內，也是中槍身亡。而北面第三間房間內則有另一名男童也是中槍倒地身亡，不過臉上表情卻相當平和又彷彿掛著微微的笑容。在最後一間房間內則發現屋主高天實，已經頭部中彈身亡，一旁還有一把獵槍，看起來就是這一連串殺人案的凶器。

由於屋主高天實頭部中彈位置是由嘴巴貫穿後腦，槍口留有死者唾液，死者右腳上的鞋襪皆已脫下，讓警方懷疑高天實就是這一連串滅門血案的凶手，最後由於獵槍槍身較長，必須口含槍管，以腳趾代為開槍，更加深了高天實畏罪自殺的嫌疑。

不過後來警方又在北面房間的窗外發現別墅後院，構造格局設計得跟前方庭院可以說是一模一樣，而後在北面第三間房間窗外下方，發現一名女童滿身是血倒臥下方草皮，疑似是被推下樓或是躲避追殺自行跳樓逃脫，而後兇手才又將窗戶鎖上。

最後警方發現原本倒臥在走廊上的一男兩女，其中還有一名幼童尚未氣絕，緊急送醫後奇蹟似救起，而墜落後院的女童除了腿部骨折與驚嚇過度昏厥外，並無其他大礙，但整起滅門血案，還是造成包括疑似畏罪自殺的屋主高天實在內共六人身亡。

死者名單包括身爲名建築師的屋主高天實、配偶彭馨儀、以及幫傭林郁雯、幼童高寶均、高寶鈺、葉葳儀。由於一樓左側樓梯鐵門由內反鎖，二樓房間的每一道窗戶又從內面鎖住，再加上現場種種跡象，均顯示有如發瘋著魔的高天實，先在一樓大廳殺害自己的妻子後，再以慘無人道的方式將遺體狠狠以刀子插在牆上，而後又進入左側樓梯將鐵門反鎖，再以獵槍將其他家族成員，包括幫佣林郁雯在內，逐一以獵槍擊斃，接著又用同一個凶器在最後一間房間畏罪自盡。最後只有兩名幼童存活下來，或許當初報社爲了基於保護原則或是什麼其他原因，全部沒有記載這兩名幼童的姓名。

凌月看到這裡，數篇報導的內容都相當類似，那個之前在二樓東側遇到的高寶均小弟，確實就是當年滅門血案的受害者，但萬萬也沒想到，這樁慘絕人寰的慘案，凶手竟然就是寶均的父親，而他最後自殺的場所，報導中只有記載是在最後一間房間，不知道會不會就是現在P大民俗學系休息的地方。

不過後續又有幾篇報導出現轉折，那兩名唯二的凶殺案生還者，不管怎麼問話，可能因爲年幼無知，或是驚嚇過度，那段記憶已經無從喚起，只有其中一名幼童康復後，無意間在看電視時，指稱凶手是電視上的人物，而那名人物便是當時的知名市議員吳藺威。

當時所有檢警相關人士皆認爲是童言童語不以爲意，只有一名刑警李智信針對這條線索認眞追查下去，開始著手調查市議員吳藺威的不在場證明。循線追查發現吳議員與建築師高天實爲多年舊識並經常往來。而吳議員也時常出入別墅，並在裡面住過幾次。由於案發當時吳議員擁有不在場證明，且因爲他原本就時常出入別墅，高天實的家人本來就會見過，或許就是在記憶扭曲下才會誤認吳議員爲凶手，更何況當時案發現場呈現密室狀態，實在不太可能還有其他兇手的可能性，這條線索後來也就無疾而終。最後這名積極過頭的員警李智信，後來反而因爲別的貪污案被起訴革職，兩名倖存下來的幼童也不知去向，而那名市議員現在則是當到市長，聲勢如日中天。

另外還有一篇報導，時間是在滅門血案發生前，是媒體記者對於名建築師高天實的採訪，內容描述這棟別墅完全由高建築師自己設計，風格詭譎的建築設計、蜿蜒崎嶇令人迷失方向的旋轉樓梯、彷彿飯店般的房間配置，都是有別於高天實過去嚴謹的創作風格，作爲建築師生涯隱退的最後一部作品最爲適當。在報導中，高天實也笑稱由於自己是東道主，和家人會住在二樓東側，而西側就完全作爲客房，一樓樓梯口各有一道鐵門，也可確保主人與客人的隱私安全。由於平時交遊廣泛，認識不少政商名流，這棟幽美清靜的別墅將作爲退休後與三五好友交流的秘密園地。

凌月將這個最後一篇的報導收回黃色資料夾，輕閉雙眼陷入沉思。

「大哥哥——」過了一會兒，不遠處傳來一名幼童的聲音。「你在看什麼好玩的東西？」

凌月緩緩睜開雙眼，映入眼簾的是寶均小弟的嬌小身影。

「寶均小弟，怎麼了嗎？你這段時間跑去哪了？」凌月問著。

「我發現一個好玩的東西——」寶均伸手拉著凌月，想要帶他走出房間。

「有個輪子，我剛剛看到有人拿著一個輪子，我好像以前在這間房子有看過，感覺很懷念——」寶均有些興奮地說著。「輪子——輪子——輪子——」

凌月牽著寶均的小手，而寶均口中哼著自己剛剛編成的自創曲，在寶均的引導下漫步到了走廊。

「輪子——」凌月喃喃跟著寶均唸了起來，又轉頭對樓梯匆匆一瞥。

突然凌月睜大雙眼驚叫了一聲：「啊，我怎麼都沒想到！怪不得樓梯忽上忽下，又左彎右拐！」

凌月還沒說完，就已輕輕放開寶均的小手，跑進伸手不見五指的黑暗樓梯。

拿出手電筒四處照耀，凌月果然發現樓梯的某處，有著整齊劃一的縫隙，而這些縫隙繞著樓梯整整一圈。

查驗完畢後，凌月再次回到二樓，不顧在走廊上一臉錯愕的寶均，又跑進了北面最靠近樓梯主體的第一間房間，開始四處敲擊房間牆壁。

最後終於在與樓梯相連的西面牆壁書櫃中，發現一個隱藏在書堆後面，大約只有掌心大小而又不怎麼顯眼的正六角型凹槽。

「錯不了的，這一定就是機關的開關——」凌月看著凹槽，雙眼炯炯有神地笑著。

第十二章

「喂，沈凌月老兄啊，眞的很受不了你——」小刀感覺眼皮沉重，雙眼微瞇有些無法完全睜開。「我還以爲昨晚走廊是怎麼了，今天一早聽盈臻說是因爲你在那邊東翻西翻，才會一直聽到若有若無的腳步聲和嘈雜聲，害我睡得一點也不好！」

經過漫長的一夜，早晨的陽光再度照耀別墅庭院，不過由於別墅座北朝南，雖然陽光沒有直接射入窗口，但窗外的明亮景象，一眼也能看出已是白日。

昨晚搜尋完畢後，凌月苦等不到十三零歸來，去南面的房間窗口向別墅庭院望去也沒有任何「鬼」影，反正這座山已在冷雨的結界保護下，暫時沒有危險，凌月便回房休息。或許十三零考量到就算通過陰陽結界回到靈界，之後可能也無法再輕易穿越冷雨的結界重回別墅，可能就此作罷，決定還是繼續待在這裡，不過由於現在已經是白天，十三零也不知道躲到哪去，也就無從問起。

在P大民俗學系一同休息的房間內，只剩下阿雄還在睡袋中呼呼大睡，盈臻則已將睡袋整理好收在行李堆旁，並在房間的一角用著早餐。當然，在這沒水沒電的別墅中，所謂的早餐也只是簡單的餅乾與鋁箔包飲料。

要不是前一晚發生命案，現在這幅場景倒也很像是在露營，只不過場地並非野外，而是在廢棄的別

墅中。

小刀滿臉倦意，心不甘情不願地爬出睡袋，整理一頭亂髮。

「凌月，這給你——」盈臻從箱子中拿出幾包餅乾交給凌月。

「德宏呢？」見到P大民俗學系的成員只有德宏不在場，凌月好奇地問著。

「這個啊，其實我早上就是被德宏吵醒——」盈臻又咬了幾口餅乾。「我剛醒來時，德宏早就一副精神飽滿的樣子準備走出房間。」

「他有說要去哪嗎？」凌月問著。

「有啊，他說雖然發生這樣的事，該弄的劇本還是得弄好，可能是跑去別間房間繼續努力我們迎新宿營的劇本吧！」

凌月點點頭，拆開餅乾包裝吃了幾口。

「我說凌月老兄啊，你昨晚到底跟H大靈異研究社的冷霜跑哪去了？」小刀不知何時也兩手分別拿著餅乾與飲料吃著。

「沒什麼，只是去搜查一下別墅四周有沒有什麼線索，其他的就無可奉告。」凌月冷冷地說著。

「Shit！」小刀嚼著餅乾的嘴巴小聲地咒罵了一句。「把妹不敢說，裝什麼狗屁神祕——」

「我想趁著白天再把別墅四周好好搜查一遍，先失陪了——」凌月早已迅速吃完幾包餅乾，又隨手帶了幾包塞進口袋，起身準備離開房間。

盈臻知道凌月喜歡一個人行動，也不敢再提出一同搜尋的要求，而小刀只是狠狠瞪著凌月，目送他那束著長髮的背影從房間門口消失。

「哼——」小刀聳聳肩，表情相當無奈。「這個神經病，眞的以爲自己是神探嗎？還什麼再去搜查看看，眞的是怪裡怪氣的傢伙！」

「小刀，你幹嘛這樣！」盈臻頗有責怪之意地瞪著小刀。

「這個獨行俠那麼愛當偵探，我就看你那麼愛獨來獨往會不會成爲兇手的下一個獵物！」小刀忿忿地說著。

凌月走出房門在二樓走廊底端向前放眼望去，發現堆放走廊端頭的道具箱有些移位，可能是德宏在早上有從裡面拿過什麼道具。走過每間房門前，凌月還稍微放慢腳步瞄向房內，每間房間都沒有任何人影，看來德宏可能已經跑到別墅大廳或是庭院。

既然昨晚P大民俗學系與H大靈異研究社就是因爲互不信任，才會決議各自回房，德宏竟然還敢不與大家聚在一起而單獨行動，確實有些令人匪夷所思。

凌月穿過彎曲的樓梯到達一樓大廳，廳內除了地上滿布的蠟燭痕跡外，並沒有其他人影。凌月回頭發現大廳的角落擺著兩塊疊在一起的鐵門門板，先前可能由於大廳僅靠著燭光照明，角落的東西並不是看得非常清楚，雖然之前也有注意到那兩塊門板，不過昏暗之中以爲只是普通的木板，現在從敞開的大門中透入一道亮光，這才看清楚是兩塊鐵製門板。

配上昨晚看過的新聞報導內容，大概也不難推測這就是原本裝在大廳中央左、右兩側樓梯的鐵門，如今已被拆下放在大廳角落。凌月舉起放在上面的那道鐵門，已然生鏽的門板上，鎖頭部份已被拆下，只留下一個圓形的空洞，大概就是裝置在一樓左側的樓梯鐵門，當初被警方破門而入時加以破壞。

發現沒有其他新線索後，凌月分別走向一樓東、西兩側四處搜尋，不但沒有德宏的蹤影，也沒有H

大靈異研究社的其他成員。或許H大靈異研究社的成員都還在二樓西側休息，而德宏應該是在別墅庭院。

步出別墅大門後，凌月在庭院也沒有看見德宏，只有阿隆的屍體還是蓋在帆布之下。凌月走近阿隆屍處彎身察看，帆布的四角與四條邊線中點都各有一個金屬圓圈，可以用來穿繩結線，上頭還壓著不同大小形狀的沉重石頭，看起來相當穩固，就算是一陣強風，也不可能輕易就將帆布吹走。

凌月想起昨晚盈臻跟他描述的情景，在他們一行人前來吊橋尋人未果後，重新回到別墅卻發現原本釘在大廳中央牆上的假人彷彿自行貼地爬行跑到了別墅門口，而阿隆的屍體則是自行翻身，讓眾人驚恐無比，唯一可能的解釋也只有行蹤不明的阿凱副社，但凌月很清楚阿凱在那之前早就遇害，當然不可能是他的傑作。

如果那時候帆布也像現在這樣用重物固定，實在也不太可能用風吹布落就能解釋過去，更何況阿隆的遺體還自行翻了個身，更不可能是強風所造成的。

凌月起身又在庭院走了幾步，繼續尋找德宏的身影。

「會是在別墅後院嗎？」凌月思忖著。

凌月雖然這麼想著，卻也覺得可能性不高，畢竟別墅圍牆也至少有一般建築的二層樓高度，在沒有樓梯架的輔助下，德宏實在也不太可能翻過高牆。

——剩下的可能性也只有圍牆外的吊橋那裡。

凌月快步走向別墅圍牆鐵門，深怕獨自一人行動的德宏，會不會遭遇什麼事故。雖然吊橋是冷雨所焚毀，並不是兇手爲了進行連續殺人而將眾人困在深山之中，但迄今已經出了兩條人命，也不知道被意外困在別墅中的兇手，會不會做出什麼其他驚人的舉動，倒也不能掉以輕心。

穿過圍牆鐵門後，面向下坡路面，凌月總算看到了德宏瘦小的身影，依舊還是穿著整齊的長袖襯衫與西裝褲。

就在凌月想要呼喊德宏之時，發現他正把某樣東西往斷橋中間用力擲出。

凌月還來不及看清楚那是什麼東西，一個貌似圓餅的物體已經如飛盤一般往山谷之間的河川迅速飛去。

「好強的臂力啊！」凌月有些目瞪口呆，完全不曉得看似瘦小的德宏竟然有如此強健的臂力。

德宏發現背後有人，神情慌張地轉過頭來。

「哈哈——」德宏臉色有些慘白地苦笑著。「被你看到了——」

凌月慢慢走向德宏所在的斷橋前方，而轉身回去的德宏又不知從何處拿出一堆白紙撕得破碎，隨後扔往山谷之中。

幾片碎紙隨風飄了回來，凌月彎身撿起，上頭有著密密麻麻的筆跡，不過由於都是碎片，隻字片句也看不出內容。

「唉，算了——」德宏嘆了一口氣，下垂的雙肩讓他顯得更為瘦小。「被你看到就算了，我實在是心情沮喪——」

「怎麼了嗎？」凌月問著。

「我一早在別的房間趕著劇本，不知道心情是不是被影響，還是關在那間陰暗的別墅過久，怎麼樣劇情都接不下去，又覺得之前編的部分現在看來非常不滿意，就決定出來透透氣——」

「你剛剛丟的——」

凌月還沒問完，德宏又垂頭喪氣地說著：「六道輪迴啊！那個道具，六道輪迴的神器，我怎麼樣也覺得這題材不好，沒什麼好發揮的，想要重寫新的劇本，才會把那東西丟了！」

「不過那到底是什麼東西，我只看到一個像飛盤的東西飛了出去，想不到你的臂力還眞強，平常一點也看不出來。」

德宏雙眼微睜欲言又止，隨後又恢復沮喪的神情繼續說著：「算了，算了，不知道是什麼就算了，你這個和系上感情不深的人，是不會了解我背負編劇重任的壓力！」

德宏搖搖頭，從凌月身旁直接擦身而過，不滿的情緒全都寫在他那迅速離去的背影上。

平時個性溫和的德宏，或許眞的因爲編劇壓力過大，竟然變得有些火爆，讓凌月也覺得相當訝異，可見之前德宏撕碎的東西就是先前撰寫的劇本。正因爲德宏看似還在氣頭上，雖然可能只是因爲編劇的問題，並非針對凌月而來，凌月還是不打算再繼續追去。

再次抬頭望著德宏離去的身影，雖然因爲坡度的關係，只能看到他瘦小的上半身，卻發現他突然停下腳步。

凌月有些好奇走了幾步向前跟去，卻發現原來是化名爲陳冷霜的冷雨出現在別墅圍牆鐵門外。停下腳步的德宏不知道和冷雨說了什麼，只見冷雨神情冷漠微微點頭，而後德宏又往別墅方向繼續前進。

德宏離去後冷雨還是站在原地，似乎在靜靜等待凌月的到來。

凌月覺得尋找德宏的目的已經達成，繼續往上坡又爬了幾步，現在更想趁著白天好好想想辦法，翻過圍牆到別墅後院實地搜查。

「哈！好小子啊，你那潑辣的背後靈呢？」

繫在冷雨頸部的斑斕絲巾又抬起尾端說著，當然因爲那是千年蛇精卡利穆，而不是普通的緞帶。

凌月停下腳步，和冷雨四目交接，不過冷雨神色自若並未開口，反倒是卡利穆繼續喃喃說著：

「喔，對了，那個潑辣小娃是鬼，太陽下山後才能出來在陽界活動，大白天可就看不著，像我蛇爺爺可是靈妖，沒有這種限制，不過那個吵鬧的小娃兒不在還可眞安靜——」

卡利穆不知道是喜歡和十三零拌嘴，還是覺得勁敵不在眼前，一下就失去了之前的幹勁，顯得有些落寞。

「我說好小子啊，你該不會還沒解開公主的那道提示，所以才像個無頭蒼蠅到處亂跑吧？」卡利穆一下就恢復先前的抖擻精神，轉而把言語攻擊目標移往凌月身上。

「什麼提示？」凌月故意裝傻問著。

「嗚哇！我早說過這呆子投個胎早就沒能力辦案了！」卡利穆轉頭對著冷雨得意地說著。

「對不起，如果是說H大靈異研究社有兩名成員刻意隱瞞身分的這件事，我早就已經解開了！」凌月自信滿滿地說著。

見到凌月如此神氣的模樣，卡利穆有些不是滋味，吐了幾次信後轉頭看著冷雨等待回應。

冷雨眉毛一動也不動，依舊是那副冰冷的模樣，過了一會兒才又開口：「我想你也已經發現別墅左、右兩側的樓梯之中藏有玄機，我在西側西客房N1的東面書櫃中發現了疑似機關開關的凹槽，因爲建築物左右對稱，想必你們那邊東客房N1西面也有一個書櫃有著一樣的凹槽，這個機關恐怕就是謝霆隆爲何可以不經過一樓大廳而自由穿梭互不相通二樓東、西兩側的重要關鍵——」

凌月冷冷笑著：「想不到妳也發現了——」

「哼——」卡利穆高抬蛇頭。「別往自己臉上貼金啊，我看你就算沒發現這些線索，現在也會硬著頭皮說自己已經發現！」

「不過，我想你應該還沒發現通往別墅後院的秘道吧！」冷雨眼神冷峻看了凌月一眼。「想跟來就隨便你，我現在要去後院查看線索——」

冷雨一語道中凌月現在想做的事，讓凌月有些驚訝地雙眼微睜。

☙ ❧

「公主，妳又何必對那個混小子那麼好——」卡利穆沿路在冷雨耳邊小聲說著。「就算昨晚在結界之外眞的出現魔判官癸亥那十二名著魔鬼差，他們目前也還進不來，讓這半殘不全的傻小子躲在這結界裡面不是很安全嗎？」

冷雨搖搖頭：「卡爺，那結界效力愈來愈弱，遲早會被那些著魔鬼差攻破，而且過了今晚凌晨要還不破案，就已經是鬼門大開，到時候百鬼夜行，別說是會被群鬼擾亂，就連在這個月內我們這些判官也只能袖手旁觀，這是六界共同訂定的鐵律，錯過今晚要再逮到癸亥也不知道是什麼時候。昨晚結界之外出現著魔鬼差四處遊蕩，更可以確定魔判官癸亥的蹤影就在不遠處，絕不能讓這些蒐集好怨魂的惡鬼差和癸亥接觸，要不然元靈恢復後的癸亥，恐怕也不是我一人能夠輕鬆對付的。」

「公主，爲什麼妳非得借助北凌月之力不可？」卡利穆問著。

「能封印住癸亥的也只有北月，我們頂多打敗癸亥，卻也無法完全將癸亥封印。」

「但那小子現在半殘不全，眞的有這樣的能耐嗎？」卡利穆再次提問，不過冷雨也只是沉默不語。

「公主，妳該不會還對那小子——」

卡利穆還沒說完，冷雨已經別過頭去不再搭理，卡利穆也只好吐吐蛇信不再說下去。

凌月遠遠跟在冷雨身後，聽不見她與卡利穆的交談內容。不過原本說要帶領凌月前往別墅後院的冷雨，穿過別墅庭院，並沒有在別墅圍牆邊停下腳步，反而穿過別墅大門往大廳走去。

冷雨毫不在乎身後的凌月有沒有追上，又往一樓東側快步走去，凌月即使摸不清冷雨的思緒，卻也只能跟上腳步。一樓東側的餐廳與廚房，凌月在一早搜尋德宏時就有來過，不過當時也只是爲了找尋德宏，一眼望去沒有人影，也就直接離去，並沒有對四周環境進行更詳細的調查。

雖然已是白天，不過由於別墅占地遼闊，室內還是相當昏暗，僅能透過門窗縫隙透入的光線輔助識物，儘管這樣的光線並不是很多，卻也足以讓人辨別眼前的景象。

——看來通往別墅後院的密道應該就在一樓東側。

冷雨穿過餐廳直接到達廚房，廚房那台大型冰箱，之前凌月也聽盈臻轉述過，裡頭惡氣沖天，似乎放有十多年前的腐敗食物，原本密不透風的結構，因爲年代久遠，已經生鏽破爛，這幾年才有空氣穿透進去，裡頭的食材也就跟著腐敗。

凌月在冰箱前稍微放慢腳步，這台冰箱雖然已經老舊不堪，還沒走近前就已經隱約散發出一股腐敗惡臭，如果冰箱中間的隔層事先拿開，以這樣的高度，裡頭要躲人也不是問題，不過在這種惡臭之下，應該只能說藏著已經失去嗅覺的人才會更爲恰當。

冷雨一路上沒有遲疑，直接走向廚房最東北方的角落，在一個置物櫃前停下腳步。

由於冷雨一直沉默不語，凌月也只能繼續跟了上去，靜靜看著冷雨的一舉一動。

冷雨將櫃子的玻璃門打開，並把堆放在其上的雜物有條不紊地一一拿出。

凌月這下總算明白，在這個櫃子裡頭的雜物，看似雜亂無章，卻還是可以看出這些東西當初是被一把一把放入，根本就是爲了放置其中，而故意從其他地方找來的物品，可以想見這個櫃子就是通往後院的密道。

明白密道的位置後，原本凌月想要向前幫忙，卻被冷雨冷冷地回看了一眼，凌月也就作罷。

「嗚哇，好小子，公主已經大發慈悲讓你跟來，你還想礙事嗎？」卡利穆忿忿地說著。

凌月沒有回應，只是繼續冷眼旁觀。

沒多久，冷雨一下就把那個置物櫃原本堆放「整齊」的雜物清空，並將其中的隔板拿下，果然出現一個隱藏在隔板後面類似把手的凹槽。

「我可也是第一次打開這個密道，不要以爲我已經去過——」冷雨轉頭對凌月說著。「先前看到這些雜物堆放的樣子，一點也不自然，櫃子的隔板又沒有灰塵，可見近期被人動過，而後才又一堆一堆放回去。當初這棟別墅的設計者一定也會事先安排通往後院的方法，總不能每次都要翻越那麼高的圍牆，所以才會想到這櫃子應該就是通往後院的密道，這下證明果然沒錯。」

凌月點點頭，繼續等著冷雨將密道打開。

冷雨伸手往置物櫃內壁凹槽向左一拉，果然這塊木板緩緩向左移動，不一會兒，在櫃子裡已經出現一個向左延伸的陰暗走道。

凌月瞇起雙眼，原以爲穿過這個櫃子就應該是別墅後院，想不到還有一條走道需要通過，不過也因爲如此，這個密道背後既不透光也不通風，也才比較不容易被人發現。誠如冷雨所說，這個通道恐怕之前就已經有人用過，照時間算來H大靈異研究社的成員可能性較高，後面才到的P大民俗學系，除了凌月以外，幾乎很少人是單獨行動，更何況第一次來到這棟別墅，連樓梯左右交錯的事情都不知道，更別說是通往後院的密道。

「一樓西側的書房應該也有一個相對稱的密道——」凌月說著。

「這還要你說嗎？」卡利穆從冷雨的肩上抬起蛇頭說著。「不要只會跟在公主後面淨說一些知一便能知其二的事情，有點骨氣吧！」

凌月對於卡利穆的言語攻擊似乎也沒有太大的興趣，只是一語不發繼續跟在冷雨後頭。冷雨穿過敞開的密門後，向左彎去並伸出右掌喚出地獄之火照明。眼前是一條筆直的通道，可以想見是沿著別墅一樓北面牆壁所建的密道。

走了一段距離，總算到了別墅中點，冷雨伸手向前方照去，眼前仍是一條相當長的通道，再走下去大概就會到達一樓西側的書房。

冷雨停在密道中點，轉向右手邊，高舉右手照著，眼前浮現的是一扇大門，幾乎和別墅前面的大門沒有差異，不過這條密道可能因爲長年沒有受到陽光照射，顯得較爲陰暗潮濕，也因爲如此，後門的內面看起來比別墅前方的正門更爲破舊。

凌月雙眼微瞇，思考著這條相通一樓左、右兩側的密道，在這一次的命案當中，到底扮演著什麼樣的角色。如果透過這條密道，確實就可以在不通過大廳的狀況下自由穿梭別墅東、西兩側，不過僅限於

一樓。

冷雨收回右掌，地獄之火熄滅後，密道立即陷入一片黑暗。冷雨伸手推開大門後，眼前出現了別墅後院的景象，如果沒有特別注意，確實會誤以爲是別墅正門前方的庭院，因爲除了雜草生長的位置有異以外，其他景物的設置可說是幾乎一模一樣。

「等一等，雖然這條密道看起來是通往一樓西側，不過我想順著這條密道去看看到底通往何處——」見到冷雨踏進別墅後院，凌月突然準備往另一個方向走去。

繞過冷雨肩膀的卡利穆，伸長蛇頭大聲嚷著：「嗚哇，好小子啊，公主好心給你情報，讓你跟著，你這忘恩負義的傢伙，現在知道秘密以後就想走人!你這種壞習慣怎麼跟你前世沒什麼兩樣!」

「算了，卡爺，讓他去吧——」冷雨頭也不回，只是低頭和卡利穆說了幾句，而後又繼續往後院前進。

凌月因爲事出突然，當初只是想要找尋德宏的蹤影，並沒有想到會走到幾乎伸手不見五指的地方，現在也只能摸黑繼續往密道的另一頭前進。不過由於現在還是白天，神格尚未覺醒的凌月，並不像冷雨擁有那麼高強的靈力，只能在夜間才能使用那不具攻擊性，僅有照明之用的藍綠火焰。

所幸這條通道原本就是沿著別墅後方壁面筆直而建，一路上也沒遇到什麼算是很困難的障礙，過沒多久就走到了密道西側的終點。凌月伸手在黑暗中摸著牆壁，不一會兒就摸到充當把手的凹槽，向左方一拉，門板應聲往左移動。

門板拉開後，一片黑暗之中只有幾道微弱的光線透入。凌月伸手往前輕輕推了過去，幾本書籍掉落地面。這條密道的西側終點確實是和一樓西側的書房相連。由於凌月先前也已經查過一樓西側的澡堂與

書房，他知道那間書房占地廣大，四周都是擺滿書籍的書櫃，可以說是一間小型圖書館。不過也因爲書籍爲數眾多，讓那間書房的舊書臭味特別嚴重。在剛才凌月推開的書本中，有幾本就可以明顯摸出書本已被蛀蝕得相當嚴重。

凌月大概猜得出來若是把這些書本全部推開並移走那些隔板後，只要再通過這個密道出口，凌月就會現身在一樓西側書房的西北方。

不過凌月並不這麼打算，在知道這條密道確實相通東、西兩側後，凌月決定沿著原路回去，到別墅後院一探究竟。

再次摸黑前進，這次凌月的步伐可說是快上許多，一下就來到了別墅後門。放眼望去，敞開的後門外依舊還是那片叢生的雜草，不過後院內卻完全看不見冷雨的蹤影。

凌月走出密道踏入後院，向四周看去卻只有風吹草動的景象，完全不像有人來過的樣子。再走出幾步，凌月回頭看著別墅後壁，一樓牆壁與二樓一體成型，外觀上看不出來還藏有一條狹長的密道。二樓的房間凌月先前也搜查過，後壁部份從窗口的厚度就能看出並沒有隱藏密道，不像一樓的北面牆壁完全沒有窗口，也無從判斷牆壁的夾層內是否藏有暗道。

不過別墅二樓後壁的正中央，出現一條連接東客房N1與西客房N1兩間房間窗口的一條水管，端點分別在兩個房間的窗口彎了進去，而在水管的中點又有管線從中連接到一樓後門上方，整個管線呈現T字型的分布。

凌月抬頭看著這條怪異水管，卻也想不出到底有何用途，再加上水管的年份雖然老舊，卻和別墅不像同一個年代的東西，有可能是之後才加裝上去，只是又會是誰爲了什麼目的所安裝的呢？

看著四周空無一人，凌月眼神變得有些警戒，實在也想不透那個摸不清思緒的冷雨，到底又是安著什麼樣的心態告訴他這個密道的線索。現在這空無一人的後院，會不會暗藏什麼樣的玄機，凌月也不是很有把握。

望著別墅後壁緩緩後退的凌月，這幅景象確實相當詭異。明明是身處別墅後院，眼前看到的景象，即使是在白天，這個別墅後壁的設計，如果扣除掉那條突兀的T字型水管，整個外觀要不是老舊斑駁，脫漆毀損的地方前後壁有些不同以外，就會和別墅前方庭院看到的景象並無多大的差異。一樓的中央，有一個相同設計的後門，只不過走進去會是左、右兩條密道，而不是一樓的挑高大廳。二樓的窗口設計，因爲本來東、西、南、北四個區段的房間就是兩兩互相對稱，窗口的位置更是和別墅前院的景象一模一樣。

凌月停下後退的腳步，朝向別墅後壁二樓左邊的最後一個窗口望去，並沒有什麼特別的異狀。那間房間就是P大民俗學系一同休息的房間，不知道現在其他成員還在不在裡面。由左而右掃視回來，凌月的目光再次停在那怪異的水管管線。

——這樣一來那條水管理應是後來才加裝上去的。

不過姑且不論水管是在什麼時候裝上去的，當初屋主高天實這樣的建築設計又是爲了什麼？

凌月瞇起雙眼陷入沉思，依舊沒有答案，不過還有一個地方也是他當初想來後院一探究竟的目標。轉過身後，四周還是一片寂靜，冷雨看來確實不在別墅後院。眼前的圍牆鐵門與前院的構造一樣都是由鐵條交織而成的幾何圖型。

凌月向前走去，那扇鐵門並沒有完全關緊。難道冷雨就是藉由這道鐵門不知道去了哪裡。後院圍牆

鐵門究竟通往何處，也是淩月很想知道的答案。

由於鐵門外應該與前院相同，仍有一小段下坡路段，所以不把鐵門打開也無法得知這道鐵門通往何處。

不過由於兩扇鐵門的中央，與前院設計的唯一不同之處，是中間有塊凸起的水泥阻擋，使得鐵門只能向外推去。

鐵門外的景象，身為陰陽判官的淩月，透過交織的鐵條縫隙中還能看到冷雨所佈下的結界，雖然依照冷雨的說法，只針對靈界生靈包含已經魔化的惡鬼差所佈下，不過像淩月現在半人半鬼的狀態也不知道能不能通過。

淩月一心想要知道鐵門之外通往何處，也就管不著那麼多了。有了先前小刀推動鐵門吃力的經驗，再加上眼前還有一道不知道會不會對自己起作用的結界，淩月也就使足力氣往外用力一推，想不到鐵門卻比想像中的還要容易推動，一下就往外迅速移動。

因為這個突如其來的位移，讓淩月有點失去了重心，還來不及反應過來，卻一下又發現踏了一個空步，趕緊伸手抓住鐵門上的鐵條，但整個人已經往外盪了出去。因為鐵門之外接的道路，不單單只是個下坡而是個斷崖。

淩月死命緊抓向外開啓而延伸到懸崖之外的鐵門，任由自己的下半身在半空中晃動。

這是一個狠毒的陷阱，但淩月現在就算想要後悔卻也已經來不及，因為正下方的山谷少說也有五、六層樓以上的高度。

——難道冷雨也誤入了同樣的陷阱墜落山崖？

緊抓鐵條的凌月，雙手已經有些發麻紅腫，低頭往下一看，那個距離實在令人炫目，不過卻在山谷中發現了一團衣物。再仔細一看，才發現那團衣物是一個呈現詭異盤坐姿勢的人類軀體，只不過一旁還有其他碎裂的斷肢殘軀，可能就是從這道鐵門摔下去而身亡的遺體。

這樣的高度，如果又像凌月這般突如其來失去重心，就算冷雨靈力再高強，也可能就此墜落山崖。

凌月雙手發麻，不管怎麼搖晃身體卻也無法使鐵門往崖邊靠近，只能眼睜睜看著那半扇老舊的鐵門不斷發出嘎嘎聲響。

第十三章

「凌月那傢伙到底又死哪去了——」小刀大聲嚷著。「這個不合群的傢伙眞的很討人厭，現在都已經太陽下山了，到底是要躲去哪裡！」

盈臻輕皺雙眉說著：「別這樣啊，他可能也是在想辦法幫我們找尋其他的出口，總不能一直被困在這裡吧？我今天上午也只是好奇隨便往我們房間的窗外一看，就看到H大靈異研究社的泠霜不知道用了什麼方法，翻過那個別墅圍牆，跑到那設計得跟前院一模一樣的別墅後院，我覺得她和凌月似乎都很熱中於命案的搜查——」

經過漫長的白日又到了漆黑的夜晚，因爲P大民俗學系與H大靈異研究社關係已經鬧得有些僵硬，雙方在白天的活動幾乎沒有交集。德宏在早上遇到凌月以後就回去別墅二樓，除此之外也只有幾人短暫下去過一樓，或是到別墅庭院走動，其他時間大部分都還是待在二樓東側，原本的場勘計畫也已取消。H大靈異研究社這邊也取消原有暑訓活動，只有兩兩一組的輪値社員到別墅牆外的斷橋處，靜靜等待有無其他人出現在吊橋的另一頭。

眼看房間內的餅乾空包裝愈積愈多，似乎都要堆成一座小山，尤其是阿雄的食量更是驚人，依照這個速度，可能再撐不過一天，乾糧就會全數吃完，到時候恐怕也不得不向存糧較多的H大靈異研究社低

頭退讓。

一聽到凌月可能又是和泠霜膩在一起，小刀眞是既羨慕又生氣，輕皺眉頭說著：「先不管那個怪裡怪氣的傢伙，阿雄你餅乾也省點吃吧，到時候都被你吃完，H大靈異研究社又不願意分給我們食糧的話，我們P大民俗學系可是會被你給吃垮的！」

聽到小刀又再不斷發起牢騷，阿雄也有些不悅，原本還拿在手上的一包包餅乾，這下又全數塞了回去。

「唉呀，別光一直嫌我，我這餅乾也是吃到有些膩了――」阿雄不耐地說著。「你看那德宏又自己一個人悶在別間房間寫著劇本，我看這迎新活動都要取消了，還埋頭在那沒用的劇本上幹嘛！」

盈臻聽了以後再也無法隱忍自己的不滿情緒，語帶不悅地說著：「你有必要這樣數落德宏嗎？要是沒有他的劇本，我們迎新活動不光是只有宿營，還有很多宣傳活動，難道你寫得出他那種像樣的劇本嗎！」

在房間內的小刀、阿雄與盈臻三人，可能因爲一整天幾乎都關在房內，情緒顯得不是相當穩定。

「算了，算了，算我不對好了――」小刀看到平時個性溫和的盈臻也變得有些不耐煩，趕緊打著圓場。「話說昨晚吊橋燃燒時的熊熊火光那麼醒目，不可能沒有人發現吧？爲什麼到現在都還沒有人來救援？還是H大靈異研究社那邊有人在搞鬼，想逼得我們彈盡糧絕，就不得不去向他們低頭――」

「你看你，你怎麼又來了――」盈臻秀眉輕皺。「他們可是今天一整天都有派人輪流到吊橋那邊守候，怎麼又說是別人的錯。要不是昨晚你跟阿雄一直認爲對方成員當中藏有兇手，我們也不至於跟他們弄成現在這麼僵的局面。」

「好啦好啦，對不起大家，先不說這個——」小刀微微歪斜著頭。「剛剛說到吊橋，現在回想起來，倒是眞的覺得當初吊橋失火時的火勢有些奇怪，雖然也不知道該怎麼說，就是很奇怪——」

「怎麼說啊，你不是說那時候的冷霜也很奇怪——」阿雄補了一句。

「該怎麼說，總覺得那火勢不太自然就是，也可能是我多心就是了。」小刀答著。

「只是到底是誰把吊橋燒掉的？眞的就是那個H大靈異研究社的副社長阿凱嗎？」阿雄說著。

「你看，你們又再亂猜——」盈臻插了一句。

「這可不是亂猜啊！連H大靈異研究社的阿森和那討人厭的蔡圖澤也都這樣說了。」阿雄趕緊澄清。

小刀忿忿地說著：「是啊，當初這個推論也是那蔡圖澤自己說的，等到我們也說出同樣的可能性後，那個蔡圖澤幹嘛還翻臉不認人，說是我們P大民俗學系認爲兇手就在H大靈異研究社裡面，擺明就是想挑撥我們。」

「那也要後來你和阿雄又跟著他起哄，才會和H大靈異研究社鬧成現在這樣——」盈臻有些不悅地說著。

「拜託，盈臻，妳也好好回想吧，那個H大靈異研究社眞的不是善類——」小刀轉身對著盈臻苦口婆心地解釋。「妳看看他們三番兩次想要惡整我們，整了一次之後又是一次，別看那個社長蔚萱好像總是一副笑臉瞇瞇的樣子，她還不是也承認自己原本和阿凱副社有過男女朋友的關係，只是因爲後來阿凱副社的精神狀態不是很好，才又提出分手。只是我覺得那個社長可能自己根本就沒處理好，再加上那個不知好歹的阿隆學弟又去纏著社長，才讓那精神狀態本來就不是很好的阿凱副社大開殺戒，剛好就依著他們社團原本安排的藏身計畫，不但可以在躲避眾人目光下把吊橋燒毀，又在神不知鬼不覺的狀況下，

把阿隆殺害。之前還聽H大靈異研究社，忘了是誰說過，那個阿凱副社人高馬大，高中又是童軍團，在野外求生方面表現得相當傑出。雖然目前還不知道他是怎麼辦到的，但除了他之外，也沒有其他的人可以輕易辦到。這一切根本就只是H大靈異研究社自家的恩恩怨怨，我們不過是比較倒楣剛好跟他們撞在一起，我跟阿雄也不過是順水推舟，弄成現在這樣，和他們劃清界線，我們也比較安全，免得他們之後還有什麼尋仇舉動，又把我們給牽扯進去——」

盈臻微微搖頭：「這是別人社團的私人問題，我們也不是他們當中的一份子，更不可能了解他們的詳細狀況，而且雖然你們說了那麼多推論，但都已經過了那麼久，怎麼都還沒有人看到阿凱副社的身影？」

「阿雄，你當初跟德宏一起下山的時候有看過那個阿凱副社嗎？」小刀雙眉緊鎖。

「嗯——」阿雄抬頭看著天花板而後陷入短暫的沉思。「照他們的說法應該是有擦身而過，只不過那時候和H大靈異研究社初次見面，他們的成員也不算少，實在也分得不是很清楚究竟誰是誰。」

「那時候泠霜有跟著下山嗎？」小刀問著。

阿雄搖搖頭：「這我就很清楚了，老實說像泠霜那樣的美女，實在是很少見，只可惜個性有些奇怪。如果她當初也有一起下山的話，我一定會有印象——」

「這很重要嗎？」盈臻突然插了一句。「不過我雖然只是個旁觀者，但是多少也可以看出H大靈異研究社有很多男性似乎都對泠霜很有興趣，當然我們系上好像也有人對那個絕世美女甚感興趣——」

盈臻說完以後，其實並無任何惡意，只是笑笑地看著眼前低頭不語的小刀與阿雄，因爲盈臻也很能理解要是自己也是身爲男性，恐怕多少都會爲泠霜那冷艷之美所著迷。

「妳是說——」小刀心有不甘，不想就此默認，想到另一個人也可以一起拖下水。「妳是說凌月老兄嗎？我看他怪裡怪氣的個性，似乎和那行爲也有些詭異的泠霜意外合得來——」

盈臻點點頭：「老實說，我覺得凌月和泠霜應該是以前就已經認識吧，不然以泠霜那對所有人都冷漠不已的態度，怎麼只對凌月比較不同。雖然也說不上是怎麼個不一樣法——」

阿雄雙肩微微垂下說著：「光是泠霜願意和那初次見面的凌月一起四處搜查，就已經夠神奇了！我還眞羨慕那小子，我看那泠霜八成是對凌月有意思——」

「是啊！是啊！」小刀有些不悅地說著。「我們那怪裡怪氣的凌月老兄還可眞有魅力，不光是泠霜，我昨晚在阿隆出事前，也在一樓大廳看到他和H大靈異研究社的小琴單獨兩人不知道在幹嘛，眞是個不懷好意的傢伙——」

「凌月同學才不是這樣的人——」盈臻神情認眞地說著。「他對什麼事情都會冷眼旁觀，才不會隨便對別人做這種事！」

小刀聽了以後只是苦笑：「怎麼好像妳眞的很了解那個凌月老兄一樣，他也不過是上個學期才轉來的而已，難不成妳眞的跟他那麼熟嗎？跟那個孤僻的傢伙能夠感情那麼好也是一個奇蹟！」

盈臻只是稍微看了小刀一眼，她也知道小刀想要表達什麼，只是不到一會兒又有些不好意思地別過頭去。

因爲盈臻總是處處護著凌月，讓小刀現在逮到機會也想好好諷刺回去。

三人之間突然陷入一陣沉默，沒有人再繼續開口接話。

不久總算有人打破沉默，不過卻不是在房間內的這三人。

「不好了——」房門口出現德宏神情慌張的身影。「別墅的前方庭院出現濃濃的煙霧，好像有什麼東西燒起來了——」

「什麼，H大靈異研究社他們究竟想幹嘛——」阿雄驚訝地問著。

「我不知道，我在對面房間寫劇本寫累了，覺得想要放鬆才去窗口隨便一看，竟然發現庭院燃起火光和濃煙，就馬上跑來通知大家——」德宏依舊還是一副驚魂未定的樣子。

小刀還不待其他人開口，已經逕自起身離開房間，走向對面的房間，其他人見狀後也只是跟了過去。到了窗口前，小刀往下一看，確實如德宏所言，不但隱約可以聞到陣陣嗆鼻的濃煙，別墅庭院中還有微弱的火光，看起來比較像是正在悶燒的雜草堆，而在火堆之旁還有兩個人影。

其中一人身材較為嬌小，頸部又繫著斑斕絲巾，一眼就能認出是H大靈異研究社的冷霜，而另一個身影一時之間還無法馬上辨識。

不過再仔細一看，那個人影不是別人，從髮尾邊束著長髮的背影可以判斷，那人正是P大民俗學系的沈凌月。

「所以你忙了一整天，就只是在燃燒這些雜草？」冷雨眼神冷峻地問著。

「倒也不止這些——」凌月說著。「我倒更想知道在妳帶我通過密道之後又去了哪裡？我在後院都看不見妳的身影。」

「拜託，是你自己不跟的，怎麼現在又怪罪起咱們公主！」卡利穆忿忿地說著。「咱們公主看到後院那個大門外連接的只是一個斷崖，便循著原路回去，爲了避免打草驚蛇，也不可能在後院逗留太久，畢竟從二樓窗口也能看得到後院的情形。公主還好心把一樓東側廚房的置物櫃恢復原狀，就怕讓兇手發現咱們已經知道這個祕密——」

凌月下午花了一段時間待在別墅二樓西側搜查，由於之前在P大民俗學系與H大靈異研究社鬧得不愉快之時凌月並未在場，H大靈異研究社的成員也就比較沒有意見。或許應該說從頭到尾對P大民俗學系持有意見的也只有圖澤一人，但他拗不過其他社員對自己的反對，再加上社長蔚萱也站在凌月這邊，圖澤只能面露嫌惡看著凌月在二樓西側走來走去。凌月更是藉此機會，用生死簿查了冷雨所提示的那兩人，讓整個案情的拼圖逐漸浮現。

而後凌月更是提議應該在別墅庭院升火，以引起其他人的注意，好能讓外界知道這邊有人受困其中。凌月花了一段時間將別墅庭院中間的雜草全部清理乾淨，以避免升火之後還會延燒到其他地方，順便也把這些割下來的雜草充當燃料。

升起火勢後，凌月確認這悶燒的火堆沒有延燒到其他地方之虞，便和冷雨一同前往別墅圍牆外的吊橋處進行輪流看守的任務。

「你說有事想要相求是有什麼事嗎？」冷雨問著。

「這個啊——」凌月緩緩走向前去，低頭看著山谷下被焚毀的吊橋殘骸，不過由於天色已暗，眼前的視野也不是非常清楚。

不過凌月還沒說完，身後卻先出現另外一個聲音。

「臭凌月！你到底跑到哪了──」十三零不知何時出現在凌月背後，從後頭伸出冰冷的雙手搭在凌月肩上。「竟然把我丟下──」

「嗚哇！潑辣小娃，妳又出現啦，這下可又要吵吵鬧鬧的了！」卡利穆彷彿吞了興奮劑，睜大蛇眼，精神爲之一振。

「你這老蛇皮還不也在那喋喋不休的──」十三零輕輕瞄了卡利穆一眼。

「呵呵，乖孫女回來就好──」卡利穆笑了起來。「你們北凌月到底查得如何？再過今晚還不破案，鬼門大開後，百鬼夜行，這個結界屆時在鬼月也就不復存在，到頭來又是一場白工──」

「誰又什麼時候變成你的蛇子蛇孫，我看你們毒蛇公主是不是已經窮途末路，現在來乞求咱們凌月大爺協助破案了吧！」十三零洋洋得意地說著。

「妳這背後靈少在那邊得意！」卡利穆高抬蛇頭說著。

「哼──」十三零狠狠地瞪著卡利穆。

「所以你到底是有什麼事相求？」冷雨又再問了一次，不過這次的口氣已經有些不耐。

「毒蛇公主，少臭美吧妳──」十三零又打斷了冷雨的提問。「明明就是妳想要咱們凌月大爺來幫忙，怎麼又變成凌月大爺有事相求？」

「十三零，妳可不可以先不要插嘴！」凌月神情嚴肅地回頭瞪了十三零一眼。「是眞的有正經事想要相求──」

「哼──」十三零噘起小嘴。「臭凌月果然靠不住，自己交代我安置好那兩名亡魂，等我再去找你時又跑去睡覺，一點也不體貼，現在又被這毒蛇公主迷得團團轉，眞是對部下一點也不好！三番兩次都

一直冷落我，果然就跟毒蛇公主說得一樣，君不君的！」

十三零一下就把之前所累積的不滿一次宣洩出來。

凌月繼續拿出他無視十三零的高深功力，對冷雨說著：「我想妳也很清楚，這棟別墅的左右兩側樓梯，每次踏到某些區段都會有些晃動的感覺，原本以為那是因為樓梯過於老舊之故，只是後來在樓梯的一樓與二樓的兩個地方，都可以發現整齊劃一的縫隙，這才發現其實這樓梯當中還有密道，只不過開啓那項機關的關鍵工具並不在別墅內。這棟別墅到處都是奇特的設計，會出現這樣的機關，也就已經見怪不怪了。現在就差這項重要的證物，整個案情的拼圖就能齊全——」

「難道你找到開啓樓梯機關的工具了嗎？」冷雨微抬秀眉問著。

「在東客房N1與西客房N1的兩間房間中，靠近樓梯的那面牆，都各有一個藏有疑似機關開關的正六角形凹槽，不巧我在今天早上剛好撞見我們P大民俗學系的德宏，把一個狀似正六角形的東西朝山谷丟了出去，而那個東西正是開啓機關的工具——」凌月一本正經地說著。

其實凌月當時並沒有看清楚德宏把什麼東西丟出去，只是後來從他六道輪迴的題材來聯想，那個輪盤狀的東西可能就是他在別墅內找到的機關開關，不過僅僅只是匆匆一瞥就連凌月自己也無法確定。雖然凌月後來也從斷橋邊藉由輔助工具觀察，看到那個輪盤的外觀就是正六角形的模樣，卻也無法確定是否就是那個一直無法找到的機關開關。

凌月伸手朝山谷的某個方向指了過去：「從這邊就可以遠遠看到那個輪盤就掉在山谷溪流上，現在就正好卡在那溪流河床中的石縫間，不過因為天色已黑，可能看得不是很清楚——」

「那個距離差不多就是別墅庭院的圍牆鐵門到別墅大門的距離——」深怕冷雨會認為自己是在胡

扯，凌月更詳細地做了解釋。

不過剛說完這句話後，凌月雙眼微睜，好似想到了什麼新東西，眉頭輕輕地皺了起來。

「所以呢？」冷雨冷冷地問著。

陷入沉思的凌月，在冷雨打斷思緒後，才又開口說著：「所以能不能請妳解開這個結界，讓我的鬼吏能夠去把那個輪盤撿回，好能把這最後一個關鍵湊齊——」

「臭凌月——」十三零湊在凌月耳邊小聲說著。「我現在可是完全沒有靈力，那個東西是陽界事物，在沒有靈力的輔助下，我也無法短暫轉換空間取物啊——」

凌月只是小小地噓了一聲，示意十三零不要多嘴。

冷雨向前走了幾步，整座山在她的結界之下，形成了一層隱約散發光芒的薄霧。冷雨伸出右掌喚出了硃砂筆，不過正待動筆劃咒之際，又停下了手中的動作，將硃砂筆收了回去。

等待硃砂筆消失後，冷雨眼神認真地說著：「恕我無法將此結界即刻收回，昨晚在結界之外已經出現魔判官癸亥那十二名著魔鬼差，可見那個癸亥真的就在這座山當中。如果讓那些惡鬼差和癸亥碰頭，聯合起來的勢力不動用到陰判官協助也很難輕鬆平定。如果那真的是個那麼重要的證物，我會想辦法把它取回。」

看到冷雨那雙清澈的眼眸，凌月突然覺得有些過意不去，因爲自己也不是很確定山谷中的那個東西到底跟這棟別墅有沒有關聯，搞不好眞的只是個德宏從山下帶上來的普通道具。

凌月還來不及說些什麼其他話語好來委婉解釋，只見冷雨已經緩緩解下原本圍繞在她肩上的斑斕絲巾，也就是千年蛇精卡利穆。

深怕冷雨又不知道有什麼不懷好意的舉動，十三零待在凌月身旁警戒著。

「卡爺，這座山的位置你很清楚吧？」冷雨低頭問著卡利穆。

「公主，那是當然的啦，我可是看著公主一點一滴長大的，在這鬼島上也已經住了那麼久，就連六界的結界位置我也略知一二，這島上的任何地方怎麼難得倒我！」

「那如果要你先離開這座山你也知道怎麼回來？」

「公主，妳也太小看我啦，那是當然沒有問題的，慢慢爬也爬得回來！」卡利穆自信滿滿地說著。

冷雨只是微微笑了起來，二話不說就把已經從肩上拿下的卡利穆朝著凌月先前所指的方向輕輕一擲。

「嗚哇哇！公主，妳這是幹嘛啊！啊！啊——」

卡利穆話還沒說完，就已經聽到他的尾音愈拉愈遠，整隻蛇身快速旋轉朝著遠方飛去。

「卡爺，你應該知道要去找什麼東西回來吧？」冷雨輕笑著。

冷雨雖然只是輕輕一丟，但卻已經暗中運勁，使卡利穆一下就飛向那塊輪盤的所在位置，噗通一聲落入石縫前的溪流，分毫不差。

「天……天啊！天啊！天啊！可憐的蛇爺爺——」在一旁目睹一切的十三零驚叫起來。「怎麼會有判官對自己的鬼吏這麼狠毒的啊！先前被當作武器就算了，現在還這麼狠心把蛇爺爺就這樣丟出去，眞不愧是心狠手辣的毒蛇公主——」

同樣身爲鬼吏的十三零，見到卡利穆就這樣被冷雨無情丟出，平時兩人雖然吵得很兇，卻也不是眞的將對方視爲仇敵，這時十三零倒是相當同情卡利穆的遭遇，又往凌月的背後靠了過去，輕輕說著：「還是咱們的凌月大爺對部下比較好了——」

「不——」凌月搖搖頭，神情嚴肅地說著。「我倒是很羨慕她能夠做出我有時候也很想對那個嘮嘮叨叨的部下所做出的舉動——」

「什麼——」十三零睜大雙眼退了一步。「臭凌月，諒你也不敢這樣對我，我是女生耶！要是你敢這樣，我可是會在你神格覺醒前，先用地獄之火把你燒焦，哼！」

凌月沒有理會十三零，這個部下有時候確實非常煩人。

「所以你剛剛說只缺這項證物是什麼意思？」冷雨問著。

「今天我在搜查別墅後院的時候，藉著那道鐵門搖盪出去，在山崖之下發現了一具男性遺體，剛好那遺體掉落的地方比較特別，如果只是站在鐵門前方，那個視角是不容易注意到的。」

「什麼搖盪啊？」十三零好奇地問著。

凌月依舊沒有回應十三零的提問，總不能把自己誤闖後院鐵門的糗事說出。要不是後來靠著自己百般努力，總算盪回崖邊，現在恐怕凌月已經直接進了靈界，又要再來個六道輪迴投胎轉世。

「遺體？」冷雨雙眼微睜問著。

「那具遺體已經摔得有些悽慘，不過從衣服的顏色和樣式可以判斷，那就是阿凱副社的遺體——」

「所以那個林鴻凱是在別墅後院遇害的？」冷雨說完後瞇起雙眼陷入沉思。

「除此之外，我在山谷中也看到了一根粗重的短棍，相對位置大約是在別墅東側的中間。而且那根木棍上面還帶有血跡——」

「為什麼那些感覺有段距離的東西，你都好像看得一清二楚？」冷雨輕皺秀眉問著。

凌月笑了起來，從口袋中拿出了一個小型的望遠鏡，並開口說著：「我神格尚未覺醒，在白天不過

是個平平凡凡的人類，不借助點小工具當然無法用肉眼看得那麼清楚，我現在的能力自然是和妳這靈力高強的判官相差了一大截。」

不過凌月當然是在重新爬回山崖邊後，才有空出來的雙手，藉由望遠鏡的輔助趴在山崖邊觀察。

「你是想說那根短棍就是殺害林鴻凱的凶器嗎？」冷雨反問著。「所以林鴻凱是先被擊昏後才被推下山崖？」

「是有這種可能性，但感覺有些怪異——」凌月停了一下。「我後來用望遠鏡趴在山崖邊觀察，那具遺體的右手臂，可能因為受到墜落時突起尖石的撞擊，整隻手臂斷裂在遺體的另一處，而那隻右手臂的手中還緊緊握著一把刀子。如果阿凱副社生前是在被擊昏後才又推下山谷，手中依舊緊握刀子就變得有些奇怪——」

「那你覺得那根短棍會有什麼用途？」

「這我倒是還沒想到——」凌月答著。「只不過——」

見到凌月欲言又止，冷雨只好自己率先問著：「那你剛剛說案情的拼圖已經齊全又是什麼意思？」

「我依照妳之前的提示，去對H大靈異研究社的那兩人做了調查——」凌月說著。

「喔——」十三零湊了過來。「所以那個什麼『君不君，臣不臣』的，真的是提示嗎？」

凌月點點頭：「在我們這次所有的成員之中，可以稱得上『君』的，也就只有H大靈異研究社的社長蔚萱，而那『臣』自然就是社團幹部，只是這次來暑訓的成員幾乎都是社團幹部。如果再配合上後面那兩句『蕭蒿萱艾非其原貌，鐘鼓琴瑟非其原音』，這當中就有洪蔚萱的那個『萱』字，還有盧琴的

『琴』字。簡單來說，就是這個社長不是社長，幹部不是幹部；洪蔚萱並不是真的洪蔚萱，盧琴不是真的盧琴——」

「凌月大爺，你愈說我愈糊塗，到底是什麼意思？」十三零滿臉疑惑地問著。

「之前除非有別的目的，不然幾乎不大會使用生死簿來查詢活人，但在這個提示下，我偷偷用生死簿查過她們兩人，生死簿上的這兩人分別都顯示著兩個不同的名字：洪蔚萱的第一個名字是楊婷樺，而盧琴的第一個名字則是高寶慧。每個生靈不管是投胎轉世到其他五界的何處，都只會有一個獨一無二的生辰八字，所以很明顯這些名字指的都是同樣的兩人——」

「難道——」十三零似懂非懂地叫著。

一直在一旁聽著凌月推論的冷雨只是微微點頭並淺淺笑著，好似眼前的這名判官到現在總算解開了自己的謎題。

凌月也露出了冷笑說著：「社長蔚萱就不說了，有可能是後來改名或是怎麼的，而且以大學三年級的學生來說是有些超齡，可能升學過程中有過重考或是留級，不過保養得還算看不出來。但這個盧琴的原名高寶慧，如果和滅門血案的資料比對之下，推算年齡很可能就是當年生還的受害者，這就是妳之前所說的關聯性吧！」

第十四章

「嗚哇，公主，我這老骨頭差點就被妳給弄散了——」卡利穆咬著輪盤含糊不清地說著。「這輪盤有什麼神奇的啊，幹嘛要這麼好心幫那個無情無義的北凌月——」

「卡爺，如果他沒有騙人的話，我想今晚鬼門大開之前就能破案了——」冷雨接過卡利穆口中的輪盤淡淡地說著。

「他——」卡利穆看了凌月一眼。「靠得住嗎？」

凌月和冷雨眼看別墅庭院的火堆就要燃燒殆盡，不過依舊沒有什麼其他外援的出現。

「我想你敢這樣公然生火尋求外援，想必是對破案相當有把握——」冷雨把輪盤交給凌月。

凌月謹慎地接下冷雨手中那個由卡利穆辛苦拿回的輪盤，並開口說著：「如果這個輪盤確實就是開啓樓梯機關的工具，再加上我的假設沒有錯誤的話，犯案手法就差不多可以好好拼湊了。至於動機的部份，其實我還不是非常清楚，尤其是阿凱副社，到底是什麼原因被殺害，除非兇手只是單純想找人來頂罪，不然實在沒有殺害他的動機。」

「好小子啊，你還不快感謝咱們公主，要不是她大發慈悲幫了你，我看你永遠也別想破案！」卡利穆心有不甘地說著。

凌月向卡利穆微微鞠躬，接著又向冷雨點頭致意，而卡利穆則是甩過蛇頭，一點也不領情。

「林鴻凱也不能說和這間別墅完全沒有關係——」冷雨突然開口。「他的父親是林世保，我想你應該知道他是誰。」

「林世保——」凌月瞇起雙眼，細細回想著這熟悉的名字。「是那個市警局的局長嗎？」

冷雨點點頭：「林鴻凱硬是要和這棟別墅扯上關係的話，就是他的父親是市警局的局長。」

凌月輕閉雙眼，這個林世保身爲市警局的局長是眾所皆知的事，不過這又和這棟別墅有什麼樣的關連？

過了一會兒，凌月似乎想通了其中的關聯性頻頻點頭：「因爲林世保是吳蘭威市行政區內的警局局長嗎？」

「雖然關連性不是那麼直接，但畢竟那個市長吳蘭威也曾經就是這椿十多年前滅門血案生還者所指認的嫌疑犯——」冷雨凝視著遠方，一副事不關己的模樣說著。

「只是那不是幼童的誤認嗎？而且當年的滅門血案是呈現密室狀態——」凌月輕皺雙眉反問。

冷雨微微聳肩：「我只是提供你這個線索而已，要再怎麼想下去那是你的自由。」

經由冷雨的點醒，凌月突然睜大雙眼，想到了一個可能性，轉身對著十三零說著：「阿凱跟阿隆呢？」

「哼——」十三零滿臉不悅。「現在才想到我啊，不想理你了——」

「別鬧了，妳去把他們找過來，我有重要的問題想要詢問。」凌月接著轉向冷雨。「我跟冷雨公主先上去別墅二樓，試試看這個輪盤是否就是樓梯機關的開啓工具。」

「哼，冷雨公主，叫得可真親切，我看那毒蛇公主才不會領情呢！我也不會再理你這個臭凌月了！」十三零說完對凌月作了一個「鬼」臉，隨即往別墅內飄了過去。

「哈哈——」重回冷雨肩上的卡利穆見到十三零的舉動笑了起來。「可真是個彆扭又吵鬧的潑辣小娃，嘴上這樣說說，到時候還不是會去照辦。」

凌月仔細觀察手中的輪盤，確實就是卡在溪流石縫間的那個輪盤。這個木製的輪盤，不知道是被存放在何處，外觀看上去還很新穎，正六角形的外型，每個角都有延伸而出的握柄，不過其中一角的握柄已經斷裂，大致上如果這個輪盤是直接插入房間書櫃正六角形凹槽的話，應當還不至於影響輪盤的旋轉。翻開輪盤背面，有一個凸起的正六角形，大小就和房間的那個凹槽相當吻合，可見這個輪盤就是機關關鍵的可能性相當高。還好當初德宏朝向溪流丟去，剛好其中的溪水緩和了輪盤的撞擊力道，不然如果輪盤背面重要的六角形破裂毀損的話，恐怕機關也無法順利開啟。

凌月和冷雨經過蜿蜒的樓梯後，總算走到了P大民俗學系所在的二樓東側。一上樓凌月就直接走向東客房N1，而冷雨也緊跟在後，右掌還使著地獄之火照明前方。

找到西面牆壁的書櫃凹槽後，凌月二話不說就把手中的輪盤穩穩插入，大小相當精準。

凌月看了冷雨一眼，而冷雨只是微微點頭，凌月便開始小心翼翼旋轉輪盤。凌月雙手握住呈現對角的兩端握把，並先朝順時針方向旋轉，不過不管怎麼使力輪盤依舊不動如故。別無他法，凌月只好轉而往逆時針方向嘗試，輪盤總算有了些許移動。

在確定輪盤應該往逆時針方向旋轉後，凌月開始使出全力轉動輪盤，雖然說這個方向沒有錯誤，卻也不是那麼容易轉動。在轉動輪盤的同時，凌月也可以隱約感受到書櫃後方有某些類似齒輪的東西跟著

轉動，而一牆之隔的樓梯間也是發出了微微的聲響。

「好小子，看來還可眞的被你給找到啦！不過你的力氣看起來還可眞小——」卡利穆在一旁納涼喊熱。

費了一番功夫，凌月總算將輪盤轉到了底部，再也無法繼續旋轉下去，不過此時凌月的額上也滲出了些許的汗珠。

「好了，這個機關轉到底了，我們可以出去看看樓梯到底出現什麼狀況。」凌月邊說邊擦拭額上所浮現的汗水。

還沒等待凌月解釋，冷雨早就從凌月的動作看出機關的開啓已經完成，一溜煙就已經離開房間，整間房間隨著冷雨的離去也跟著陷入一片黑暗。

跟在後頭的凌月，拿出自己的手電筒，準備再次踏入二樓東側走廊，眼前的景物顯得有些奇怪，好像整棟建築物的構造有些改變。

「大哥哥——」凌月身後出現一隻小手拉著自己的衣角。「輪子，你找到輪子了！」

凌月還沒轉身，就已經知道這一定是寶均。

「那個輪子我知道，以前就偷偷看到爸爸使用過——」寶均興奮地說著，並拉著凌月重新回到房間內。「會讓房子變魔術，這個我還記得——」

拗不過寶均的邀請，凌月也只能先順著寶均的意思，又回到了房間書櫃前。

「變魔術是什麼意思？」還不能下樓一探究竟的凌月，乾脆先從寶均口中套套看有什麼新的線索。

「我也不知道——」寶均睜著無辜的雙眼看著凌月。「我忘了——」

凌月覺得自討無趣，轉身想要先進樓梯間看看有什麼機關，不過卻又被寶均一把拉住。雖然寶均的力道不是很大，以凌月來說想要甩開也不是一件多困難的事，只不過面對這樣一個幼童類型的亡魂，凌月還是停下腳步。

「大哥哥，可以把輪子拿下來給我看看嗎？我覺得我的記憶有在慢慢恢復了——」寶均抬頭說著。

「這——」凌月看著那插在凹槽上的正六角形輪盤，本想上前拔下，卻又深怕一把輪盤抽出，機關不知道會出現什麼樣的狀況。「現在還不行喔，要等大哥哥先進去樓梯間看一看才可以，不然你就先說說看有想起什麼新的東西嗎？」

「咦？不能先拿給我玩一玩嗎？」知道不能如願以償，寶均一下就變得愁眉苦臉。

凌月沒有回應，只是以堅定的眼神看著寶均。

「嗯——」見到凌月不肯讓步，寶均也只能歪頭苦思。「我之前的好幾個伙伴，好像在很久以前，我也不記得是什麼時候，被一團圍著黑色火焰的怪物給帶走，就再也沒有回來過——」

凌月雙眼微睜陷入沉思，那些伙伴指的應該就是寶均家人的亡魂，或許因爲只有寶均的怨氣較低，才躲過著魔鬼差的追捕。

「還有呢？」凌月繼續問著。

「嗯——」寶均輕咬著下唇想著。「怎麼說呢？我覺得這次來的這些人當中，覺得有很熟悉的感覺——」

聽到寶均這麼一提，凌月倒是想起如果那個眞名爲高寶慧的盧琴，果眞就是建築師高天實兒女的話，那麼眼前的這個寶均小弟不是她的弟弟就是哥哥。

「還有——還有——」寶均繼續努力想著。「我以前好像在別墅裡面有一個很喜歡、很喜歡的女孩子——」

寶均還沒說下去，表情就已經變得相當靦腆。

「哼，臭凌月，給你帶來啦！」

一個兇巴巴的聲音打斷了凌月與寶均的對話。

「判官大人，找我們有什麼事嗎？」阿凱副社畢恭畢敬地問著。

凌月與寶均同時轉身，眼前除了十三零、阿凱之外，還有穿著時髦的阿隆，而阿凱身上的服裝，顏色、外型都與別墅後院山崖下的那具男屍一模一樣。

「咦？怎麼還有一個小弟弟？難道他也——」阿隆見到寶均後詫異地問著。

十三零瞪大雙眼：「見到老前輩還不行禮，他才不是小弟弟呢！」

聽到十三零這麼說著，阿凱與阿隆都覺得莫名其妙，卻又恐懼十三零的威勢不敢不服從，紛紛向寶均鞠了一個躬，而阿凱更是誇張地幾乎呈現九十度的敬禮。

「拜託，十三零妳這老太婆就別一下要別人叫妳老，又要別人叫妳年輕的，這些鬼都會被妳弄得神經錯亂——」凌月冷冷地看著十三零。

「哼，你少管我！老娘在此，這些鬼都歸我這鬼吏管！」十三零睜大怒眼瞪著凌月。

「這些人是誰啊？」寶均問著。

十三零一下就又恢復溫柔的眼神，向前牽起寶均的小手：「一些以後要跟我們一起回靈界的亡魂。」

凌月不想再跟十三零耗下去，招手帶著阿凱與阿隆離開房間，走向對面的東客房Ｓ1。見到凌月離去後，十三零也牽著寶均跟了過去，離開前寶均還不時回頭看著插在書櫃上的六角形輪盤。

到了東客房Ｓ1後，凌月拿出前一天藏在書櫃中的黃色資料夾，並從袋中抽出其中一篇報導。

「這個人你認得嗎？」凌月指著報紙影本上的一張照片問著阿隆。

「咦？」被凌月突然這麼一問，阿隆有些愣住。「該怎麼說，好像有看過吧——」

阿凱副社湊了過來，看了很久以後才有些遲疑地開口：「判官大人，我不是很確定，不過這個人是不是政治人物啊？好像是個市長吧？」

凌月點點頭：「沒錯，這個人現在就是市長吳藺威。」

「可是這個人跟我們有什麼關係嗎？」阿凱問著。

「我想是有的——」凌月眼神堅定地說著。

「啊——」阿凱突然驚叫一聲。「這麼說來，我想起來了，我老爸就是這個市長的官員，市警局局長——」

「等、等一下——」阿隆眉頭深鎖。「這個人好像也和我有很密切的關聯，可是我想不太起來——」

「你不是說過你有一個名人老爸，似乎是個政治人物，只不過你是個不能浮上檯面的私生子。」凌月指著照片對阿隆不停暗示。

阿隆聽了以後瞪大雙眼，久久無法言語。

「難道這個知府就是阿隆的父親？」一旁的十三零再也沉不住氣開口問著，只不過用語卻有些不合

時宜。

「啊——」阿隆雙手一拍大聲嚷著。「對呀，是他沒錯，他就是我那個上不了檯面的親生老爸，只不過真的沒見過多少次面，老實說也沒什麼感情，所以印象才不是那麼深刻——」

「這樣說來，我們的老爸應該互相認識，還是職場上的長官、部屬囉？」阿凱副社顯得有些興奮。

凌月看著眼前的阿凱與阿隆，如果依照社長蔚萱的說法，這兩人在生前是對情敵，不過當兩人相繼往生後，陽界的記憶無法一下全部帶走，這下倒成了一對感情良好的鬼兄鬼弟。只不過蔚萱的話真實性有多少，也需要再更進一步評估。

原本寶均只是一直待在十三零身旁東張西望，不過當他撞見凌月手上的那張照片時，突然瞪大雙眼湊了過來。

「奇怪，這個人，好奇怪，這個人——」寶均想要抓住凌月手上的報紙影本，卻也無法碰觸。「好奇怪，好奇怪，好奇怪！」

寶均愈說愈大聲，表情也變得有些扭曲變形。

「那一天他有來！那一天他有來！他是壞人，壞人啊！」寶均愈說愈激動，眼眶四周已經充滿了淚水。「他想殺害我最喜歡的女生！」

就在寶均鬧得不可開交的同時，從樓梯口傳來了七零八落的嘈雜聲。

「究竟是怎麼一回事啊！」圖澤怒氣沖沖地爬上二樓東側。「搞什麼鬼啊，這鬼樓梯怎麼搞的！」

凌月擺擺手勢交代十三零好好安置這三個亡魂後快步走出房間。

一出房門，就看到H大靈異研究社的圖澤與炳承各自提著手電筒站在走廊端頭的樓梯口，而圖澤更

是眉頭深鎖瞪著凌月。

凌月心裡當然很明白，因爲先前已經開啓樓梯的密道，此刻圖澤他們恐怕是從二樓西側誤打誤撞直接走到了二樓東側。

「奇怪！爲什麼我們從一樓右側樓梯走上來，會跑到二樓東側！這裡走廊上這麼多箱子，一看就知道不是我們H大靈異研究社的二樓西側——」圖澤大聲嚷著。

「學長，其實我剛剛一直很想說，我們下樓的時候，好像是從一樓左側樓梯口走出來耶——」炳承有些遲疑地說著。

凌月聽了以後微微側頭，百思不得其解。

此時面對樓梯口的凌月，看到了手中拿著紙筆的冷雨，帶著一絲冷笑，從樓梯口浮現身影。

☙ ❧

「怎麼了嗎？」小刀從二樓東側的最後一間房門走了出來，而阿雄、德宏與盈臻也跟在後頭，等於是P大民俗學系已經全員到齊。小刀手中的手電筒一下就照了過去，走廊上出現三個人的身影。

小刀本來見到凌月的身影就已經有些嫌惡，又看到圖澤站在凌月前方更是怒火中燒，開口就是大罵：「Shit！是誰昨天晚上還大聲嚷著二樓東、西兩側互不侵犯的啊！你終於發現H大靈異研究社有殺人犯藏身其中要來這裡躲避了吧！」

「哼——」圖澤見到小刀也是臉色一沉，伸手扶了鏡框。「口出穢言的傢伙，我才不想髒了自己跟

你計較！」

「那你跑來我們這裡又有什麼目的！」小刀毫不客氣地大聲喊著。

「誰想跑來你們這邊不知道有沒有殺人兇手的地方，還不是那鬼樓梯怎麼搞的，一樓左側突然通往你們這邊。更何況這裡又是十多年前滅門血案的案發地點，我看那些亡魂都會被你煩死！」圖澤邊說還邊向前走了幾步。

「少胡扯了！有沒有其他更好的藉口啊！」小刀刻意用力搖搖頭。「這是什麼歪理！」

阿雄聽了圖澤那個荒謬的理由也不覺一陣嗤笑。

「學……學長們——」一直待在圖澤身後的炳承走了出來。「是真的，樓梯變得好奇怪！」

小刀與阿雄只是別過頭去，接著又傳來一陣輕蔑的笑聲，顯然壓根兒也不相信。

站在樓梯間觀看這一切鬧劇的冷雨，宛如眼前沒有其他人的存在，直接從圖澤與炳承身旁穿過，快步走向凌月。

「凌月同學，那個機關並沒有使樓梯出現相通的密道，而是讓樓梯連接的通道左右互換了——」化身為冷霜的冷雨淡淡地說著。

「學妹——」圖澤一下就收起滿臉的怒意，和顏悅色地接近冷霜，不過冷霜絲毫不為所動。

凌月原想在隱瞞眾人的情況下進行調查，不過現在樓梯的機關也已曝光，實在也就沒什麼繼續瞞下去的理由，況且所有案情的拼圖幾乎就要湊齊，破案的那一刻已經不遠了。

「你看看這個——」冷霜拿出原本握在手中的紙張攤在凌月面前。

「什麼機關不機關的？」聽到連冷霜也這麼說著，小刀半信半疑地走了過來。

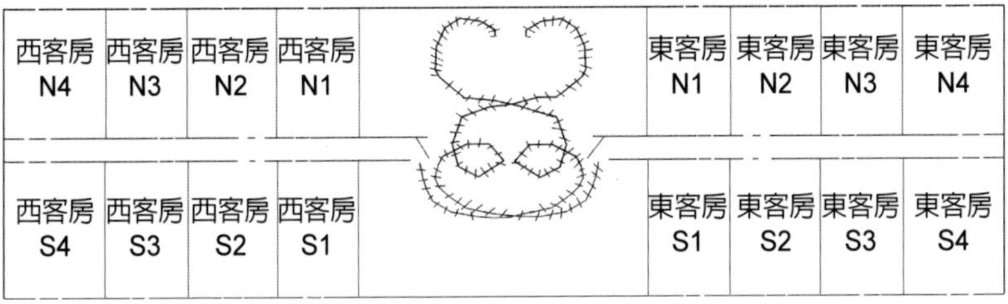

凌月仔細對照泠霜手中的簡圖，不時抬頭看著走廊上的牆壁，接著乾脆拿出手電筒往樓梯口走去。

其他人也圍了過來，紛紛看著泠霜手中的那張簡圖。

「這張圖是什麼意思啊？」阿雄拿著手電筒照向簡圖問著。

「奇怪──」圖澤無框眼鏡後的雙眼顯得相當困惑。「學妹，這是什麼意思──」

不過泠霜只是露出淡淡的笑容，並沒有回答圖澤的問題。

凌月走了回來，臉色有些慘淡地說著：「樓梯口的牆壁變了──」

「你總算發現了啊──」泠霜以戲謔的眼神看著凌月。「這張簡圖是我親自走過左右兩邊的樓梯後所繪製，大致上現在的樓梯就是呈現這樣的狀態。」

「什麼意思？我還是看不懂。」圖澤雙眼緊盯泠霜說著。

泠霜依舊無視於圖澤的存在，不作出任何回應，而炳承只好語帶困惑地說著：「學長，照這圖看來，怎麼樓梯好像變得更長，而且一樓左側的樓梯是通往二樓西側，而一樓右側的樓梯則是連接二樓東側，跟我們剛剛遇到的情況一樣。」

「這是怎麼一回事啊？」小刀看著其他人煞有其事地討論著，不免心生疑惑，其他P大民俗學系的成員也是摸不著頭緒。

「凌月同學，難道你還看不出這機關沒有那關鍵的通道嗎？」泠霜冷冷地問著。「這樣真的可以破案嗎？」

「這——」凌月輕閉雙眼，隨後張開眼睛。「機關開啓了南面的樓梯密道，並且關閉了原本的樓梯口，只是這樣一來，頂多只是左、右兩側樓梯的連接處互換，還是無法使二樓東、西兩側相通——」

聽了凌月的解釋以後，其他人也發現樓梯口附近的牆壁角度有些改變，原有的樓梯口被一道牆所封住，卻沒有明顯的接縫，若不仔細觀察還不會有所查覺。而在南面開啓了另一道新的樓梯口，只不過因爲走廊過於昏暗，僅靠著手電筒照明，再加上新開啓的樓梯路段依舊是左彎右拐、忽上忽下，使得先前上樓的圖澤與炳承也沒發現二樓樓梯口左側的牆壁角度有了些許的改變。

「到底是什麼機關啊？凌月老兄你也別再賣關子了！」小刀顯得相當不耐地皺著眉頭。

凌月神色相當沉重，因爲這個樓梯機關的結果和預期的假設有了出入，並且還是關鍵的差異，使得二樓東、西兩側依舊無法互通，還是沒有辦法解決阿隆如何不經過一樓大廳而穿越二樓東、西兩側的謎團。

「大家跟我來吧——」凌月說著。

因爲還有一些關於機關的疑問想要詢問，凌月還是帶著大家進入東客房N1，準備展示那個開啓機關的六角形輪盤。

走到書櫃前方，凌月停下腳步，指著輪盤說著：「這個六角形的輪盤，就是開啓樓梯機關的工具。」

「怎麼會——」

德宏臉色慘白地瞪大雙眼，完全一副無法置信的模樣，明明這個輪盤已經被他丟置山谷，怎麼可能還會出現在這間房間。

「德宏，我知道你會很驚訝，因爲這個輪盤跟你今天早上丟出去的那個東西一模一樣。」凌月說著。

等到炳承也走過去看個仔細後，突然大聲叫著：「這不是德宏學長帶來的道具嗎？怎麼會是開啓機關的工具？那天分組搜查時才看過——」

不過炳承還沒說完，卻已經相當後悔自己的莽撞，低頭偷瞄著德宏。因爲當初炳承和德宏約好這件事是個秘密，現在竟然不經意脫口而出。

「不會吧，我當初也有一起整理要帶來的道具箱，並沒有見過類似的東西啊——」阿雄語帶疑惑地說著。

「唉，算了——」德宏走到炳承身旁。「事情都到了這個地步，也不是什麼見不得人的事，不過就是個我已經放棄的劇本罷了。」

「放棄？學長這是爲什麼——」炳承顯得有些失望。「六道輪迴的神器，這個題材很有意思啊！」

德宏微微搖頭：「我就是覺得這個題材不好發揮，之前劇本也寫得很爛，所以才會放棄。今天早上覺得心情很鬱悶，就帶著那個六角形的輪盤，跑到別墅圍牆外，一氣之下就把劇本跟那個道具都一起丟到山谷了——」

「好可惜——」炳承不知道是眞心覺得惋惜還是僅爲客套話，說完還低下頭去誇張地嘆了一口氣。

「凌月，你是在哪裡找到這個東西的？」德宏神情認眞地問著。

「這個啊——」凌月不能說出是在山谷中找到，只好隨便再想個地方。「我在一樓西側書房其中的一個書櫃中找到的。那你之前丟到山谷的那一個又是從哪裡來的？」

「不過這一個看起來還蠻新的——」德宏走向前去仔細打量著插在書櫃上的輪盤。「不瞞你們說，我確實也是在這棟別墅找到的，因爲我那時候的題材就是有關六道輪迴的神器，剛好那東西又是正六角形，正好一角可以代表天地六界中的其中一界。」

「那你是在哪邊找到的？」凌月繼續追問。

「這個啊——」德宏顯得有些困擾，停頓幾秒才又開口。「詳細位置我也有些忘記，好像就是在這邊的房間看到，只是我不太記得是在哪一間房間看到的。」

「房間的哪裡呢？」凌月問著。

「這很重要嗎？德宏是欠你的喔！」在一旁聽著凌月不斷咄咄逼人的小刀眉頭深鎖，口氣顯得相當不悅。

「就是很想知道，也確實很重要。」凌月神情堅定地看著德宏。

「好啦，小刀沒關係啦，我想起來了——」德宏無奈地聳聳肩。「是無意間在東客房N3房間的床底下看到的，這樣可以了吧！」

這下凌月總算滿意地點點頭，不再繼續追問下去。

「所以說這個六角形的輪盤一共有兩個——」泠霜帶著不懷好意的笑容說著。

德宏與凌月都點頭表示贊同，德宏在點頭之餘還再補了一句：「也許還不止兩個——」

不過泠霜與凌月當然都很清楚，這個輪盤其實只有一個，而泠霜則是故意這麼下著結論。

「那這麼說來，二樓西側那一邊的西客房N1是不是也有一樣的機關？」一直站在小刀與阿雄背後的盈臻突然想到這個可能性。

泠霜微微一笑：「吳同學果然精明，我也有在西客房N1書櫃中發現同樣的機關凹槽——」

「所以那是小琴學姊的房間囉？」炳承喃喃地說著。

「天啊，這屋子到底還藏了多少機關啊？」圖澤伸手扶住鏡框一臉正經地說著。「確實就算開啓機關後樓梯出現改變，左右通道互換，可是就算當初命案發生前，兇手利用不曉得哪一側的機關開啓了樓梯密道，但左右依舊互不相通，要想穿越東、西兩側，還是得經過一樓大廳，只是當初大家確實都在一樓大廳，也沒人看到阿隆下樓過——」

「你吵個屁啊！」小刀滿臉不悅地說著，似乎此刻的圖澤比凌月還要礙眼。「再怎麼說兇手絕對都是從你們H大靈異研究社那邊而來，不知道用了什麼詭計把阿隆弄過來我們這裡！搞不好你就是殺人兇手，還在那邊裝模作樣！」

「你可別含血噴人，我案發當時可是跟你這神經病一起在一樓大廳！」圖澤雙眉倒叉，一副就要衝上去揍人的模樣。

「小刀，你就少說兩句嘛——」盈臻見到小刀又再出言不遜，趕緊抓住小刀的手臂低聲苦勸。

阿雄雖然沒有加入戰火，但對那個時常扶著鏡框自以爲帥氣的圖澤也是看了就氣。雙方在房內怒眼互瞪了好一陣子，才有一個突兀的聲音打破沉默。

「是阿凱副社！除了他以外，還有誰能這樣辦到——」H大靈異研究社的小琴不知道什麼時候從房門口出現，手中的手電筒照得大家雙眼有些不適。「我還正想奇怪怎麼走廊變了樣，原來是有機關讓樓

梯改變了通道，才會跑到P大民俗學系這一邊。其實我剛剛就已經走到房間門口，靜靜聽著你們的討論——」

「是小琴學姊啊——」炳承見到小琴以後小聲地喊了一聲。

「我覺得大家不要忘記，到現在阿凱副社都還沒現身，不知道躲哪去了——」小琴向前走了幾步又再補充一句。

「他已經死了——」凌月語出驚人，讓眾人不禁目瞪口呆。

「你這小子在胡說些什麼？」圖澤惡狠狠地瞪著凌月。

凌月向前拔起輪盤，接著轉身對大家堅定地說著：「泠霜的那張簡圖我先拿走了，我想親自走一次左、右兩側的樓梯，然後還有一些地方也要再查一下。這段期間，我想請你們都先待在這裡就好，就先耽誤一些時間。只要再解開這個左右互通之謎，所有的疑團就可以迎刃而解，因為我已經知道兇手是誰了——」

拿著輪盤與簡圖的凌月，先是與泠霜使了一個眼色，待到泠霜會過意後，凌月頭也不回地往房門走去。除了化名為泠霜的陰陽判官泠雨依舊只是以極為冷淡的眼神目視一切，剩下的人則是一頭霧水看著凌月離去的背影。

「Shit！這小子憑什麼這樣命令我們，以為他是誰啊！」回神過來的小刀一臉不悅就要追了上去。

不僅僅是小刀，圖澤當然也不可能安於凌月的命令，準備跟了上去。

「小刀，就聽聽凌月的話吧，我覺得他可能真的掌握什麼重要線索，或許他真的能破案也不一定——」盈臻輕輕拉住小刀，不過小刀眼看圖澤就要離去，還是不願意就此罷手，一個轉身甩開盈臻。

「你們是聽不懂凌月同學的中文嗎！」背後傳來了泠霜嚴厲的聲音，讓原本準備離去的兩人停下腳步。

「難道你們對案情可有任何頭緒？就只耽誤一下時間，你們也不能稍微配合嗎？」

圖澤與小刀轉頭回去，發現泠霜正以極爲冷峻的眼神死盯著兩人，雙眼還隱約浮現了青藍色的光芒，與當初在吊橋焚毀之時如出一轍，不禁令人心底發寒，兩人見狀後只是低頭不語默默退了回去。

見到兩人變得相當安份，泠霜只是微微地笑著，因爲她很清楚凌月把其他人留在這裡的用意。

第十五章

凌月親自走進開啓機關後的樓梯仔細搜查，這個通道即使已經過了那麼多年，除了樓梯間內的牆壁已經有些破舊以外，其餘的部份依舊還是相當完好。想必當初的設計必定經過精細縝密的測量，以至於若不經由仔細觀察，也不容易發現機關開啓後，新、舊樓梯口一開一閉的活動牆壁接縫。

又走了一段距離，果然如同冷雨簡圖所示，左、右樓梯互相交錯，才會有忽上忽下的路段。再往前一小段路，凌月發現樓梯依舊還是有著整齊劃一的縫隙，應該就是機關開啓後，原本擋在密道前方的牆壁移開所出現的接縫，或是整個樓梯結構出現位移所產生，才會接到新的秘密通道。另一種可能，就是這些接縫的上層或是下層連接的就是原來的通道，而機關的開啓，讓樓梯往上或往下承接了新的通道。

凌月提著手電筒掃向四面八方，仔細依照冷雨的簡圖一段一段慢慢搜查，心中不由得對冷雨產生欽佩之意，因爲整個樓梯間的結構，確實在機關開啓後與冷雨所繪製的簡圖相去不遠。

等到凌月穿越左彎右拐的樓梯到達一樓後，和其他人所說的相同，是出現在一樓右側樓梯口，而非原先的左側。凌月接著進入一樓左側樓梯，準備繼續觀察另一側樓梯的實際情況。爬行的樓梯通道與先前的走道相比，無論是左彎右拐的順序，或是彎曲程度都與先前有些不同，不過凌月也無法確切說出實際的差異，畢竟原本的樓梯也是忽左忽右，讓人很難辨別究竟走到何處。在左側的樓梯中，凌月還是可

以發現整齊劃一的接縫圍繞整個樓梯間，想必也是和樓梯機關息息相關。

穿過樓梯間後，凌月到達了二樓西側，這個H大靈異研究社的根據地。空蕩蕩的走廊顯得異常寂靜。除了先前跑到二樓東側的圖澤、炳承與小琴外，可能由於現在正好輪到社長蔚萱與阿森前往斷橋處輪值，所以二樓西側空無一人。

凌月走進了配置給小琴的西客房N1，在手電筒的照耀下，房內有些扭曲的睡袋與隨意放置的行李，在光影的延伸下，給人更為凌亂的視覺感受。凌月快步走向東面牆壁上的書櫃，在相對位置找到了正六角形的凹槽，並把手中的六角形輪盤緊緊插入。由於先前已經和冷雨打過照面，其他人此刻應該還留在二樓東側，凌月因此也就能夠安然在西側轉動機關，以免有人正好待在樓梯間而被機關誤傷。

這次凌月動作相當熟練，雖然還是花費了不少力氣，但不一會兒就把輪盤轉到底，方向雖然還是逆時針轉動，不過由於西側的機關本來就和東側一體成形，此刻的逆時針轉動對西側機關來說，也已經與當初西側的順時針方向呈現反轉的情勢。

拔下輪盤後，凌月陷入沉思。從西側的逆時針轉動來判斷，更能證明當初在東側逆時針轉動機關之時，西側的凹槽必然也同步以順時針方向轉動，所以此刻才會以逆時針方向再反轉回去，想必樓梯的通道也只是恢復原貌。

過了一會兒，凌月離開房間，又循著樓梯往一樓走去，果然不出所料，沿途所見和一開始左、右交錯的樓梯大致相同，而最後的終點也是出現在一樓右側樓梯口，整個樓梯間又再恢復了原本的路徑。

凌月在一樓大廳停下腳步，拿出冷雨的簡圖，並整理著先前沿途所作下的記號。在第一次開啓機關後，樓梯的四個地方分別出現了圍繞樓梯間橫切面一整圈的縫隙，其實這些位置和後來恢復後的縫隙位

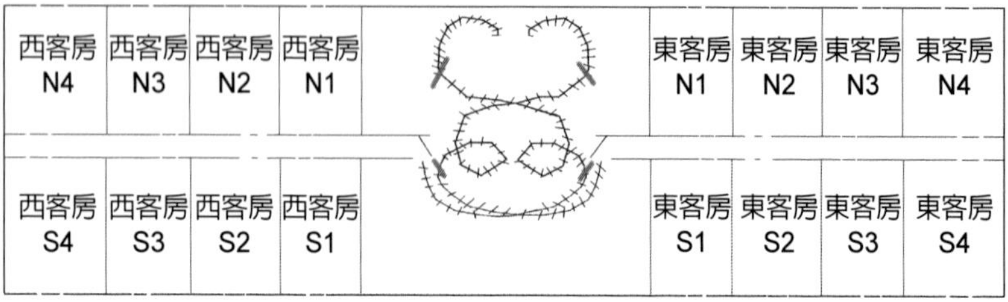

置相差不遠。

「喔，是凌月同學啊——」不知道過了多久，在一樓大廳中出現一臉興奮的阿森迎面而來，打斷了凌月的思緒。「我們有好消息啊——」

凌月面色凝重地看著阿森，而社長蔚萱跟在後頭，臉上也是掛著笑容。

「我們得救了！」社長蔚萱笑笑地說著。「剛才我和阿森在吊橋那裡，終於遇到對面有人出現，是看到我們傍晚生火的異狀，上山前來一探究竟的農夫。剛好他的農舍就在半山腰下。」

「是啊，那個好心的阿伯說會回去報案，我們可能不久後，也許最晚明天早上就會有人來救援了！」阿森顯得心情相當愉悅。「還可眞的多虧凌月同學想出這種方式來引起外界的注意，要不然還眞不知道要等到什麼時候才能離開這個鬼地方！」

「哼，還說呢！要不是你多嘴說我們狀況安好，還有很多糧食跟飲用水，可以明天再來救援，要不然我看等一下就會有救兵出現——」社長蔚萱即使有些責怪阿森的意味，卻還是笑眼瞇瞇地說著，可見也不是眞的因此感到不悅。

凌月聽到這個消息後，心情卻是更爲沉重。東、西兩側互通之謎尚未解決，而外界救援的到來，就意味著有可能眼睜睜看著兇手離去，更可能把關鍵證物帶出去銷毀。姑且不管救援何時到來，光是過了今晚凌晨以後鬼門大

開，到時候百鬼夜行，別說在這個靈界所屬的鬼月無法執法，就是要查個案子也會出現一堆鬼魂飄盪陽界，讓場面更爲混亂。

「我們先把這好消息告訴其他成員吧——」阿森雙眼炯炯有神，側頭對著社長蔚萱說著。「我想那個被關到快要發瘋的圖澤學長一定會很高興，不會再繼續亂鬧脾氣。」

「你們還是走右側的樓梯吧——」凌月淡淡地說著。「其他人現在都在二樓東側——」

凌月才剛說完，就逕自轉身向前走去，蔚萱與阿森也只是點點頭，照著凌月的指示往右側樓梯走去。

面對急迫的破案壓力，凌月感到心情相當沉重，再次提起手電筒往一樓西側走去。或許樓梯的機關雖然可以使樓梯左、右兩側連接處交換，但卻不是阿隆命案的關鍵所在。要說能讓別墅東、西兩側相通的密道，就屬於一樓北側那條依著後面牆壁所建造的隱藏通道。

到了書房以後，凌月索性關上手電筒，伸出右掌喚出了自己所屬的藍、綠火焰，不過由於功力與十三零、冷雨相差太遠，所能照明的能見度相當有限。凌月走向書房西北角的書櫃，熟練地將上面的書籍一一拿下，許多書籍在凌月碰觸後，更是破碎斷裂。

等到書籍全部清空後，凌月拿下書櫃上的隔板，掀起了一陣灰塵。儘管隔板已經拿下，也出現那充當把手的門板凹槽，只要再向右一拉，就能開啓通往別墅後院與一樓東側廚房相連的密道，凌月卻還是停下了手邊的動作，陷入沉思。

「你果然來這裡搜查——」

凌月身後忽然一亮，轉頭望去，正是冷雨舉著地獄之火，照得書房宛如燈火通明。

「妳有什麼想法嗎？」凌月面色凝重地問著。

冷雨搖搖頭，隨後開口：「不過剛才你在二樓西側轉動樓梯機關時，東側這邊的凹槽也是同步轉動，想必這個樓梯機關東、西兩側就是左右互換的設置，看來並沒有其他東、西兩側相通的密道。」

凌月微微點頭，這和他所知的並無差別。

「嗚哇，你這小子是不是眞的陷入瓶頸了啊！枉費咱們公主這麼看重你，還一直暗中幫助你——」冷雨肩頭上的卡利穆又翹起蛇頭說著。

凌月避開卡利穆的怒目，凝視遠方說著：「也不是說完全沒有頭緒，兇手我已經知道是誰，現在只差東、西兩側互通之謎可以解決，就能夠讓兇手俯首認罪——」

「我想你現在和我一樣，就差這一塊關鍵的拼圖，就可以讓全貌浮現——」冷雨淡淡地說著。「再不趕快破案，鬼門就要大開，到時候可就讓魔判官癸亥大搖大擺地逃走——」

「當初你們H大靈異研究社來到這裡的第一天是在做什麼？」凌月神情認眞地問著。

「跟你說過是他們，那些愚蠢人類的死活與我無關——」冷雨指正凌月的語病。「第一天白天也沒做什麼，也只是各自活動，大家陸陸續續到來，江中森還是下午才來，眞正的暑訓活動傍晚才開始，就是從那個召靈儀式開始。」

凌月再次閉上眼睛細細思索著。

「快啊，你這小子還發什麼呆，趕快好好想一想啊！」卡利穆看到凌月又不知道在想些什麼，相當不耐地催促著。

「如果順利破案抓到兇手，妳要怎麼找到癸亥？」凌月睜開雙眼神情嚴肅地問著。

「殺人償命！當然是把兇手的陽壽直接抹除，這樣一來剩下的可能宿主就會愈來愈少——」冷雨毫

不在乎地說著。

凌月輕皺眉頭沒有回應，接著拿起了冷雨先前的那張簡圖，盯著圖案陷入沉思。

站在凌月正前方的冷雨，也看著樓梯圖示思考著。

過了一會兒，冷雨突然笑了起來，一個不禁令人發寒的冷笑。

「對不起，北凌月，我已經解開所有的謎題了——」冷雨微抬下巴得意地說著。

「不愧是公主啊！」卡利穆張大蛇口開心地說著。「這草包北月果然還是靠不住！」

凌月雙眼微睜，無法相信冷雨已經搶先一步解開了謎團，但既然她都這麼說了，想必也不是隨便說說而已。

「還需要我好心再給你個提示嗎？」冷雨微抬秀眉輕輕問著。

凌月只是雙眉深鎖低頭不語，繼續盯著手上的簡圖苦思，不過冷雨卻逕自從他手中搶走了輪盤。

「你想幹嘛！」凌月語帶不悅地說著。

「咱們公主當然是去破案啊！這樣也看不出來！」卡利穆刻意繞到凌月面前說著。

冷雨不停轉著輪盤玩了起來，並冷冷地說著：「這破案的把戲，我一個人實在玩得不盡興，你這樣還看不出來嗎？」

看著冷雨輕蔑的態度，凌月覺得十分惱火，卻又苦於自己看不透事實，也怨不得別人，只能默默承受冷雨的冷嘲熱諷。

「我再好心提醒你，好好想想在後院看到的東西吧！」冷雨繼續以冷淡的口吻說著，不過舉手投足間都可以感受到她的傲氣。

冷雨還是繼續把玩手上的輪盤，而凌月細細回想冷雨說過的那兩句提示，瞇起雙眼進入沉思，過往的場景，一幕一幕重新浮現腦海之中。

過了一會兒，凌月竟然鬆開緊鎖的雙眉轉怒爲笑，露出了一個充滿自信的詭異表情。

「哼——」凌月冷冷笑著。「原來是妳只不過是占了地利之便又無法唱獨角戲，才這樣在我面前演戲，根本就不是什麼好心提示！」

「你終於解開謎團了啊——」冷雨嫣然一笑，並停下手中的動作。

「豈止解開陽界的謎團——」凌月雙眼炯炯有神充滿自信地說著。「就連魔判官癸亥，我也找到了！」

原本還是掛著冷笑的冷雨，聽到凌月竟然同時也找到了魔判官癸亥的下落，更是驚訝地雙眼微睜斂起笑容。

驅魔令

魔判官癸亥擅縱人心，扭曲生靈，遊走陰陽夾縫之間，行蹤難以捉摸。至此所有鬼跡魅影、追兇線索皆已浮現！大膽假設，小心求證，兇手就在登場人物中！

「你這是什麼意思?」小刀一臉不悅地站在一樓大廳瞪著凌月。「又想搞什麼飛機啊!」

「劉同學，就請你靜靜看著吧!」泠霜站在小刀面前，作勢擋住了小刀的去路。「等會兒所有的眞相就會大白!」

被泠霜勸了一句後，小刀又退了回去。與其說是因爲泠霜美麗動人，倒不如說是懾於她的莫名寒氣。

在凌月與泠霜向眾人宣布已經解開所有謎團後，所有人全都聚集在一樓大廳圍坐著，準備聆聽這兩個人的答案。而大廳中央的蠟燭也再次點燃，照亮了整間大廳，一個個神情緊張的面孔，在搖曳燭光的襯托下，更顯得臉色慘白。

見到小刀又被泠霜擋了回去，凌月神情嚴肅地說著:「剛剛大家下來的時候，應該也發現樓梯的通道又恢復了最原始的狀況，相信大家也知道樓梯機關就算開啓，雖然左、右兩側通道會出現互換的情形，但不管怎麼說，還是沒有出現東、西兩側相通的密道。現在我就來重現阿隆命案當時發生的情形，而這個之前召靈儀式所使用的假人，就充當阿隆的替身。」

凌月抱著那具先前已經被火燒毀下半部的假人，走向右側樓梯，並回頭說著:「等一下我就會經由這個右側樓梯上去二樓西側，而泠霜則會上去二樓東側。我們兩個不在一樓的這段期間，就請你們先待在這裡。」

原本圖澤與小刀還有意見想要起身，但一想到這個礙眼的凌月，現在又有泠霜的支持，也只好就此作罷，乖乖地坐了回去，不如看看凌月究竟能玩出什麼把戲，如果能鬧笑話，自然是更好不過。

目送兩人的身影分別消失在左、右兩側的樓梯間後，留在一樓大廳的所有人也只是面面相覷，沒有任何交談。如果依照淩月與泠霜的說法，那麼命案的兇手就藏身在他們之中，若無其事地跟著大家行動。

一分鐘、兩分鐘過去，依舊沒有什麼動靜，不過所有人之間依舊保持沉默。社長蔚萱雙眼無神地看著搖曳的燭火，而阿森、小琴與炳承也只是望著前方陷入沉思。阿雄與德宏兩人互使眼色，想要交談卻又把話吞了回去，盈臻低頭玩弄著自己的上衣衣角。只有小刀與圖澤顯得相當心浮氣躁，想要起身卻又坐了回去，一副坐立難安的模樣。

又過了一分鐘，小刀終於按捺不住，喃喃唸著：「到底在搞什麼鬼啊！」

小刀還是忍耐不住站了起來，卻隱約聽見別墅門外有東西掉落的聲音。原本不以爲意，過了一會兒，卻看到淩月從右側樓梯口走了出來。

「現在一部份的人可以跟我出去看看別墅外頭，剛剛有什麼掉了下來。」淩月一臉正經地說著。「其他的人就留下來好好觀察樓梯口泠霜有沒有跑下來動手腳。」

小刀和圖澤早就等得相當不耐，淩月還沒說完早就起身準備走出別墅，而阿雄與炳承見狀後也跟了上去，其他人則是各個面無表情坐在原地。

一行人走出別墅大門後，淩月帶著他們繼續走向庭院東側，先是經過了覆蓋在第一間房間窗口正下方的阿隆屍體，接著在第二間房間窗口下方又看了那個充當阿隆的假人道具。

「這，怎麼可能——」小刀有些吃驚地叫著。「你這傢伙是不是從二樓西側的窗口丟到這邊來，畢竟這個假人又不是很重——」

炳承抬頭看著二樓窗口，又向一旁望了過去，接著開口：「學長，可是大門有凸出來的設計，要從二樓西側窗口丟過來不大可能吧，而且又是丟到東側第二間房間這裡——」

看到炳承反駁了一句，小刀很不是滋味地瞪了回去。

「那應該是從二樓西側用繩索的機關盪過來的吧？」阿雄說著。

不過凌月並沒有參與這些人的討論，只是彎身撿起假人，又往別墅大廳走去。圖澤沒有馬上跟上隊伍，而是站在原地陷入沉思，而後才又舉步向前。

進入別墅大廳後，發現泠霜已經帶著冷笑站在樓梯口。

「那個假人，出現在別墅東側庭院，東客房S2窗口正下方，也就是阿隆屍體的旁邊。」還不待凌月開口，阿雄已經搶先宣布。

留在大廳等待結果的眾人，聽了以後全都顯得相當疑惑。明明當初凌月是和泠霜分別走向不同的兩側，而假人更是拿在凌月手上，後來怎麼又會出現在泠霜所在的二樓東側下方。

「我知道了——」原本一直沉默不語的圖澤突然開口。「一定是二樓東、西兩側還藏有相通的密道！」

凌月搖搖頭：「是有東、西兩側相通的密道，不過是在一樓。而一、二樓間除了這個大廳中間的樓梯外，也沒有其他可以上下樓的方法。」

「所以搞了半天還是樓梯中間有互通的機關！」小刀一臉不悅地下了這個結論。

凌月沒有理會小刀，把假人放回大廳左、右兩側樓梯中間的牆壁前方，開口說著：「再來我們就來重現當晚後來這棟別墅所出現的異狀——」

泠霜向凌月點點頭，凌月便開始帶著所有人往別墅庭院走去，而泠霜跟在隊伍的最後頭。眾人不知道凌月葫蘆裡賣著什麼樣的怪藥，也只是跟了過去，而其中幾人更是神情怪異地緩緩走著。

等到大家快要穿越別墅圍牆鐵門時，凌月卻突然回頭說著：「可以了，我們回去別墅吧！」

聽到這樣的指示，小刀更是暴跳如雷，跟在隊伍後方愈想愈氣，想要上前去找凌月理論，就在快要重回別墅大門之時，卻聽到一陣女子尖叫聲。

「啊——」盈臻指著前方花容失色地驚叫。「屍……屍體自己動了嗎——」

循著盈臻所指的方向望去，原本覆蓋在阿隆屍體身上的帆布，跑到別墅庭院的大門口前方，而先前還是仰面而亡的阿隆，這次又趴了回去。

「怎麼可能！」社長蔚萱看了以後久久無法置信。

原本站在隊伍最後頭的泠霜，在眾人轉身後，反而身在最前方，這時緩緩走向前去把帆布撿了回來，又重新蓋在阿隆屍體上方。

「大家繼續跟著我走吧！」凌月說著。

凌月帶領眾人重回大廳，在踏入別墅大門前，又看到原本放置在樓梯前方的假人，竟然又出現在別墅門口，而大廳中央的幾根蠟燭雖然倒了下去，卻也沒有當初那麼凌亂不堪。由於凌月先前已經說過是要重現當晚的怪異場景，知道一定是凌月動了什麼手腳，也就不再像見到阿隆屍體時那般驚駭，只想趕快等待凌月宣布答案。

等到大家重新就坐後，凌月這才開口：「我們還是一件一件事情慢慢說明，首先關於當晚的異狀，我想大家都有個底了——」

「是……是泠霜同學動的手腳嗎——」盈臻相當沒有自信地小聲問著。「因爲她一直待在隊伍後頭，也只有她才有機會——」

泠霜聽了以後不以爲忤，反而掛著冷笑輕輕說著：「吳同學果然聰明啊！這個假人和那屍體翻身的詭計，只要用風箏線就能完成。當初那個召靈儀式所使用的假人，其實在這次暑訓中是要扮演另一個重要的嚇人角色。」

拿起那個幾乎只剩上半身的假人後，泠霜繼續說著：「這個假人如果仔細觀察，就能發現在那頭粗糙的亂髮中，其實藏有細線，貌似釘在左、右樓梯間的牆壁上，但其實原本就不是釘得很牢，只要有外力一扯，就會從牆上掉下。再加上外頭覆蓋屍體的帆布，上頭也有金屬圓孔，可以讓細線穿過，要遠距離操作這些東西也不是很困難的事，況且又是在昏暗的黑夜中。原本釘在牆上的細線，可能更早就已經設置好或是在大家決定離開大廳後再匆匆把線拉出，而帆布上的手腳也是短時間就能完成。」

「我記得那時候最後一個離開的是P大民俗學系的成員——」阿森難以置信地說著。

「可是我們和你們無冤無仇，幹嘛做這種事啊？」阿雄反駁著。

「那時候我們P大的人只是比較晚走出別墅，但在庭院中行走時，隊伍最後面的又不是我們！」小刀眼神銳利地看著眾人。

「先不管這個，但那個屍體翻身又該如何解釋——」原本皮膚就很白皙的小琴，在燭火的照耀下，臉色更爲慘白。

在小琴發問後，泠霜繼續開口：「很簡單，就像我剛才所做得一樣，在你們下樓前，我就已經拿開帆布先把屍體翻過，再重新蓋上帆布。大家都先入爲主屍體應該是仰面而上，但其實在大家離開別墅

時，覆蓋在帆布之下的屍體已經是俯身的狀態。再用細線隨著隊伍的腳步走遠，被拉動的帆布，即使上頭還壓著石頭，還是會被扯開。就這樣，當大家再次回頭，就會以爲是屍體翻了身。而同樣擺在大廳的假人，也是因爲被細線拉扯，沿路滑向別墅大門，才會把大廳中央的蠟燭撞倒，假人身上更是因此著了火。只不過這次因爲假人幾乎只剩上半身，所以剛才弄倒的蠟燭才會變得比較少。而因爲假人與帆布都有圓形圈環，只要將細線穿過，不需要綁在上頭就能拉扯這兩樣東西，等到隊伍走遠後，再慢慢回收細線便大功告成。」

「這樣的話，應該是走在別墅庭院時最後頭的那一個人就是——」阿森有些遲疑地說著，彷彿是想不太起來那時候是誰走在最後。

「是蔡圖澤！我記得就是他！」小刀不懷好意大聲嚷著。

「胡扯！我自己有沒有做過的事，我自己最清楚，少在那裡誣賴我！」圖澤聽到指控以後忿忿地說著。「我那時候只是在思考阿隆命案穿越東、西兩側的矛盾點，才會走得比較慢！」

儘管圖澤這麼解釋，所有的人還是把目光全部移向圖澤，因爲當時隊伍的最後頭確實就是步行緩慢若有所思的圖澤。

第十六章

「學長——」炳承神色慌張地看著圖澤，因爲他很清楚那時候圖澤確實是走在最後面的人。

「我說沒有就是沒有！你們是想怎麼樣！」圖澤氣得臉紅脖子粗。

眾人看向泠霜，好似等待她的解答，不過泠霜卻也只是笑而不答。

凌月搖搖頭率先開口：「在黑夜中，手中又有類似風箏線的長線與收放繩子的工具，只要長線放得夠長又貼在地面，就算不在隊伍最後頭，也可以在神不知鬼不覺的情況下完成這項詭計。這部分就到此爲止，我們接下就來看看阿凱副社的命案——」

最後的那句話意味著阿凱副社已經死亡，不過由於大家都知道凌月與泠霜並不是鬧著玩的，這次也就沒有人再開口質疑。

凌月繼續說著：「其實阿凱副社早在我們P大民俗學系來到這棟別墅前就已經身亡——」

「什麼！怎麼可能，他那時候還有一起下去幫你們搬運東西，只是後來又反悔而已——」阿森詫異地說著。

「那你最後一次親眼見到阿凱副社又是什麼時候？」泠霜冷冷地問著阿森。

「就是前一天晚上他跑到二樓東側嚇我的時候啊！」阿森理直氣壯地說著。

「在那之後還有見過嗎？」泠霜又問了一句。

「那個神出鬼沒的副社長，我怎麼可能那麼容易見到，要不是他那一晚扮鬼嚇我的時候被我抓包，我可能都還不知道他有來這次暑訓。隔天不是還有人看過阿凱副社嗎──」阿森答著。

泠霜面露冷笑說著：「但你根本就沒有再親眼見過，只是聽別人這麼說。事實上，那個人是騙你們的，因為阿凱副社在那時候早就被殺害了。阿凱副社在這件案子所扮演的角色，就是要充當阿隆命案的代罪羔羊，兇手刻意營造出阿凱副社有參與這次的暑訓，然後在P大民俗學系到來以後，也還活著的假象，而且因為有任務在身，所以藏身在別的隱密之處。就這樣，當所有人都一起行動，還能出現怪事，矛頭自然指向唯一不在場，卻又可能一起被困在這座山中的阿凱副社。其實一開始阿隆的命案，兇手的如意算盤是希望假借召靈儀式喚出彭馨儀的亡魂，再加上阿隆的死法又和十餘年前的滅門血案其中一名受害者如出一轍，將眾人的想法慢慢導向靈異事件。之後若阿凱副社被發現，又可以做為事後警方搜查時的嫁禍對象，因為他的死法就是近似於自殺的方式──」

「學妹，這又是什麼意思？阿凱副社到底是怎麼死的，又死在哪裡？」圖澤問著。

「在那個設計得一模一樣的後院外面──」泠霜淡淡地說著。

眾人你看我、我看你，還是不懂泠霜究竟在說些什麼。

「凌月老兄啊，就別再賣關子了啊，兇手到底是誰，又是用什麼方式讓阿隆從二樓西側跑到東側的──」小刀顯得相當不耐，卻又不敢詢問泠霜，只能轉而求助於凌月。

凌月看了小刀一眼，才又開口：「阿凱副社存活的假象、阿隆屍體翻身詭計還有樓梯機關要能夠順利成功，只要把這幾起事件的關鍵人物湊在一起，兇手自然就會浮現──」

聽了凌月的提示以後，小刀歪頭苦思，卻也沒有答案。

「難道是——」盈臻小聲地說著。「如果依照泠霜同學的說法，能夠完成阿隆屍體翻身的詭計，不就是最後一個處理阿隆屍體的人。那不就是——」

「是社長——」

阿森瞪大雙眼地看著社長蔚萱，而蔚萱臉上只是掛著僵硬的笑容，但臉色相當慘白。

社長蔚萱繼續笑著：「我是最後一個處理阿隆屍體的沒錯，但我只是在庭院找了幾塊石頭壓了上去，壓根兒也沒動過帆布下的屍體，誰知道那時候是不是已經被其他人翻過身去。更何況我這樣一個弱女子，又怎麼可能殺掉阿凱副社和阿隆學弟，兩個人都那麼壯碩，怎麼可能辦到——」

面對蔚萱的反駁，凌月依舊神色自若地說著：「剛才泠霜同學也說過，阿凱副社是以近似自殺的方式死去，當然這也是妳用計陷害。還有妳雖然是個女孩子，但要用棍棒從背後擊昏比妳還高的男子，也不是不可能——」

凌月的這句話等於已經宣告社長蔚萱就是兇手，讓在場的所有人全都驚訝不已。

「那……那你倒是說說看，我是怎麼辦到的——」社長蔚萱還是掛著那副親切的招牌笑容，只是表情顯得有些怪異。

這次換成泠霜搶先說著：「很簡單，因爲那個阿凱副社被妳騙了。妳身爲社長利用職務之便，爲了使樓梯機關的詭計能夠順利達成，在二樓西側的房間配置都是經由自己巧妙安排，就連和阿凱副社約定的秘密任務，也只有身爲社長的妳才能夠順利達成。在P大民俗學系還沒到來的前一天晚上或是隔天，就在妳確定阿森見過阿凱副社後，利用社長之職，將阿凱副社經由一樓東側廚房東北角的密道，帶往別

墅後院。在這過程中，不知道妳是用什麼樣的手法連哄帶騙，恐怕都是以之後暑訓的嚇人活動爲由，讓阿凱副社戴上眼睛部位有些被遮住的鬼面具頭套，在視野極差的狀態下跟著妳的腳步從屋內走完密道，出現在別墅後院。這時身在後院的阿凱副社看到同樣的圍牆與鐵門，以爲自己還在別墅前院，妳只要再利用職務之便，說是類似要測試阿凱副社戴上鬼面具後的跑步速度之類的謊言，阿凱副社不疑有他就手拿假刀道具跑了起來，因爲前院的鐵門外不過是個下坡路段，但這次的測試卻成爲他最後的死亡之途。直到推開後院鐵門，失足掉落山崖之下，阿凱副社這才發現自己被騙，但也爲時已晚——」

泠霜說完還刻意戲謔地看了凌月一眼，因爲她當然很清楚凌月當初會搖盪在後院鐵門，進而發現山谷中阿凱副社的屍體，當然不可能是因爲本來就已經有了這個打算，一定也是和阿凱副社一樣誤入陷阱，只是凌月打死不想承認而已，這或許也是十多年前建築師高天實這麼設計的用意。

「什麼！殺害我的兇手就是這個女的！」

不遠處傳來了一個憤怒的咆嘯，儘管聲音相當宏亮，卻也只有凌月和泠霜聽得到，因爲說話的那「人」，正是躲在大廳角落的阿凱副社，同時在場的還有十三零、阿隆與寶均小弟，都是應凌月的要求，在場一同聆聽案情。

「喂！」十三零一把拉住阿凱副社。「你給我安靜一點！乖乖聽咱們凌月大爺問案！否則我要你們好看！」

十三零擺出劍指，儘管已經沒有靈力，與普通的亡魂並無兩樣，但卻還是習慣性地擺出架式。而阿凱見狀後，懾於之前親眼見過的地獄之火，一下就退縮回去。

凌月向角落的十三零微微點頭致意，接著說了下去：「泠霜同學所說的就是阿凱副社的命案經過，

之前去後院搜查時，又在相對於別墅東側位置的山崖下，發現一根粗重的木棍，上頭還有些許的血跡，這是阿隆命案的重要證物。就像之前我和泠霜同學的示範一樣，案發之前H大靈異研究社所在的二樓西側只有社長蔚萱與阿森，阿森算是最後看到阿隆的證人。不過，就如同一開始蔚萱爲了製造阿凱副社還存活的假象，說了在我們P大民俗學系來了以後阿凱副社也想一起下山幫忙的謊言。問題就在於，明明那個時候根本就沒有其他人看到阿凱副社的蹤影，卻被說得好像他就眞的存在過一樣。這樣一來，阿隆命案的代罪者就已成形，即使事後警方沒有發現阿凱的行蹤，也可能認定他是本案的嫌疑犯，就算在山崖下發現他的遺體，也可能以畏罪自殺認定，這就是殺害阿凱副社的人在本案中所想達到的目標。」

社長蔚萱聽完之後，本來還想開口，卻又呑了回去。

凌月掃視眼前的所有人，還有一人臉色相當慘白，微微顫抖著。

泠霜以極爲冷峻的眼神盯著其中一人說著：「在這個時候，還有一個人竟然默不吭聲，實在是有違常理！」

「當然——」凌月接下去說著。「如果社長蔚萱的證詞是謊言的話，還有一個人說當時也有看到阿凱副社的人就更爲奇怪。既然當初也有看到阿凱副社，爲何又在我們質疑蔚萱證詞有問題之時，不跳出來幫社長護航。很顯然，因爲跳出來反駁就會讓自己的身分曝光——」

凌月冷冷地看著那個人，接著伸手指了過去：「還有一個共犯就是妳，盧琴！不，應該說高寶慧！也就是這兩件命案的動機來源！」

原本低頭不語的小琴，聽到凌月叫著自己高寶慧，這個已經多年沒有用過的名字，整個人彷彿觸電般地抖了一下，而一旁的社長蔚萱也是瞪大雙眼退了一步。

發現所有人的目光都集中在自己的身上，小琴更是神情緊繃無法言語。

「你不要太過份！這跟小琴有什麼關係，她在阿隆命案發生時，不是和你們一起待在一樓大廳嗎？」蔚萱氣憤地指著凌月大聲喊著。

面對來勢洶洶的蔚萱，凌月沒有絲毫驚恐，只是冷冷地笑著：「因爲你們還有另一名幫手——」

「還不想承認嗎？」冷霜淡淡地說著。「這個盧琴同學就是那時候把假人道具以及壓在阿隆屍體上的帆布用細線拉走的兇手。雖然那時候我和凌月同學正在別墅的其他地方搜查，所以沒有參與到你們那次的行動，不過事後聽到其他成員的轉述，那時候跟在隊伍最後頭的人是圖澤，而倒數第二人就是小琴。而其他人以爲小琴是因爲先前和圖澤吵架，所以頻頻回頭怒視圖澤，但其實眞正的原因是圖澤步行速度實在太過緩慢，如果小琴依照原先計畫還是硬跟在圖澤後頭，就會顯得過於詭異。所幸，因爲圖澤當時眞的陷入沉思，小琴也把操弄道具與帆布的細線放得夠長，或許就是用腳踩在地上慢慢拉扯，貼近地面的細線，僅在手電筒的照耀之下也就更難以發現，就這樣讓這個詭計得以順利完成。」

「哈哈——」蔚萱詭異地笑了起來。「你們到底在說些什麼？這只是空想，而且又頂多只能說小琴玩玩把戲，或是我去翻翻屍體，這又不犯法！」

凌月搖搖頭：「所以我才說你們還有第三個朋友，才能完成你們的樓梯詭計——」

蔚萱微微笑著：「說了半天，到底阿隆命案你要怎麼解釋，總不能因爲當時只有我和阿森在場，就說我就是兇手，怎麼不懷疑兇手是阿森呢？」

「我？」突如其來的質疑，讓阿森有些不知所措。

凌月不以爲然說著：「關於阿隆命案的機關詭計，就待我來慢慢解說。首先應該說你們這次共謀的

命案，是伺機而動的。因爲暑訓是一段時間，並不是一下就會結束，也沒有說一定要在哪一天做案，一旦時機成熟，你們也就會付諸行動，所以你們一直保持著連繫。一開始蔚萱看到二樓西側的成員一個一個下去，直到只剩下阿森與阿隆，而阿森又睡著，更是不可錯失的良機。其實身爲社長的妳，想要以各種理由支開其他人下樓，也不是那麼困難，唯一比較無法捉摸的，大概也只有個性比較古怪又不按牌理出牌的泠霜。」

聽到這句話，泠霜輕輕地哼了一聲。

凌月繼續說著：「在泠霜自行下去後，不知道是不是妳對圖澤暗示，叫他去尋找泠霜，或是圖澤本來就有此意，一旦圖澤下去之後，與他同房的炳承自然也會跟著下去，再來就只剩下阿森。其實剩下的最後一人可有可無，有的話就盡可能在瞞住他的情況下犯案，因爲這樣至少還可以得到一個阿隆命案發生前還親眼見過他的證詞，如果沒有也無所謂，因爲至少還有一道樓梯之謎保護而不被懷疑，當然，那時候見到阿森睡著以後，妳見機不可失，馬上和妳們第三名朋友取得聯繫——」

「凌月老兄啊，怎麼聽起來好像在是說我們P大民俗學系這邊也藏有共犯？這樣是要怎麼連絡，這邊手機又沒有收訊——」小刀滿臉疑惑地問著。「而且如果說小琴是共犯的話，她那時候不是好好地跟我們待在一起，跟阿隆命案又有什麼關係？」

「小琴確實是共犯！」凌月神情堅定地說著。「這就是這次樓梯詭計的巧妙之處。當初我很好奇小琴爲什麼突然下樓想要找我，當我想要上樓時，又千方百計想要留住我。那時候原以爲只是因爲很想找我討論十餘年前的滅門血案，事後回想起來才發現這一切也是在計畫之中。和圖澤起衝突或許也是計

劃之一，反正小琴的任務，就是要運用各種方法讓大家只有下樓沒有上樓，直到阿隆屍體被成功拋下爲止。因爲小琴在阿隆命案所扮演的角色，就是要讓所有下樓後的人，不能再上樓破壞樓梯機關的計畫。二樓西側房間的配置也是這個用意，因爲社長蔚萱知道小琴的那間西客房Ｎ１將在這件命案中扮演重要的地位，也因爲自己就是要留在二樓西側親自執行計畫的人，自然也就會希望各個環節點和自己關係愈離愈遠，才會這樣安排。」

小琴還是低頭不語，雙手握拳微微顫抖，而蔚萱深怕小琴一個不穩跌倒，早就過去攙扶著。

「說了半天，你到底知不知道什麼樓梯機關，不就像你之前所說的，就算那個六角形的機關開啓後，樓梯也只是左、右互換，還是無法左右相通啊！」社長蔚萱又拿出了招牌笑容說著，整個表情顯得相當不合時宜，令人覺得有些恐怖。

凌月繼續開口：「整個命案過程是這樣，在妳發現犯案時機來臨後，和二樓東側的人取得聯繫，並啓動樓梯機關，把被妳擊昏的阿隆送了過去，之後你們那位第三名朋友就把昏倒的阿隆，從二樓東側推下去，整個命案也就完成，這也是爲什麼後來原本妳用來擊昏阿隆的木棍會出現在山崖東側的原因。」

「凌月老兄，我還是聽不大懂——」小刀輕皺雙眉說著。「爲什麼啓動樓梯機關，阿隆會被送到二樓東側，所以說那時候那個六角形輪盤，是在蔚萱手中從西客房Ｎ１開啓機關的嗎？」

凌月冷冷地說著：「我想你可能沒有看過我轉動輪盤的場景，其實對我而言已經有些吃力，更何況是要由蔚萱來處理。而且就算昏倒的阿隆被送到二樓東側後，還有一段不算短的距離需要拖行或是搬運，由於二樓東側在場的人更多，這個動作當然愈快完成風險愈小，所以那時候身在二樓東側的第三位朋友，是個力氣不算小的朋友——」

小刀聽了之後以為凌月是在說自己，不過那時候他是和凌月他們一起待在一樓大廳，所以剩下的可能性也只有另一個待在二樓東側的人。

不僅僅是小刀，就在此刻連盈臻也轉頭看向阿雄。

「拜……拜託——」阿雄漲紅著臉。「怎麼可能是我！我和H大靈異研究社又非親非故——」

見到阿雄誇張的反應，泠霜笑了起來：「表面上你們所有的成員好似就和我們H大靈異研究社並無關聯，實際上卻不是如此，就是有那麼一人與十餘年前的滅門血案也有密切關聯。」

P大民俗學系的所有成員，除了凌月以外，全都帶著疑惑的眼神互相望著，卻也沒有人敢再開口，陷入一陣詭異的沉默。

ଔ ଓ

「阿雄，你——」小刀一臉詫異地看著阿雄。

凌月看了阿雄一眼，又淡淡說著：「其實P大民俗學系和H大靈異研究社並不是偶然相遇，因為我們打從一開始就有一名成員和H大靈異研究社這兩名成員時常保持聯繫，當初時間與地點會選在這裡，都是有一名成員有意無意間用各種方式明說或暗示，引導我們最後的行程地點，就連到達這棟別墅後，我們會選擇一起落腳在最後一間房間，也是為了方便兇殺案計畫的進行——」

「凌月，可是那些都是我們大家共同決定的，現在要分解下來說是誰的主導好像也很難分清楚——」盈臻輕皺秀眉說著。

「那是當然的，這也是我們那名第三位朋友厲害的地方——」凌月說著。

「眞的是阿雄嗎？好像身爲迎新宿營總召的你，眞的可以左右這些事——」小刀難以置信地說著。

「那你身爲副總召不是也可以嗎！」阿雄忿忿地說著。

「小刀，你再仔細想想看，當初是誰讓你知道這間別墅的？」凌月問著。

「嗯——」小刀歪頭想著。「是德宏啊！就算他不提供給我這個資訊，我想阿雄也會吧？因爲德宏的力氣並不大啊，要怎麼犯案——」

「你眞的確定德宏的力氣不大嗎？你有看過他脫下長袖襯衫嗎？」凌月繼續問著。

經凌月這麼一問，所有P大民俗學系的成員，倒是眞的沒見過德宏脫掉過長袖襯衫。

凌月說著：「德宏只是身材矮、骨架小，並不代表他的雙臂不能練得肌肉結實！長年在長袖襯衫的掩飾下，只要不露出上臂，隱藏在袖子下的結實雙臂也看不出來，也就造成我們對於德宏一直有著瘦弱的印象。但是今天早上我無意間發現德宏的臂力比想像中還要大上許多，可以把另一個六角形輪盤丟得遠遠的，大約就是別墅大門到圍牆的那段距離。這也不禁讓我聯想到出現在後院山崖下的那根木棍也是德宏所丟的。」

德宏沒有反駁，表情反而異常平靜，只是不發一語看著凌月。

「凌月老兄啊，你是不是看錯還是怎麼樣的——」小刀見到德宏竟然沉默不語，乾脆自己幫他說幾句話。「你也不是沒看過，德宏搬重物很吃力的樣子啊。」

「力氣大裝不了，但力氣小卻是裝得出來——」泠霜插了一句。

凌月點點頭：「我們還是回到那個樓梯機關。蔚萱在樓梯間把阿隆敲昏後，就跑回西客房N1，

通知那時候以寫劇本爲藉口的德宏。雖然他最後是待在東客房N2，但其實犯案之時卻是先在東客房N1，蔚萱便在適當時機告訴他可以開啓樓梯的機關。」

「所以你是想說我也是共犯就是了嗎？」德宏一臉無奈地聳聳肩。「照你這樣繼續推理下去，我看所有人都會一個一個被你拖下水說是共犯——」

凌月沒有理會，反而拿出了幾張簡圖：「這張是機關開啓前的圖，這張是機關開啓後的圖，還有我在樓梯路段有出現接縫的地方都做上了記號。」

所有人在凌月的解說下，都湊了過來，只有被點名爲共犯的蔚萱、小琴與德宏三人依舊紋風不動，絲毫不感興趣。

「奇怪，這有什麼特別的嗎？」炳承一臉疑惑地說著。「不管是樓梯機關開啓前還是開啓後，二樓的東、西兩側還是沒有相通啊——」

「凌月老兄，是不是這些樓梯接縫可以打開？」小刀問著。

凌月搖搖頭。

「還是在兩側樓梯的交錯處，有地方的可以把東西搬到另一條樓梯內？」這次換阿雄發問。

「我倒覺得還是有什麼地方可以讓東西從二樓搬運到一樓，再藉由一樓兩側相通的密道搬運。」不待凌月評斷，圖澤又繼續說著。「只不過這樣需要耗費太多力氣和時間。」

圖澤提出了自己的論點，卻又把自己反駁了回去。

「咦？」站在凌月正對面的盈臻雙眼微睜。「這兩張圖的樓梯結構好像是相反的——」

凌月微微頷首笑了起來，拿筆在簡圖上頭劃了一個圓圈後交給大家。

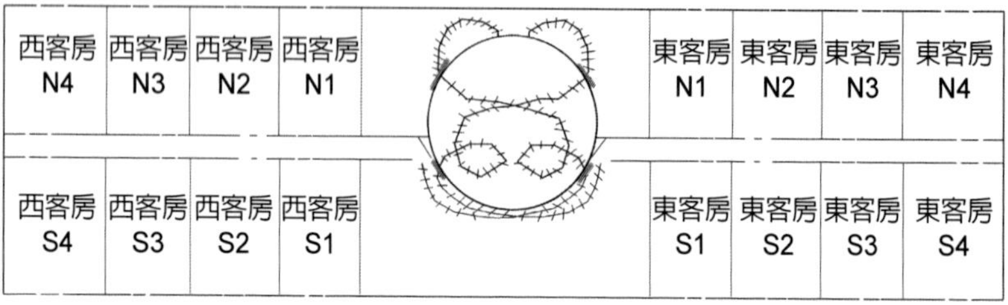

「這就是這棟別墅樓梯機關的關鍵——」凌月神情嚴肅地說著。「這機關並不是改變樓梯中間的通道，而是讓中間樓梯的圓盤整個旋轉。」

「可是這樣的話，簡圖中的四個樓梯接縫處高低並不相同，眞的可行嗎？」盈臻問著。

凌月微微笑著：「請仔細回想，這個樓梯左彎右拐、忽上忽下的設計，就是爲了讓四個樓梯接縫處設計在同一個高度。以圓盤爲中心，無論爬上、爬下的先後順序，樓梯的設計會使四個接縫處的高度趨於一致。」

「什麼意思——」小刀一臉疑惑地問著。「就算是樓梯旋轉又有什麼用嗎？東、西兩側還是互不相通啊——」

凌月又拿出第四張簡圖，上頭共有三個圖示，演示著樓梯機關的變化。凌月指著簡圖說著：「這第一個是最原始的樓梯結構圖，我在這邊做上記號，代表阿隆在這裡被蔚萱襲擊，接著告知德宏可以開啓機關後，整個樓梯就旋轉了一百八十度，而阿隆的位置反而跟二樓東側相連接，這時候開啓完樓梯機關的德宏，只要再下去樓梯間把阿隆拖出來，便可將阿隆在不經過一樓大廳的情況下，運送到二樓東側。不過光看簡圖也知道這段路途並不算短，也因此需要花費很大的力氣。等到把阿隆搬到東客房Ｓ１後，再趕快跑回東客房Ｎ１把機關恢復，只要再把阿隆從窗口推下，便完成了這個看似不可能的命案。當然，一樓大廳的部分，在共犯小琴的協助下，並不會有人上

樓，這個樓梯機關也就不容易被發現。而德宏只需要再提防被二樓東側這邊的P大民俗學系發現就好。為此他當初還建議大家把所有的道具和用品都堆放在走廊，形成一個自然的屏障，在昏暗的走廊中，一舉一動很難被查覺，況且這當中的動作都是可以停下來分解，如果不幸真的有P大民俗學系成員闖出來，不管是藏在樓梯間或是東客房S1的阿隆，並不是那麼容易就會被發現，只要德宏再用各種藉口讓人不去接近這些地方就可以避開。不過很幸運的，確實那時候沒有人出來攪局，也因為如此德宏乾脆在事成後躲到東客房N2，好讓自己跟關鍵的環節點都沒有關聯。為了湮滅證據，你之後又從東側北面的房間窗口，把那木棍運用你驚人的臂力丟到山崖。不過即使只丟到後院，也無所謂，因為當下最重要的就是把所有證據分散在三個共犯那裡，好讓案情更加撲朔迷離。」

德宏依舊神色自若地聳聳肩：「聽起來好像只有東客房N1可以辦到，可是我那時候是在東客房N2，這點盈臻他們可以證明，而我又關著門，當然不知道外面發生什麼事！」

「到現在還想狡辯嗎？」凌月冷冷地笑著。「那個六角形的輪盤，讓你露了餡。」

「又怎麼了？」德宏說著。「阿雄也可以證明那可不是我的東西，我是在這棟別墅撿到的，而且是在東側的房間撿到，當初行李可沒有這個東西，你們誰有看到我跟H大靈異研究社的誰接觸過嗎——」

「好像確實沒有——」阿雄喃喃地說著。

凌月微微笑著：「這就是你矛盾的地方，你說你是在別墅東側的東客房N3床底下發現的，但不巧的是，我一進來這棟別墅就已經先到過二樓東側把每一間房間都徹底搜查過，尤其是東客房N3，當初以為就是H大靈異研究社對窗外惡作劇的那間房間，我更是查了很多遍，根本就沒看到那個輪盤，你又怎麼可能在那邊找到？」

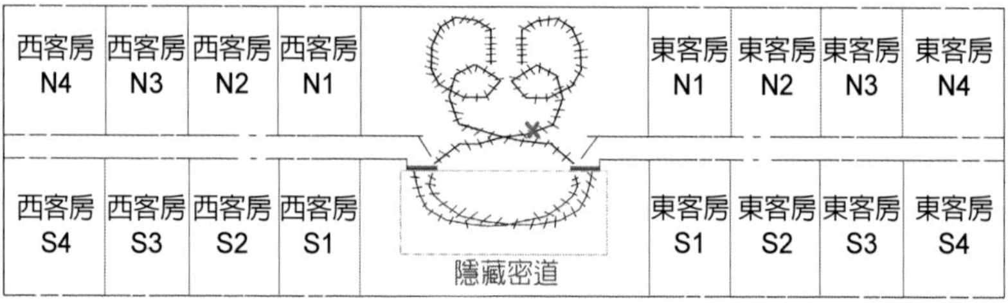
西客房 N4
西客房 N3
西客房 N2
西客房 N1
東客房 N1
東客房 N2
東客房 N3
東客房 N4
西客房 S4
西客房 S3
西客房 S2
西客房 S1
東客房 S1
東客房 S2
東客房 S3
東客房 S4
隱藏密道

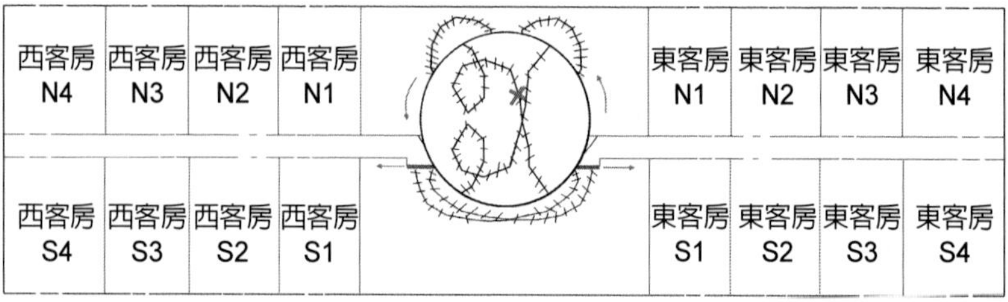
西客房 N4
西客房 N3
西客房 N2
西客房 N1
東客房 N1
東客房 N2
東客房 N3
東客房 N4
西客房 S4
西客房 S3
西客房 S2
西客房 S1
東客房 S1
東客房 S2
東客房 S3
東客房 S4

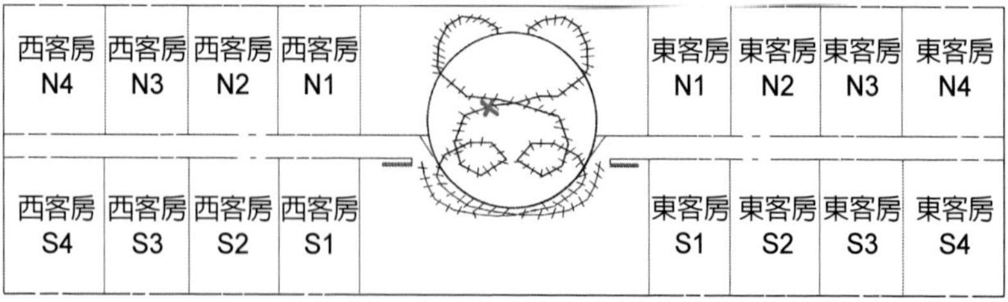
西客房 N4
西客房 N3
西客房 N2
西客房 N1
東客房 N1
東客房 N2
東客房 N3
東客房 N4
西客房 S4
西客房 S3
西客房 S2
西客房 S1
東客房 S1
東客房 S2
東客房 S3
東客房 S4

德宏笑了起來：「我又沒說是在什麼時候找到，我可是在阿隆命案之後，才又在東客房N3找到的——」

凌月先是冷笑，而後才又開口：「你這句話簡直就是自打嘴巴，當初阿隆命案發生後，你是在盈臻敲門提醒下，才從東客房N2出來，這之後馬上就跟大家行動，一直到最後睡覺時，你不都跟大家一起待在最後一間房間嗎？」

「可是我隔天一早就起床，那時候只有我一個人在房間外遊蕩——」德宏雖然還是笑著，但臉色變得有些慘白。

凌月搖搖頭：「你是想說你那輪盤是在隔天早上才撿到，然後就馬上丟到吊橋那邊的山谷下嗎？」

德宏鼻翼扇動，額角浮現汗珠，卻沒有答話。

「怎麼了？」凌月說著。「出現矛盾了吧。既然在阿隆命案發生後就一直跟著大家行動，根本就沒有機會去撿那個輪盤，唯一有機會的時間只有隔天一早的那個空檔，但是在前一天晚上大家分頭搜尋時，你所謂撿到的輪盤卻又出現在我們P大民俗學系的道具箱，這點炳承可以證明，你又要如何解釋？因為那輪盤根本是在你完成犯案後匆匆塞進去道具箱的！」

「確……確實是如此——」炳承低頭說著。

德宏雙手握拳想要反駁，卻又不知道該如何開口。

「可是他又是什麼時候拿到那個輪盤的？」小刀百思不解地問著。「他確實除了和炳承有過單獨接觸外，好像也沒有和蔚萱或小琴獨處過——」

泠霜開口說著：「這很簡單，打從一開始，那個輪盤就是在我們H大靈異研究社這裡，是直到你們

P大民俗學系來了以後，小琴才把輪盤交給德宏的——」

「有嗎？」盈臻微微歪頭回想著。「印象中好像沒有——」

凌月說著：「就是在一開始H大靈異研究社一起下山幫忙的時候，小琴把輪盤帶在隨身側包裡，在半山腰搬運東西時，交給德宏並藏在所搬運的睡袋中，而後更趁著大家整理行李道具時，再把輪盤放進道具箱，只是不巧後來被炳承給翻出。在計畫中本來就是要將所有的證物打散，擊昏阿隆沾有血跡的木棍往後院拋棄，那個可以開啓樓梯機關的六角形輪盤，更是要丟置前院的山谷。這樣一來，所有證物相當分散，而兇手又有三人，自然增加警方事後想要調查的困難度。即使事後那個輪盤或是木棍和阿凱副社的屍體都分別被人發現，也未必能將這些分散的證物串在一起。」

「說了那麼多，這個計畫聽起來也太過幸運與巧合了吧——」出乎意料外，小琴終於開口了。「你說我在一樓大廳的任務就是拖住其他人不讓他們上樓，假使這中間出了什麼意外，整個計畫不就毀了，而且二樓東側那邊我又要怎麼掌握，這邊手機又沒有收訊，總不能都用巧合來解釋吧——」

小琴原本只是雙眼無神地發著呆，這時卻突然像是醒了過來，眼神堅定地看著凌月。

不過凌月還沒開口前，泠霜率先說著：「這邊雖然沒有手機收訊，但在二樓東客房N1和西客房N1卻有著通訊設備，自然可以讓位處於東、西兩側的兩個共犯保持聯繫。而我們的成員就那麼多，西側的蔚萱算好人數下去得差不多後，就趕緊告訴東側的德宏。德宏也有適時回報東側的狀況，在小刀下樓後其他人只是待在房間休息，相當適合犯案，也就開始進行這個計畫。而在一樓的小琴，只要提議進行兩校交流，就可以一次把所有人都留在一樓一段時間，要是眞的發生什麼不可抗拒的意外，也只要驚聲尖叫，提醒在樓上的兩名共犯緊急中止計畫，還是可以達成小琴留在一樓的目的。而先前召靈儀式小

琴的尖叫聲，或許就是讓那時在二樓東側的德宏能夠先熟悉一下彼此的暗號。不過因爲一樓大廳的狀況都在小琴掌控之中，也就沒有用到這項計畫。」

「可是那個通訊設備會是什麼，我印象中好像沒有啊——」小刀輕皺雙眉問著。「總不會是探頭出去在窗口大吼吧？」

「如果你們不相信，等一下也可以帶你們去看，或是你們之後去後院，就能明白那個通訊設備是什麼。」凌月停頓了一下。「他們所使用的通訊設備，就是加裝在東客房N1與西客房N1窗外的水管。」

「什麼？水管？」阿森驚訝地說著。

「好像是有在窗口看過水管，可是那不是本來就有的管線嗎？」阿雄問著。

凌月微微搖頭：「那個水管如果從後院看去就會更明顯，雖然他們刻意用了較舊的水管安裝上去，但還是可以看出那個T字型的水管和後院牆壁明顯屬於不同年代。在十餘年前滅門血案發生後，這棟別墅就已經成爲廢墟，理應不可能再有人來加裝水管，更何況這個水管又只是連接這兩間房間，實在相當詭異。爲了避免過於怪異，才特別在水管中段又加了一個向下延伸的部分，勉強看起來像是承接雨水之類的用途。當然這項工程是在我們所有人到來之前就已經裝好，甚至是幾年前都有可能。事實上，那個T字型的水管只有連接左右兩側的部分相通，向下延伸的地方只是裝飾，中間並沒有接通。這樣一來左、右兩側的水管，經由管內空氣的傳導，就變成可以通話的通訊設備，這部分我先前和泠霜就已經在樓上試過。」

小琴聽了以後只是低頭不語，而德宏早就已經垂下雙肩不願辯駁，只有社長蔚萱繼續說著：「如果

說我跟小琴認識就算了，我們跟你們那個P大民俗學系的德宏根本就八竿子打不著，又怎麼會是共犯，根本就沒有共同的動機啊？」

凌月看著蔚萱瞇起雙眼說著：「要證據一定找得到，那個還在吊橋下方山谷溪流中的輪盤，我還知道位置，就卡在石縫之間。由於當初小琴下去一起搬運東西的時候，並沒有戴上手套，在這大熱天戴上手套也很奇怪，所以在輪盤上也會留下指紋。也許你們打從一開始就認爲這項證物事後會被德宏處理掉，當初也未必注重指紋的細節，畢竟就算輪盤被人發現，也未必知道那東西的用途，冒險一點的備案，就是讓德宏以『六道輪迴』劇本的神器一起帶回P大。但因爲不巧被炳承發現，大家又被困在山中，爲避免夜長夢多，樓梯機關有可能因此被人發現，也只好趕緊把輪盤處理掉。等到警方之後在山谷中找到那個輪盤，如果上面有小琴、蔚萱、炳承還有德宏的指紋，哪怕是只有小小的一枚，該怎麼解釋，你們就自己看著辦吧！更何況還有後院山谷下的木棍，有沒有什麼奇怪的指紋，我是不知道，也許那T字型的水管上也有妳和德宏的指紋，有太多種方法都可以證明。最重要的是只有你們三人有殺害阿凱副社與阿隆的動機——」

「我們哪有什麼動機——」蔚萱乾笑著。「就算你有一堆證據，我看都只是間接的證據罷了，在沒有動機的情況下罪名也無法輕易成立！」

「這可惡的女人還不承認嗎！把我這樣平白無故害死，又殺了阿隆學弟，眞是太過份！」角落的阿凱副社咬牙切齒地說著，不過在十三零的監視下，也不敢再擅自往前一步。

「你們承不承認，都已經無所謂了——」泠霜瞇起雙眼說著。「因爲除了你們三人以外，也沒有別的人可以犯案了，這件案子到此爲止，已經不需要什麼證據和動機，我不想再聽你們狡辯了——」

聽到泠霜突然說出這麼大的口氣，在場的所有人全都傻了眼，只有淩月一臉擔心地轉頭看了過去。

泠霜死盯著那三名共犯冷冷笑著，雙眼散發著青藍色寒光，早已伸起左掌喚出了生死簿，不過看不見生死簿的其他人並不知道泠霜在做些什麼，只有同爲陰陽判官的淩月相當清楚那個化名爲泠霜的冷雨想要做些什麼。

第十七章

「等一等！」凌月伸手作勢想要制止泠霜。「我想聽他們把動機說完，他們不說就讓我來說個清楚——」

「你們兩個！好大的口氣！」蔚萱眉頭深鎖大聲喊著。

泠霜依舊還是那副冷笑，不過又伸出右掌喚了硃砂筆，旁人看來泠霜也只是伸出雙手，掌心朝上不知道在做些什麼，臉上還露出那令人不寒而慄的笑容。

「泠雨判官！還不要那麼快！」凌月走到泠霜身旁眼神堅定地悄悄說著。「不讓他們了解動機，解開恩恩怨怨，這樣他們要怎麼放下執念！」

凌月指著大廳角落的阿凱與阿隆，不過眾人循著凌月指示的方向看去，卻也只是一片黑暗。

「哼——」泠霜冷哼一聲。「我倒忘了這筆功績應該讓給你，我也不需要再累積什麼神格，奪魂的工作就交給你，我只想抓到魔判官癸亥——」

「混小子，這案子可是咱們公主先破的，這功德算是咱們公主施捨給你的，你可要好好感激，別又再像以前那般忘恩負義——」繫在泠霜頸部的斑斕絲巾抬起其中一端說著。

泠霜眼神冷峻低頭狠狠瞪了卡利穆一眼，又抬頭看看凌月，這才縮手把生死簿與硃砂筆都收了回

去，其他人也只看見凌月與泠霜兩人不停竊竊私語，早就覺得這兩人的關係非常詭異。

「咳——」凌月重回原地刻意輕咳了一聲。「你們不願說明動機，就讓我來說清楚。動機當然不是蔚萓之前所說的兩名死者爲她爭風吃醋而引發殺機，那不過是蔚萓揑造出來的事實。就像我之前所說的，小琴的原名是高寶慧，就是十多年前滅門血案的那名生還者。而蔚萓原名是楊婷樺，如果再和那兩名被殺害的死者身分互相連結，就能知道蔚萓、德宏又怎麼會和這件案子扯上關係。因爲第一個死者林鴻凱是市警局局長林世保的兒子，而第二名死者謝霆隆則是市長吳藺威的兒子，不過他是沒有公開過的私生子。如果我猜得沒有錯的話，蔚萓就是當年滅門血案摔落窗口之外的第二名生還者，而德宏則是當年積極追查滅門血案刑警李智信的兒子。由於當年小琴和蔚萓親眼目睹整個血案過程，當然知道眞正的兇手是誰，而得知這項線索的刑警李智信想要追查下去，卻反而被高層壓了下來。而那個高層自然就是當時的中階長官林世保，因爲他和當時身爲市議員的吳藺威勾結。關於這些身世的證據我想都不會很難查到，因爲小琴和蔚萓後來分別被不同人所收養，自然會有不同的新名字，而德宏的父親更是容易查到——」

「可以不要再說了嗎！」德宏雙眼佈滿血絲瞪著凌月。

「姊姊——」待在角落的寶均小弟淚流滿面地呼喊著。「我想起來了！寶慧姊姊！」

原本還是一臉憤怒的阿凱，聽到凌月解釋之後，大概可以猜測到犯案動機是爲了復仇，雖然他們可以說是無辜受罪，卻也還是有著因果恩怨。

小琴與蔚萓面有難色地看著遠方，原本還是氣勢凌人的德宏，見到其他兩人的模樣，也跟著洩了氣。

「姊姊，妳還活著，而且變得好高，好像媽媽喔——」

寶均已經衝到小琴身後，想要伸手抱住，卻又只是穿了過去，只好站在小琴身邊哭著。

十三零原本想要上前阻止，卻又看到寶均哭得傷心，只好又退了回去。

原本只是一臉呆滯的小琴，突然哭喪著臉看向蔚萱：「事情都被發掘到這種地步了，好像什麼事都瞞不住——」

「唉，算了——」蔚萱輕嘆了一口氣。「報這個仇，本來就是我們三個人從小的心願，現在也達成了，本來也就沒打算脫罪，最好還能被媒體大肆報導我們的殺人動機，只不過現在時機還未成熟。就因爲那個罪魁禍首吳蘭威還是繼續消遙法外，不殺了他，我們怎麼嚥得下這口氣——」

德宏突然乾笑著：「算了，還是由我們自己來說，免得被旁人扭曲事實。我確實就是刑警李智信的兒子，小時候看著父親雄偉的背影，總覺得長大以後也要做個像他一樣的刑警。誰知道這個夢想在發生那起滅門血案後就破滅了。那時候也不知道這件案子有什麼特別，後來父親帶了兩個年紀相近的女孩回家短暫寄宿，就是小琴和蔚萱，雖然只有短短幾天，她們就在父親的安排下轉到了社福單位，還是讓我留下了深刻的印象。之後父親卻因爲過度積極追查這件案子，被人栽贓貪污收賄被迫離職，但是他氣不過這樣的名譽受損，個性耿直的父親最後在繳回槍械前舉槍自盡，以示自己的清白，這些都是我後來才知道的事情。等到我長大以後，突然有兩名女孩來到我家拜訪，我也才知道這件血案的背後，更想起小時候血案剛發生的那段時間，林世保與吳蘭威曾經多次來到我家拜訪，當時只覺得這兩人異常親切，好似有事相求。而在父親過世後，每當母親看到電視上出現這兩名人渣時，都會異常憤怒。我也是因爲小琴他們的來訪，才和他們再次搭上線，並一同發誓，一定要向林世保與吳蘭威復仇！」

「唉——」蔚萱眼眶泛紅嘆了一口氣。「我確實就是當年的另一名生還者，不過我只是個幫傭的女兒。那時候屋主高天實還有高媽媽都對我們這對窮困的母女非常好，因爲這棟別墅常常有許多客人來來

往往，我在那時候也會常常幫忙媽媽一起做著家事。只是怎麼樣也沒想到，就在吳蘭威入住的那一晚發生這種橫禍，我當然永遠都不會忘記。那時候要不是小琴的弟弟幫我拖住兇手吳蘭威，讓我情急之下跳窗逃生，早就也已經命喪於此。這條命原本就是撿來的，拼了命也要活著把眞相公諸於世，只可惜吳蘭威聲勢扶搖直上，現在還當上了市長，要接近他復仇根本就是不可能的事。當年的證言已經被視爲毫無參考價值，又被吳蘭威利用政治力量壓了下去，還有林世保運用警界關係讓案件草草結束，根本就永遠不可能翻案。」

「婷樺姊——」寶均破涕爲笑，轉向蔚萱揮舞著雙手，不過依舊無法碰觸。「我那時候眞的有救到妳嗎？太好了，妳眞的還活著——」

就在寶均碰觸蔚萱的那一刻，蔚萱突然哭了起來：「這個仇恨怎麼可能不報呢！一直對我很好的小少爺寶均爲了救我，就那樣在我面前慘死——」

看到蔚萱流下眼淚，有著相同慘痛經歷的小琴再也忍受不住，一同抱頭痛哭。

「嗚，婷樺姊，妳不要這樣。寶慧姊姊，妳們不要這樣——」原本見到蔚萱還活著好好的寶均，帶著微笑的稚氣臉龐，又突然扭曲變形嚎啕大哭。

十三零再也忍受不住，跑向前去抱起了寶均，輕皺著同樣稚嫩的臉龐抽咽地說著：「寶均，你不要這樣，這樣姊姊我也會哭的——」

待在角落的阿凱與阿隆面色鐵青呆立原地，卻也不知道該如何是好。

這時發現沒有人繼續交談，小刀一改以往對凌月輕蔑的態度，趁著這個空檔低聲下氣地湊了過來：「凌月老兄，你也太神了吧？他們的身世你又是怎麼查到的啊？怎麼想都不可能查到啊——」

凌月瞇起雙眼看了小刀一眼，接著只是淡淡地回應：「有些事，不需要問怎麼來的，我就是知道——」

這個回答等於沒講，小刀自然是很不滿意地輕皺眉頭，卻也不知道該怎麼繼續回應。或許就像盈臻說得一樣，凌月不想說的事情，怎麼問也問不出來，但這就是小刀最討厭凌月的地方。

「那……那個吊橋是誰燒掉的——」小刀想了一下又繼續問著。

凌月這次連看小刀一眼也不願意，只是冷冷地說著：「你不需要知道——」

「哼，臭屁什麼，捧你就得意起來——」小刀自討沒趣再次退回原處，又開始不停喃喃抱怨。

小刀安靜下來後，現場又陷入一片死寂。

見到小琴與蔚萱兩人已經哭得無法言語，德宏紅著眼眶打破沉默：「還好後來眞是天賜良機，小琴他們查到了林世保的兒子，蔚萱也就轉學過去，還刻意接近他，成爲男女朋友，更利用這種關係勸誘他一同加入H大靈異研究社，都是爲了之後的復仇鋪路。其實在那個時候我們已經做出決定，既然林世保與吳蘭威都那麼難以接近，倒不如向他們的子女復仇，不能讓他們就這麼一死了之，一定要讓他們體驗失去摯愛親人的悲傷還有身敗名裂的痛苦。後來我們又千方百計查到了吳蘭威的私生子，對外表面上沒有子女的吳蘭威，媒體面前一副恩愛夫妻的樣子，其實私德更是糟透了。吳蘭威不願意讓私生子曝光，除了會對他形象受損外，更可能是因爲到處結怨，要好好隱藏住這個兒子的身分，以免遭人報復，不過還是被我們用盡各種方法給找到了。只有這個私生子的吳蘭威，想必這個獨子對他來說十分重要。在得知阿隆也是就讀H大，這樣的好機會我們當然不會放過。爲了接近他，和他同一個學院的小琴刻意安排一樣的課程，再把他拉進H大靈異研究社。爲了讓那兩個消遙法外的人渣好好反省，除了殺掉他們的

兒子以外，當然場所一定要刻意選擇在這棟滅門血案的別墅，這樣一來吳藺威他們不可能沒有任何聯想的。而我們原本打算先讓他們體驗一下這種近似靈異事件復仇的恐懼和痛苦，然後在吳藺威準備轉戰總統之路時，再出來自首向媒體公布我們的動機，還有十餘年前的滅門血案，想必那兩個人渣一定會矢口否認。因爲選民就是那麼健忘，我們還不能那麼早就被捉，一定要在接近選舉前夕再自首，經由媒體大肆炒作還有另一個黨團的政治力量運作，才能嚴重毀掉那個人渣市長的政治生涯。這大概就是我們的計畫，原本那個被我丟下山谷的輪盤是依據小琴和蔚萱的兒時記憶，再加上多次前來此地考察所訂做的。本以爲只要處理掉，就不可能再有人啓動樓梯機關，只可惜半路還是被凌月和泠霜殺了一刀，之前已經翻遍這棟別墅怎麼樣都找不到原物，竟然還是被找到了——」

凌月與泠霜都很清楚，在這棟別墅裡就只有那個德宏他們所帶來的六角形輪盤，只是當然不能告訴他們說後來的輪盤是由卡利穆所撿回，就算說了也不會有人相信。不過這也可以解釋爲何那個輪盤的外觀會那麼新，因爲是後來德宏他們去特別訂做的新品。

聽到德宏狠狠地罵著自己的父親人渣，阿凱與阿隆顯得神情相當黯淡，但如果那起滅門血案兇手眞的就是吳藺威，而現任的警局局長林世保又是當年逼死德宏父親的幫兇，兩人的立場確實變得相當尷尬。

「唉——」德宏長嘆了一口氣。「就算殺了他們的兒子，誰知道那兩個狼心狗肺的人渣又會難過傷心嗎？可恨他們還是逍遙法外，在台灣也沒有人動得了他們！」

小琴垂著淚眼，抬頭望著天花板，又是一聲唉嘆：「這世界眞的有神明嗎？爲什麼明明做了喪盡天良的壞事，還無恥地嫁禍給我親生父親，現在不但當上市長，過得好好的，就連之後都有可能成爲總統的熱門人選。眞的有神的存在嗎——」

「雖然很對不起阿凱與阿隆，但走上這條路已經不能有後悔的餘地，我們就是下定決心才會痛下毒手，就是因爲吳藺威他們遲遲沒有遭到報應，我們才會——」蔚萱低頭喃喃唸著，後面的言語卻因爲過於小聲已經聽不清楚。

「婷樺姊、寶慧姊，你們不要這樣，我們只希望你們能好好活下去啊——」寶均話還沒說完，眼淚又流了下來。

凌月眼神略帶哀傷地看著這三名共犯，卻也無法改變他們殺人犯罪的事實。

——殺人償命，這是陰界定給陰陽判官簡單明瞭的執法界規。

原本只是雙手環抱胸前，冷眼觀看這一切的陰陽判官冷雨，見到凌月遲遲不肯行動，又再次喚出生死簿。

凌月當然很清楚，冷雨早就已經失去耐性。

「等一下——」凌月走到冷雨身邊小聲說著。

「還等什麼，他們都已經承認了，也罪證確鑿，還不進行奪魂！」冷雨輕皺秀眉顯得想當不耐。

「等會兒鬼門大開就不好辦，現在抹去陽壽，也要一段時間鬼差才會前來執行奪魂任務。一次少掉三個可疑宿主，還更省事——」

卡利穆見到凌月遲遲不爲所動，忍不住開口：「咱們公主好心給你累積神格，你自己又不領情，公主早叫你不要感情用事，聽那些愚蠢的人類喋喋不休的，還不快動手！」

見到凌月還是不爲所動，冷雨已經按捺不住，伸手把生死簿移向那三人，而生死簿也已經開始來回不停翻頁。

等到生死簿停下翻頁動作後，冷雨又將生死簿喚了回來，並平舉右手喚起硃砂毛筆，伸手握住硃砂筆後，就在生死簿上頭直接動作。

凌月當然知道冷雨想要做什麼，在見到冷雨收回生死簿後，凌月也趕緊喚出自己的生死簿移到那三人身後，等待生死簿停下翻頁收回一看，卻發現三名共犯的陽壽餘命已被抹去。

「妳！」

凌月瞪了冷雨一眼，趕緊伸出右掌喚出硃砂筆，又在生死簿上修改。

這下又換成冷雨瞪大雙眼，氣憤地說著：「你爲什麼要三番兩次阻撓我！」

冷雨重重下筆，又把三人陽壽抹去，而凌月自然是繼續修改自己手上的生死簿。雙方你一筆、我一筆地改著，苦的卻只是在陰界待命執行任務的鬼差。

見到凌月與冷霜兩人你來我往，大眼瞪小眼，眾人只是看得莫名其妙，而盈臻更是起身向前走了幾步，並擔心地問著：「凌月同學，你們怎麼了？發生了什麼事嗎？」

冷雨瞇起雙眼冷冷看了盈臻一眼，停下手中動作，收回生死簿與硃砂筆，並緩緩拿下繫在頸部的斑斕絲巾。

「妳想幹嘛！」見到冷雨的舉動，凌月慌張地問著。

「這些愚蠢的人類太過礙事了——」冷雨冷眼看著眾人，斑斕絲巾已然緊握手中。

就在凌月還來不及反應，冷雨已經以迅雷不及掩耳之勢，揮舞蛇鞭攻向大廳中央，不過目標並不是那些人，而是地上正在燃燒的一根根蠟燭。

眾人還看不清冷雨迅速俐落的動作，就已經發現眼前一黑，什麼都看不見。

黑暗之中凌月感覺一隻冰冷的手把他緊緊抓住，帶領他往某個方向迅速奔去，凌月當然很清楚那隻纖細玉手的主人就是陰陽判官靈蛇姬泠雨。

等到小刀等人反應過來，打開手電筒後，卻再也找不到凌月他們的蹤影，就這樣平白無故從別墅大廳消失了。

「他……他們眞的是普通人嗎？」

一直都是無神論的小刀，在經歷那麼多的怪事後，不禁懷疑凌月與泠霜可能眞的是懷有特異功能的奇人異士。

「算了——」盈臻微微笑著。「不奇怪就不是凌月了。」

「應該說不奇怪也就不是泠霜同學——」阿森笑笑地補了一句。

「哼——」圖澤只是冷哼一聲，卻也沒說什麼。

不過這幾人的對話一下就宣告暫停，因爲他們發現德宏、小琴與蔚萱那三人也不知道身在何處，一起從別墅大廳失去蹤影。

「他們三個人呢？」阿雄驚慌失措地叫著。

小刀與阿森四處揮舞手電筒搜尋三人的身影，不過確實已經不在一樓大廳，圖澤和炳承則往一樓西側書房找去。

「等一下——」盈臻站在大門口小聲對著後頭說著。「他們在那裡，但是我們還是不要打擾他們吧——」

阿雄與小刀走到了別墅大門，發現德宏、小琴與蔚萱三人坐在別墅庭院的雜草堆中雙手抱膝有說有

笑，正在一同欣賞著天空中的繁星點點，好似三個故友終於能夠卸下面具忘我交談。

不過德宏他們卻沒有發現寶均小弟此刻也一起依偎在小琴與蔚萱身旁，心滿意足地笑著。

「唉——」阿雄嘆了一口氣。「他們不都說過會去自首嗎？我們根本就不用擔心。雖然阿凱副社和阿隆相當無辜，但是我覺得他們三人的遭遇也很令人同情。」

「我們能幫上什麼忙嗎？能不能揭發吳蘭威那人面獸心的惡行？」小刀一臉嚴肅地說著。

阿森搖搖頭，神情黯然地說著：「如果可以的話，他們怎麼可能不去嘗試，更何況當年的滅門血案又是密室狀態，再加上吳蘭威的政治勢力，當然就更難翻案了。只是阿凱副社和阿隆眞的又有什麼罪呢？眞的需要這樣父債子還嗎——」

盈臻靜靜地看著三人互相依偎的背影，如果沒有發生這些命案，這三人看起來也不過是個夏日夜遊談天的普通大學生，或許這種平平凡凡的生活，才是這三個人所嚮往的。

雖然和阿凱副社素未謀面，又和阿隆幾乎沒有講過什麼話，也不了解他們的爲人，卻還是覺得死得相當無辜。

看著那爲了血案復仇、替家人洗刷冤屈，彷彿一開始就已經拋棄人生的三人，盈臻的視野卻也逐漸模糊起來。

ঙ ঙ

「你到底想幹嘛！三番兩次阻止我辦案！」冷雨在別墅後院對著凌月忿忿地說著。

就在冷雨擊滅大廳燭火，趁著一片黑暗，把凌月一路拉到了別墅後院。

「混蛋！你真的不知好歹，是想包庇罪行嗎？」握在冷雨手中的卡利穆，大聲地嚷著。「殺人償命，這麼簡單的界規，都不好好執法嗎？」

凌月搖搖頭：「我想妳也不是沒聽到他們三人原本就已經有自首的打算，並沒有要逃避刑責，我想就讓他們在陽界贖罪吧——」

「哪有那麼容易的事！」冷雨瞪大雙眼，又喚出了生死簿。「殺人就是要償命，這就是我們陰陽判官的執法職責！我可不像你會對愚蠢的人類感情用事！」

冷雨將卡利穆披回肩上，又喚出了硃砂筆，把三人的陽壽再次抹去。

凌月這次並沒有再動手更改生死簿，右掌朝上將生死簿浮在半空，並開口說著：「可不可做個妥協，那三人的犯罪動機並不是沒有因果恩怨，將這三人陽壽各減十年，讓他們在陽界贖罪——」

「不可。」冷雨口氣堅定地說著。

「那減去一半呢？」

「沒那麼容易！」冷雨微微抬頭，瞄了凌月一眼。

見到冷雨如此堅持，凌月瞇起雙眼微舉右手，準備再次喚出硃砂筆更改生死簿，以免時間一久，陰界的鬼差就已經出動任務。

「臭凌月！竟然又把我給丟下，跟那毒蛇公主跑了！她到底哪裡好了！氣死我了！氣死我了！」

十三零帶著阿凱與阿隆一起出現在別墅後院，突然打斷了凌月與冷雨兩人之間的談判。

「哼，別煩我——」凌月瞪了十三零一眼。「妳本來就死了，氣死剛好——」

十三零鼓著雙頰回瞪過去，只不過她也很清楚冷雨一直想置那三名共犯於死地，也就轉身對著冷雨說著：「毒蛇公主，妳也別那麼固執啊，咱們凌月大爺又不是要包庇罪犯，在陽界贖罪也是一種方式啊——」

在冷雨肩上慢慢滑行的卡利穆搖搖蛇頭：「潑辣小娃啊，現在陽界的刑罰愈來愈輕，有跟沒有都快差不多了，殺人根本就不用償命，蹲沒幾年牢獄，出來又是一條惡煞，這樣只是便宜了他們，永遠也不會知道改過，還是讓他們去陰間好好贖罪。想當年蛇爺爺我可是親眼見過多少殘酷的陽界行刑方式，什麼凌遲三千刀、梟首於市、車裂的啊，那時候嚴刑峻罰下治安可是好得很，宵小盜賊哪敢放個屁，陰陽判官多半都可以長時間納涼。」

「我說老蛇皮啊，時代早變了——」十三零不以為然地說著。「咱們凌月大爺寧可放棄累積功績的機會，也要讓他們在陽界贖罪，自然是有他的道理，不然冤冤相報何時了？要不然就讓這兩個受害者自己決定吧！」

十三零說完轉身看著阿凱與阿隆，眼神自然是兇狠無比，好似要敢不依她所言行事，保證會被地獄之火燒得魂飛魄散。

「這——」阿隆歪頭苦笑，不知道該如何開口，阿凱也只是動也不動呆立原地。

「好——」冷雨掛著冷笑微微點點頭。「就由受害者來決定！要不要化解仇恨就由你們自己抉擇——」

「喔，我忘了跟你們介紹，那個站在那裡貌似天仙的狠毒美女，就是我跟你們說過的毒蛇公主！」

十三零說到「毒蛇公主」四字還刻意把秀眉挑得高高的，好似平時已經不知道灌輸他們多少毒蛇公

主的壞話。

阿凱副社左顧右盼，看看冷雨，又看看凌月與十三零，實在有些難以抉擇。而原本還不知道該如何開口的阿隆，突然伸起雙手交扣在後腦勺，一臉悠哉地說著：「唉呀，小妹妹大人早告誡過我們——」

十三零雙眼瞪得奇大，深怕阿隆就要把她之前加油添醋形容冷雨的壞話，一字不漏地說了出來。還來不及阻止，阿隆又繼續說著：「鬼的記性本來就很差，我覺得一點也不錯，怎麼在陽界的記憶一點也記不得。我到底有什麼家人，有什麼朋友，還是有什麼仇人，一點也記不得。我的家人做了什麼，我的朋友又做了什麼，我一點也不清楚。反正這些記憶本來就是生不帶來，死不帶去，我現在只想好好去陰間爽快睡上一覺，那個無聊的陽界，我可是一點也不留念，才不會有什麼執念。判官大人就趕快帶我去陰間好好睡覺吧——」

阿隆說完還刻意雙眼無神地打了一個大大的哈欠。

「咦？是寶均——」十三零微微驚叫著。

原本眾人還不知道該怎麼回應阿隆，寶均小弟卻不知從什麼時候開始，就已經出現在別墅後院的大門前，這時眾人才在十三零的提示下，一個轉頭發現他那一臉稚氣的小小身影慢慢走來。

不似阿隆那般看開一切的阿凱，見到當年滅門血案的受害者寶均，隨著他那緩緩靠近的腳步，突然心情變得更爲複雜。

「大哥哥，我已經沒有什麼掛念了，那個我最喜歡的寶慧姊姊，還有——」寶均突然低下頭去拉著凌月的衣角。「還有婷樺姊也安然無事，我也跟那個哥哥一樣想睡覺了，可以帶我去新家嗎——」

阿凱副社見到阿隆與寶均都是這麼灑脫，更何況自己的父親與阿隆的父親似乎也對眼前的那名小弟

第一家人做過不好的事，原本緊握的雙拳也就緩緩鬆了開來。

「唉——」阿凱嘆了一口氣，雖然心有不甘，還是勉爲其難地說著。「這個阿隆學弟生前到底是怎麼樣的人，這個小弟弟又是誰，我怎麼一點印象也沒有。唉，我記性也好差，我到底是誰，我怎麼也好想睡覺——」

一看就知道阿凱副社也跟著阿隆一樣開始裝蒜，不過兩人的決定已經相當明顯。

「哼——」冷雨瞇起雙眼顯得相當不悅。「你們以爲這樣就能敷衍我嗎？」

「冷雨判官，妳到底是什麼原因非得置那三人於死地？在陽界贖罪也是一種裁決的方式，難道這件案子就不能讓給我裁決嗎？」凌月語帶哀求地說著。

「要是他們之中藏有魔判官癸亥又該怎麼辦？」卡利穆不以爲然地翹起蛇頭大聲嚷著。「既然犯了罪，自然是要受罰，剛好奪了魂也能順便找找癸亥的下落——」

「如果是這個原因，那倒好辦——」凌月頓時露出淺淺的笑容。「我不是說過我已經知道魔判官癸亥的下落，但並不是他們三人。」

「那癸亥又身在何處？」冷雨冷冷地問著。

凌月沒有馬上回答，反而大聲宣示著：「那這件案子就這麼決定，那三名共犯判處陽壽減半，其餘罪刑就留在陽界贖罪，若是之後沒有履行自首的諾言，我自會親自下達奪魂命令，以最爲痛苦的方式死去。」

話還沒說完，凌月已經手握硃砂筆，在生死簿上做出修改。相當諷刺地，這三人即使陽壽減半，還是有著很長的餘命，尤其是小琴的壽命竟然只是縮爲五十年，可見他們當初若是沒有執意要進行復仇，

可以長命百歲活到一百年。

「可以說了嗎？」冷雨問著。

「等一下，我先請十三零送他們回去陰界——」

凌月收起生死簿又再舉起硃砂毛筆劃起了陰陽結界，等待結界完成後，凌月才又開口：「你們就先進去結界吧！十三零會帶你們去靈界報到的，但不久後你們又可以重回陽界遊蕩整整一個月——」

十三零點點頭，並對阿凱與阿隆使了眼色，催促他們趕快上道。

阿凱與阿隆對凌月深深鞠了一個躬，寶均則是滿臉笑容和凌月道別，接著阿凱與阿隆便一人一手牽著寶均進入陰陽結界，而十三零則是緊跟在他們後面。

看著這三個上一代擁有深仇大恨的亡魂，如今能夠這樣和樂相處，或許鬼的記性很差，就是爲了不把陽間的恩恩怨怨帶入陰界，也可能寶均小弟自始至終也不知道這兩個牽著他小手的人，和他在陽界擁有什麼樣的關係。畢竟這一切也不重要了，都是要一起去靈界重新生活，等待六道輪迴的投胎轉世。

不過就在十三零準備進入結界之時，別墅後院的外牆鐵門邊卻出現一團來勢洶洶的鬼影，細細數來大約一共十二個左右，並不停猛烈敲擊結界。

「著魔鬼差——」凌月瞪大雙眼。「怎麼會這樣！」

原本冷雨在這座山所佈下的結界，隨著時間的推移愈形脆弱，只是沒有想到此刻竟然一下就被鬼影攻破。就在結界散發青光破碎之後，果然出現了十來個著魔鬼差，各個手持鐵鍊枷鎖不停揮舞。

冷雨見狀後早就雙手一揮，一陣百合花瓣飄過後隨即化爲原形，身著朱衣紅裙赤腳著地，而凌月也在此刻變換爲古代漢裝。

不過那些著魔鬼差攻破結界後，並沒有迎面而來，反而往山崖底下俯衝而去。

「奇怪，難道是因為——」凌月大喊一聲。「因為魔判官癸亥就在底下！」

「什麼！」冷雨瞪大雙眼。

凌月深鎖眉頭繼續說著：「我們先前一直在注意別墅中的活人，卻忽略了一開始就已經死亡的阿凱副社。雖然阿隆身亡後，並沒有出現魔判官癸亥寄宿的異狀，理應就不是癸亥的宿主，可能另有其人，但我們打從一開始就遺忘了最早被殺害的阿凱。當初我看到在山崖底下的阿凱屍體，就覺得樣子過於詭異，墜落山谷慘死，手臂也被尖石給撞斷一隻，竟然還能爬起維持著近似盤坐的方式死去。後來才想到其實那並不是阿凱氣絕前的動作，而是阿凱死後，由寄宿的魔判官癸亥控制屍體，因為墜落山谷無法上來，而元靈又尚未足夠，無法完全離開死體那麼長的時間，才會繼續待在山谷底下養神，不坐上個三天三夜，恐怕也無法輕易離開阿凱的死體，況且癸亥在等待的，就是鬼門大開後百鬼夜行的混亂場面。原以為在冷雨判官的結界之下，只要在鬼月來臨前，虛弱的癸亥已經無法逃遁，想不到竟然來了救兵，不過那些著魔鬼差，連十三零都足以對付，自然也不會是你們的對手了——」

「混小子！你怎麼不早講！那個結界本來就是愈來愈弱，遲早會被攻破的！」卡利穆大聲斥責。

「馬上就是可以肆無忌憚的鬼月，現在爪牙又來了，麻煩可大了——」

「老蛇皮，你也太小題大作了吧——」被突如其來的著魔鬼差襲擊而停下動作的十三零，還尚未走進陰陽結界，轉過身來對卡利穆說著。「你們毒蛇公主靈力如此強大，既然魔判官癸亥就困在底下，還怕捉不到嗎？那些著魔鬼差就算一起全上我看只要你這老蛇皮吐口水就全倒了，更何況是你們那個心狠手辣的毒蛇公主出手的話——」

「唉——」卡利穆搖搖蛇頭。「那個結界部位會那麼不堪一擊，還不是因爲之前被某個半人半鬼的莽撞鬼給撞過去，現在可好了，又要替你們收拾殘局——」

一直靜靜待在一旁的冷雨臉上完全沒有笑容，只是瞇起雙眼伺機而動。而凌月此刻也感受到冷雨的不尋常，顯然事情恐怕並不樂觀。

「快回去靈界吧——」冷雨冷冷地說著。「你這個半殘不全的廢人，這不是你可以參與的戰役——」

冷雨話還沒說完，四周突然颳起了一陣強風，以別墅後院圍牆鐵門爲中心，一旁的雜物全被這陣狂風捲起。在雜物之中混著紅黑色的火焰，耳邊響起了震耳的笑聲，是個令人不悅的低沉嗓音。

「老朋友，咱們又見面了，還有那個判徒十三零——」低沉的聲音繼續說著。「四處派出鬼差都無法狙擊你，想不到你卻自己找上門來——」

等待煙霧散去，眼前出現一名身穿古代官服的壯年男子，膚色有如死人般地鐵青，嘴邊留有濃密的鬍鬚，看起來頗具威嚴，不過泛著紅光的雙眼，卻是邪氣逼人，手上還拿著圍繞著黑火的巨型硃砂毛筆和一本泛著黑霧的古籍，正是魔判官癸亥，其身旁還有十二名揮舞枷鎖的著魔鬼差。

「看看你這混小子又闖下什麼大禍！」卡利穆忿忿地說著。「那些著魔鬼差不知道帶了多少怨魂給癸亥吸了進去——」

「可惡！」十三零手擺劍指，擋在凌月身前，不過其實身上已經了無靈力。

癸亥帶著邪惡的笑容，撐開了那浮在半空的古籍，開始在書中聚起了魔界黑火。而一旁的十二名惡鬼差早就動作一致高舉枷鎖朝凌月狠狠攻去。

凌月還來不及反應，一個個沉重的枷鎖早就迎面而來。

就在轉瞬之間，冷雨早已動作俐落揮舞硃砂毛筆，在前方寫下咒文，倏地形成一道堅硬的屏障，而來勢洶洶的枷鎖也只是硬生生被擋了下來。

「喔——」癸亥那低沉的嗓音又傳了過來。「靈蛇姬冷雨，那軟弱的北凌月又需要女人來保護了——」

癸亥說完只是一笑，繼續聚集魔界黑火。

「你這背後靈就趕快跟你那半殘不全的陰陽判官逃回靈界去避一避啊！」披在冷雨肩上的卡利穆不耐地說著。「我蛇爺爺要和咱們公主聯手大戰魔判官，你們就快滾吧！一個沒靈力的，一個沒神格的，少在這裡礙事！」

「哼，臭屁個什麼勁！」十三零噘著小嘴。

「不是跟妳開玩笑！」卡利穆又繼續說著。「既然咱們公主破案在先，妳這潑辣小娃打賭就是輸了，隨便我怎麼處置，還不乖乖聽蛇爺爺的話回家睡覺去！」

「誰理你！」十三零瞇起雙眼作好備戰架勢。「要戰就一起戰！」

「凌月老兄，冷霜同學，你們在別墅後院嗎？」

就在這個緊要關頭，別墅後院大門內竟然隱約傳來了小刀的聲音。

「那個沈凌月一定是在後院，不然還能去哪，還好我們發現書房的密道了——」另一邊傳來了圖澤的聲音。

冷雨拿出短笛，以極為冷峻的眼神盯著凌月，並開口說著：「如果你想救救你那些愚蠢的人類朋友，你最好就識時務點滾回靈界，不要來礙事！」

話一說完，冷雨以笛就口，整座山頓時繚繞在幽美的笛音之中，眼見愈來愈多百合花瓣飄向後院，圍繞著癸亥與冷雨。

「冷雨，妳——」

凌月當然很清楚，爲了不波及旁人，冷雨想要把癸亥帶到自有的空間再進行決戰。

「混小子，算你好運，這次咱們公主又要出手救你——」在百合花瓣群中若隱若現的卡利穆大聲嚷著。「你可別以爲公主當初設下結界是要關你，可是爲了怕你被著魔鬼差追殺，才想保護你。你以爲在你神格尚未覺醒的這段期間，每次都能逢凶化吉，到底是誰在暗中幫助——」

「卡爺，不要多嘴，戰吧！」冷雨冷冷地說著。

卡利穆話還沒說完，突然像是被甩出一般，頓時失去了言語。在一片百合花瓣中，只聽見一陣陣俐落的蛇鞭聲響與著魔鬼差的鐵鍊互相交擊。

一直待在圍牆鐵門邊的癸亥早就聚好魔界黑火蓄勢待發，就在癸亥高舉古籍向前用力一揮之時，一陣猛烈的黑火直直朝向冷雨猛烈攻去，只不過雙方此刻已被百合花瓣所淹沒，不一會兒數以萬計的百合花朵驟然消失，只留下空蕩蕩的一片別墅後院，彷彿什麼事也沒發生過。

「凌月老兄，我知道你在後院，我們已經找到密道了，哈哈哈！」

小刀的聲音又再次傳到凌月耳邊，只是這次的聲音更爲接近。

「十三零還發什麼呆啊——」凌月輕輕敲了十三零的額頭，指著眼前的陰陽結界，這才讓望著後院出神的十三零回過神來。

「唉——」十三零輕嘆了一口氣。「那個蛇爺爺跟毒蛇公主到底行不行啊——」

「我想冷雨判官靈力那麼高強，現在那個癸亥虛弱的很，不過是虛張聲勢，想要拖到鬼門大開後趁亂逃脫，自然也不會是冷雨的對手——」凌月說著。

「可是——」十三零回頭望著空蕩蕩的庭院，顯得相當擔心。

凌月不想繼續理會十三零，又拿出了看家的無視本領，獨自走進了陰陽結界。

等到十三零再次回頭，卻發現陰陽結界已經慢慢縮小，更是瞪大雙眼迅速跟了上去，並大聲喊著：「可惡！臭凌月，你又丟下我！」

小刀等人走到別墅後院的大門口，卻與走在另一端書房密道的圖澤與炳承迎面相遇，小刀與圖澤兩人互當空氣，更是直接往後門外踏去，卻發現別墅後院空無一人，什麼凌月還是冷霜的，根本就不見蹤影，只有一叢叢雜草隨風擺動，發出窸窣的聲響。

終 章

一個月後

「你說你叫做謝霆隆想要求見？」大門警衛再次做了一個確認。「好吧，我再去問看看——」

晚間十點半，一個還不算太晚的時間，卻不是個適合來訪的時段，整個城市已經陸續出現了熄燈的店家，不過凌月眼前矗立的這一棟獨棟豪宅，卻還是燈火通明，尤其是庭院中一排排別緻的歐式燈臺，更是把整棟建築的四周點綴得璀璨無比。這棟位於都市精華地段的豪宅，不但外觀氣派，就連佔地面積也是相當遼闊，可見屋子主人的身分地位必然相當顯赫。

過沒多久，大門警衛再次現身，並一臉嚴肅地說著：「市長說願意見你——」

凌月點點頭，眼看戒備森嚴的鐵門在嘎嘎作響下開了一個小縫，僅容一人通過，也就穿過大門走了進去。

才剛進去沒多久，一隊荷槍實彈的員警，就已經停在凌月面前進行搜身，不過身上當然沒有任何危險物品。

隨著一名貌似隨扈人員的引領之下，凌月穿過了庭院走進了那棟豪宅，在裝飾華麗的會客廳等著。

在會客廳枯坐了一段時間，總算有一名身穿套裝的年輕女子，從會客廳的另一端走了過來。

「市長請你進去——」那名年輕女子說著。

凌月跟著年輕女子的腳步，穿越長廊上了二樓，並停在其中一間擁有華麗雕飾的房門前。

年輕女子靠近房門輕輕敲了幾下，並開口說著：「吳市長，我把客人帶來了——」

沒一會兒，那個厚重的大門往內退開，一張打扮得一絲不苟的中年男子臉龐，從夾縫間探出頭來。

「沒妳的事了，退下去吧——」那名中年男子揮手說著。

年輕女子接到指示後也只是微微點頭退了下去。

「進來吧——」中年男子說著。

凌月上下打量著這名中年男子，即使已經接近晚間十一點，依舊在自家豪宅內身穿筆挺的西裝，不過襯衫上並沒有打著領帶，一頭後梳整齊的油髮，與臉上那招牌的濃眉，這名中年男子就是那個在媒體面前形象極為清新的吳藺威市長。

近來因為市區內治安問題再次頻傳，以往皆以震怒宣誓掃黑聞名的市長，這次當然又一如往常繼續在媒體面前大聲向黑道宣戰，還搏得不少媒體版面。即使市區內問題不斷，吳藺威還是擁有極高的人氣，更是下一屆總統候選人的熱門人選。

凌月才剛走進房間，吳藺威就相當謹慎地把房門鎖上。這間房間相當寬闊，兩旁都是擺滿書籍的高級木櫃，而正前方則是一張雅緻的木質辦公桌，看來這間房間或許就是吳藺威在自宅所使用的辦公廳。

「說吧！」吳藺威坐在辦公桌後的皮製辦公椅上。「你是霆隆的什麼人，看起來應該是他的同學。你的要求又是什麼？要錢？要多少？」

還不待凌月開口，吳藺威已經相當不耐地連問了一長串話。

凌月搖搖頭：「我或許也可以算是霆隆的同學或是朋友。我只是想來釐清十餘年前那棟別墅滅門血案的疑點——」

聽到凌月提起滅門血案，吳藺威不覺雙眼微睜，但在政治場景歷練深厚的他，自然是一下就恢復原來那雙精明的眼神。

「你是想要更多錢嗎？」吳藺威毫不在乎地說著，並點起了擺置在辦公桌上的一包高級香菸。

「吳市長，當年滅門血案的兇手就是你——」凌月以極為冷峻的眼神盯著吳藺威。

吳藺威只是笑了一下，接著神色自若地把菸塞進嘴裡抽了一口，才又開口：「笑話，那是多久以前的錯誤新聞了——」

「哼——」一直跟在凌月身旁的十三零，這時從凌月背後冒出頭來，不過在場也只有凌月能夠看得到她。「這死老頭也太無恥了吧，已經多少人都指證歷歷，到現在還想裝蒜！」

凌月沒有理會背後的十三零繼續開口說著：「你難道還不承認嗎？那些殺了你兒子霆隆的人，都這麼向警方供稱是為了報復十餘年前的滅門血案，才會刻意選在那棟別墅行兇——」

「哈哈——」吳藺威笑了一聲，又抽了一口菸，輕輕吐出煙霧後才又說著：「也都快一個月了，你不提醒我倒快忘記。第一，謝霆隆不是我的兒子，跟我沒有關係。第二，那三個殺人兇手去自首的動機相當可疑，想必當初就是為了脫罪才想嫁禍給我。還好這種明明是因為男女感情糾紛的事，只因為其中一名被害者是市警局局長林世保的兒子，就想要牽拖到我身上，真是可笑。你自己看看，那新聞報了兩天，大家就沒興趣，因為根本就是空穴來風。」

「無恥！眞是太無恥！」十三零在淩月耳邊大聲咒罵。「要不是之前因爲遇到鬼月不能執法，早就來找你算帳！」

「哼───」淩月冷冷地笑了起來。「第一，你的政商關係好，想將這件事從媒體版面壓下來，當然是輕而易舉。第二，你每天在媒體版面上冠冕堂皇向黑道宣戰，也只是自導自演，因爲你本身就和黑道掛勾，永遠不可能去得罪黑道勢力，更別說那些例行的掃黑宣戰也只是做做樣子。第三，霆隆是不是你的親生兒子，那三名兇手有其中兩名就是當年的滅門血案生還者，這種事要調查，並不是多難的事，只不過因爲你擁有警界資源，自然不可能讓這些事情對外洩漏出來。」

吳藺威愈聽愈怒，將手中的菸蒂刻意往淩月的方向抖了過去，並開口說著：「笑話，你跟那些殺人犯有什麼兩樣，說穿不就是想假借這種名義來對我勒索。」

「既然是空穴來風，又何來勒索之有！」淩月語帶輕蔑地說著。

吳藺威狠狠地瞪了淩月一眼，把香菸重重往桌上的菸灰缸捏了下去，隨即又另外點了一根菸繼續抽著。

淩月也毫不客氣回瞪一眼繼續說著：「一個多月前，台北市河濱公園發生數起年輕女子的殘殺案，受害者都遭到亂刀刺殺，但各個死者之間卻沒有任何關聯，唯一的共通性，就只有都是年輕女性。警方最後也只能鎖定是憎恨年輕女性的精神異常者隨機殺人，不過到最後都沒有結果。其中一名受害者的名字叫做盧琴，由於也是身處外地，幾個星期才會回去台北一趟，你的草包黑道小弟就殺錯了人，而你恐怕有好一段時間都以爲這名當年滅門血案的生還者已經解決，至少不用再時時擔心這個高天實的親生女兒，哪一天又會再跑出來爆料，尤其在你將要踏上總統之路時，妨礙你的政治生涯。當初你指使你的小

弟多殺了其他年輕女性，就只是爲了掩飾你殺害盧琴的事實，只可惜你的小弟當初追查高寶慧，是有查到盧琴，但是去執行連續殺人的小弟卻是搞了個烏龍——」

「你到底在說些什麼，自己在那邊編故事嗎？」吳蘭威不屑地說著。

凌月搖搖頭：「你那個小弟已經親口告訴我，也承認這件事了——」

「哼——」吳蘭威輕蔑地笑了起來。「那他人呢？」

「原本還沒找到這個關鍵，自然是對整件連續兇殺案沒有頭緒，但知道是你的陰謀後，要找出兇手就變得相當容易。」凌月突然露出了一個冷笑：「你的那個小弟已經死了，而且死得很淒慘！以最爲痛苦的方式死去！」

「是啊，是啊——」十三零得意地說著。「現在應該已經死了——」

吳蘭威先是雙眼微睜，而後隨即回復原來的模樣繼續笑著：「你這乳臭未乾的小子，你以爲我吳蘭威是被嚇大的嗎？什麼大風大浪我沒見過，竟然還想唬我。你自己去好好研讀當年高天實滅門血案的新聞報導，明明就是密室狀態，是那個高天實發了瘋自己殺掉所有家人，那個生還者只不過是驚嚇過度，胡亂栽贓也常常出現在那棟別墅的我。附帶一提，那些過去因爲這件事想要栽贓我的人，可是都沒有什麼好下場，可別說我沒有好心先提醒你！」

面對吳蘭威恫嚇的言語，凌月絲毫沒有任何畏懼，還是掛著冷笑：「又想使用十餘年前的那一招嗎？當初偵辦此案的員警李智信，就是發現案件的疑點，才被你動用警界關係，讓長官林世保栽贓貪污，將李智信逐出警界，果然與你這凶神惡煞作對的人都沒有好下場。」

吳蘭威聽了以後沒有任何惱怒，輕輕鬆鬆地抽了幾口菸，才又開口：「既然知道跟我作對沒有好下

場，還敢單槍匹馬就跑來我的官邸，這點我很欣賞你。既然如此，我一定也會熱情招待你，想葬身在何處，你大也可以不必客氣，好好跟我說個清楚，這最後的遺願我會盡可能吩咐我的部下照辦。不過聽起來你好像是對十餘年前的滅門血案很有研究，那我倒想聽聽你對那件案情又有什麼高見。」

「呦——」十三零刻意拉高音調說著。「眞是膽大包天啊！小小的陽界凡人，竟敢騎到陰陽判官的頭上啊，眞的已經活得不耐煩，到底是誰才會沒有好下場！」

凌月無視於十三零的存在繼續說著：「那個命案只不過是看似密室狀態的樣子，其實根本就不是！」

「你說說看，好好珍惜你還能說話的時間——」吳藺威掛著可掬的笑容異常親切地說著，右手還是捏著抽到一半的香菸，但左手已經偷偷往辦公桌內側的一個隱密按鈕壓下。

凌月淡淡地說著：「當初警方都沒能發現那棟別墅的樓梯其實藏有機關，因爲啓動機關的關鍵六角形輪盤，在案發後早就被你給處理掉，就算能發現機關，也沒有啓動機關的輪盤。那個樓梯機關的功能，不用我說你也很清楚，當初不知道你是怎麼發現的，但當你知道以後，你便想出了一個製造密室的方法。那時候還只是個市議員的你，還不像現在那麼囂張，擁有這麼多爪牙。高天實本身也不是個善類，那棟別墅之所以會設計成那種詭異的格局，除了因爲本身是建築師退隱想要設計出不同的風格外，他之所以早早退休，又選擇在這麼隱密的地方蓋起獨棟別墅，就是爲了避人耳目。除了樓梯擁有機關以外，一樓東、西兩側也擁有相通的密道，而別墅後頭更有一個和前院設計得一模一樣的後院。這些都是爲了讓入住別墅進行非法交易的政商名流圖得隱密外，更重要的是他還能利用這些機關來進行各種詭計，這些部分我就不想再繼續說明與猜測。只不過當初樓梯詭計是爲了方便他在西客房的客人入睡

後，即使一樓樓梯鐵門已經反鎖，他還能利用機關侵入二樓西側。但是最後這個機關卻反被你給利用了——」

吳蘭威點點頭，露出了滿意的微笑，將快要燃盡的香菸丟入菸灰缸，緊接著悄悄拉開辦公桌的右側抽屜，將右手伏在抽屜內的手槍上。

凌月繼續說著：「因爲高天實手中握有你的把柄，也對你進行勒索，引發你的殺機，在你知道樓梯機關後，當晚就如往常一般，在你與高天實的家人都回房休息，並將各自的一樓樓梯口鐵門鎖上後，便開始執行你那狠毒的殺人計畫。但在作案前，你先下樓將連接西客房的一樓樓梯鐵門開啓，而後又回到二樓西側轉動了樓梯機關，將左、右兩側樓梯互換。這樣一來，即便當初高天實一家人所住的東客房一樓樓梯鐵門由內鎖住，甚至是扣上門鍊，但在機關開啓後，此刻西客房連接的反而是當初高天實那一側的通道，只要再下樓到達一樓鐵門，便能將高天實當初鎖上的鐵門解開，再加上原本就已經先開啓自己那一側的鐵門，等於是兩側的樓梯鐵門都被打開，你就可以大搖大擺又從一樓大廳走向通往二樓東側的樓梯。」

「實在有趣，請繼續說！」吳蘭威滿臉笑意伸出左手示意凌月繼續開口，而右手還是伏在手槍上面，一刻也不敢鬆懈。

見到吳蘭威那張在電視上經常出現的親切笑容，凌月也知道此刻的吳蘭威必然不懷好意，但凌月還是神色自若地說著：「通往二樓東側的通道開啓後，你便上樓執行殺人計畫，把所有的人全都殺盡，不但如此，爲了讓人早一點發現這件看似密室的殺人計畫，你還刻意把彭馨儀的遺體用武士刀插在一樓大廳的牆壁上，爲的就是要讓你之後製造的不在場證明可以發揮作用。上樓用獵槍殺了所有其他成員，再

製造高天實畏罪自殺的模樣，你便下去一樓大廳處理彭馨儀的屍體。之後又進入原本屬於東側的樓梯口，並將鐵門由內反鎖並扣上門鍊，再上樓前往二樓西側，並開啓機關恢復原狀，將後來反鎖的鐵門通道，再次和二樓東側相連接。這樣一來，只要你將關鍵的六角形輪盤處理掉，事後調查的警方又沒有發現樓梯機關，這個看似由內反鎖的密室便宣告成立。只不過在你冷血殺人之時，卻也沒想到墜樓的女孩與高天實的女兒都命大沒死，也造成了十餘年後又在同一間別墅發生了兩件命案的悲劇。而你在當時勢力還不是很龐大，或許只有警界中階官員林世保是你的同夥，不過在你從高天實別墅中盜走了其他政商名流的把柄後，你反而因此坐大，政治勢力扶搖直上，已經大到可以橫行霸道也未必有人治得了你——」

「有趣！有趣！」吳藺威已經舉起一直伏在右手的手槍，對準凌月的胸口。「既然知道我能橫行霸道，又何苦跟我作對。見你如此聰明，還眞想聘你當我的幕僚，只可惜這世上已經容不下你！現在房門外都是我的手下，你也別想逃跑！」

「所以你是已經承認自己在十餘年前犯下那椿高天實的滅門血案囉？」凌月輕挑眉毛問著。

「哼——」吳藺威輕蔑一笑微微搖頭。「死到臨頭，你還想逞英雄。我確實就是那椿滅門血案的兇手，你又奈何得了我。霆隆被殺害固然讓我傷心了一陣，但我也不會輕易放過那三名兇手，尤其是又有兩名當年血案的生還者，更是應當一併消除。先前手下的草包竟然找錯對象還把我蒙在鼓裡，這樣的廢物當然是死有餘辜，被你殺害也只是剛好。但你若把我這吳市長當成草包，那就大錯特錯。我還有後年的總統大選需要奮鬥，可惜你這不自量力的白癡，卻也看不到我進入總統府的那一天！」

「我確實是看不到你當上總統的那一天——」凌月冷冷地笑著，伸出左掌準備喚出生死簿。「你還有什麼遺言需要交待嗎！」

吳藺威雙眼微睜，好似自己的台詞就這樣硬生生被人搶先說去。

一陣輕煙圍繞凌月全身，轉瞬間凌月化為身著古代漢裝的陰陽判官，左掌上方更是浮著藍皮古籍的生死簿。

「死到臨頭還想嘴硬！」吳藺威見狀後倏地站了起來，對準凌月的槍枝始終沒有移開，實在不放心凌月究竟在耍些什麼花招。

「哼——」十三零不屑地看了吳藺威一眼。「你這無恥之徒真的玩完了！」

凌月將生死簿移向吳藺威前方，不一會兒生死簿便開始來回迅速翻頁，等到翻到特定頁面後，凌月又將生死簿收了回來，並伸出右掌喚出了硃砂毛筆。

「吳藺威，作惡多端，殺人無數，我在此宣判你死刑！以最為痛苦的方式死去！」凌月才剛說完，就把吳藺威生死簿上的餘命直接抹除。

吳藺威看到凌月的舉動只是哈哈大笑不以為意：「你也別想故弄玄虛嚇唬我，以為變變魔術、換換衣服我就會害怕嗎？」

凌月向前劃起陰陽結界，而吳藺威始終只是以槍對準凌月，卻又遲遲沒有行動，或許他就是對於凌月垂死的掙扎甚感興趣。

等待結界完成後，凌月只是回頭冷冷地說著：「十三零，這件案子到此結束，我們該回靈界了——」

「什麼——」十三零顯得有些失望。「就不能親眼目睹這個無恥之徒以最為痛苦方式死去的樣子嗎？」

凌月沒有回應，逕自往陰陽結界內走去。

見到凌月轉身就要離去，吳蘭威想要追上，卻發現凌月竟然從眼前突然消逝，嚇得吳蘭威當場目瞪口呆。

「你在搞什麼把戲？你到底是誰？」吳蘭威驚慌失措地問著，手中的槍枝始終不敢放下，繼續擺在眼前左右移動。

不過偌大的辦公廳中，只是一片死寂而沒有任何回應。原本房內通明的燈火，突然變得有些昏暗閃爍。

吳蘭威緊握手槍原地打轉，來回迅速觀察房間的四周，並沒有任何人藏身其中，而房門還是呈現先前的反鎖狀態，那個不速之客又是如何離去？

還不待吳蘭威繼續思考，房內突然出現了數道鬼影，而且愈聚愈多，一下就把整個房間弄得鬼影幢幢，並伴隨著鐵鍊枷鎖的金屬碰撞聲。

驚訝無比的吳蘭威市長，瞪大雙眼左顧右盼，無法確定是否只是自己的錯覺，卻在此刻又聽到了若有若無的低沉呻吟，隨即陷入了瘋狂的狀態。

因爲那來自地獄的低沉嗓音猶如故障的播放器不斷重複沉吟著：

善有善報，
惡有惡報；
不是不報，
時候未到。

後記

東方華人世界的玄幻文化自古即是相當豐富，絕不遜色於西方的奇幻世界，甚至可能更為多采多姿。在這次的創作中，嘗試將東方玄幻文化融入小說的世界觀中，希望能有別於以往傳統東方推理小說，往往較難脫離西方文化深遠影響，致力於打造一個屬於東方華人特色的玄幻推理世界。

自古以來，推理小說即排斥靈異玄幻，認為以科學為主體的推理小說絕對與玄幻靈異水火不容。故事雖然設定為陰、陽、妖、仙、神、魔，天地六界共生共存，但為兼具推理小說的特性，還是將故事中的設定與各項條件等遊戲規則一一呈現，算是作為推理小說公平競爭的要件。

二〇一三年十月有幸受邀參與交通大學第二屆日本文化研究會「娛樂媒體中的日本社會顯影」的論文發表會，首次將多年觀察的劇情類型藝術心得正式整理撰寫為〈劇情類型藝術「創作鏈」的共生發展〉，其中創作鏈共生發展的一種常見模式是小說與漫畫的結合，衷期待未來本土推理也能出現這樣的發展模式。這次非常感謝秀威資訊願意採用與插畫家共同合作的出版提案，前前後後歷經將近三年的出版時程，在林泰宏編輯、劉璞編輯以及陳思佑編輯辛苦奔波下，最後很榮幸能與畫風優美的Welkin老師一同合作，又以理想的模式問世，真的非常令人感動與滿懷感謝。

從以前就一直希望能創作出專屬於華人文化的推理小說或是不同風格的作品，這幾年來致力於在不

同作品類型中尋找新的元素，無論是漫畫、小說、電影、電視、電玩或展覽，都有其不同的風貌、特色與觀感，也努力思考如何將新的元素融入創作中。

不過這項艱難的浩大工程，想也不可能那麼輕易就能完成，只是這個目標會是未來持續追求的創作方向，也希望這項新的嘗試能夠帶給讀者朋友不同的華文推理小說閱讀體驗。

秀霖

釀冒險04　PG1431

釀 陰陽判官生死簿

作　　者　秀　霖
插　　畫　Welkin
責任編輯　陳思佑
圖文排版　楊家齊
封面設計　蔡瑋筠

出版策劃　釀出版
製作發行　秀威資訊科技股份有限公司
114 台北市內湖區瑞光路76巷65號1樓
電話：+886-2-2796-3638　傳真：+886-2-2796-1377
服務信箱：service@showwe.com.tw
http://www.showwe.com.tw
郵政劃撥　19563868　戶名：秀威資訊科技股份有限公司
展售門市　國家書店【松江門市】
104 台北市中山區松江路209號1樓
電話：+886-2-2518-0207　傳真：+886-2-2518-0778
網路訂購　秀威網路書店：http://www.bodbooks.com.tw
國家網路書店：http://www.govbooks.com.tw
法律顧問　毛國樑　律師
總 經 銷　聯合發行股份有限公司
231新北市新店區寶橋路235巷6弄6號4F
電話：+886-2-2917-8022　傳真：+886-2-2915-6275

出版日期　2015年9月　BOD一版
定　　價　300元

國家圖書館出版品預行編目

陰陽判官生死簿 / 秀霖著. -- 一版. -- 臺北市 : 釀出版,
2015.09
面； 公分. -- (釀冒險 ; 4)
BOD版
ISBN 978-986-445-044-2(平裝)

857.7 104015764

讀者回函卡

感謝您購買本書，為提升服務品質，請填妥以下資料，將讀者回函卡直接寄回或傳真本公司，收到您的寶貴意見後，我們會收藏記錄及檢討，謝謝！如您需要了解本公司最新出版書目、購書優惠或企劃活動，歡迎您上網查詢或下載相關資料：http:// www.showwe.com.tw

您購買的書名：________________________________

出生日期：________年________月________日

學歷：□高中（含）以下　□大專　□研究所（含）以上

職業：□製造業　□金融業　□資訊業　□軍警　□傳播業　□自由業
□服務業　□公務員　□教職　□學生　□家管　□其它_____

購書地點：□網路書店　□實體書店　□書展　□郵購　□贈閱　□其他

您從何得知本書的消息？

□網路書店　□實體書店　□網路搜尋　□電子報　□書訊　□雜誌
□傳播媒體　□親友推薦　□網站推薦　□部落格　□其他__________

您對本書的評價：（請填代號　1.非常滿意　2.滿意　3.尚可　4.再改進）

封面設計____　版面編排____　內容____　文／譯筆____　價格____

讀完書後您覺得：

□很有收穫　□有收穫　□收穫不多　□沒收穫

對我們的建議：________________________________

____

____

____

請貼
郵票

11466
台北市內湖區瑞光路 76 巷 65 號 1 樓
秀威資訊科技股份有限公司 收
BOD 數位出版事業部

（請沿線對折寄回，謝謝！）

姓　　名：____________________ 年齡：________ 性別：□女　□男

郵遞區號：□□□□□

地　　址：____

聯絡電話：（日）____________________ （夜）____________________

E-mail：____

【癸亥】

著魔叛道的魔判官，與其十二名被凌月所解放的惡鬼差，在夜間不斷危害人間，截擊死於非命的怨魂，助長其勢力。

雲蛇沒齒時水冷
疼枝飛鞭輕留舞
妖心母藏於侧奸正

卡利穆

伴隨守護靈蛇姬的百步蛇勇士，平時乍看只是冷雨肩上裝飾，一旦危險接近，便會化身蛇型，恫嚇敵人。

【冷雨】

魯凱族巴冷公主與百步蛇王阿達禮歐的後代，世稱「靈蛇姬冷雨」，與其常伴肩上看似裝飾的百步蛇勇士共同行動，為自由穿梭陰、陽、妖三界靈力高強的陰陽判官。

只為心儀師、忠良殿殿主冤靈精

傲立獄中州重、索盡各夫鍾崔玉川

【十三零】

陰陽判官凌月的頭號鬼吏，靈力高強，曾是魔判官癸亥的部下，後為凌月收服，對任何接近凌月的女性，無論陰、陽、妖、仙、神、魔都懷有強烈的敵意。

【凌月】

遊走陰陽兩界半人半鬼的陰陽判官，在陽間化名沈凌月，爲使神格覺醒藉以對抗魔判官，不斷在陰陽兩界替孤魂野鬼了結心願。